山田社日檢書

ここまでやる、だから合格できる

人類史上最強自學法

隨看隨聽

線上音檔 QR Code

絕對合格全攻略！

新制日檢

必背 かならずあんしょう

必出 かならずでる

文法 N4

吉松由美、西村惠子、大山和佳子、林勝田、山田社日檢題庫小組

前言 Preface

自學語言找對方法，
只會愈學愈輕鬆。

學日語讓自己發光發熱，人類史上最強自學法：

圖解速記心法 → 文法口訣濃縮 → 對話小劇場帶入情境 →
完全自學式版型 → [每個例句文法細細說明＋點出例句生字中譯]

將大顯神通，學習開竅了，文法突然間清楚了！

一個人走到哪，學到哪，隨時隨地
增進日語文法力，輕鬆通過新制日檢！

人類史上最強自學法：
最具權威日檢金牌教師竭盡所能、濃縮度，讓您學習效果再次翻倍！

精采內容：

★「以一帶十機能分類」歸納腦中文法，不再零亂分散，概念更紮實，學習更精熟！
★「秒記文法心智圖」圖解考試重點，像拍照一樣，一看就記住的速記心法口訣！
★「瞬間回憶關鍵字」文法口訣濃縮精華成膠囊，考試瞬間打開記憶寶庫。
★「5W ＋ 1H」細分使用狀況，絕對貼近日檢考試，高效學習不漏接！
★ 用生動活潑的日常會對話小劇場，將文法應用在真實的生活裡！
★ 人類史上最強自學法，針對〔例句文法細細說明＋點出例句生字中譯〕，讓您成為高效自學者，自學文法變簡單。
★ 小試身手分類題型立驗學習成果，加深記憶軌跡！
★ 必勝全真模擬試題，直擊考點，全解全析，100% 命中考題！

百分百全面的日檢學習對策，讓您輕鬆取證，讓您制勝考場。

本書特色：

分類

「以一帶十機能分類」，以功能化分類，快速建立文法體系！

書中將文法機能進行分類，按許可、意志、判斷、可能、變化、理由、條件、受身…等共 12 章節，幫您歸納，以一帶十，把零散的文法句型系統列出，讓學習更有效果，文法概念更為紮實，學習更為精熟。

圖解

「秒記文法心智圖」圖解文法考試重點，看就記住的速記心法口訣！

本書幫您精心整理超秒記文法心智圖，透過有效歸納、整理的關鍵字及圖表，讓您學習思維在一夕間蛻變，讓您學習思考化被動為主動。

化繁為簡的「心智圖」中，「放射狀聯想」讓記憶圍繞在中央的關鍵字，不偏離主題；「群組化」利用關鍵字，來分層、分類，讓記憶更有邏輯；「全體檢視」可以讓您不遺漏也不偏重某項目。這樣自然能夠將文法重點，長期的停留在腦中，像拍照一樣，達到永久記憶的效果。

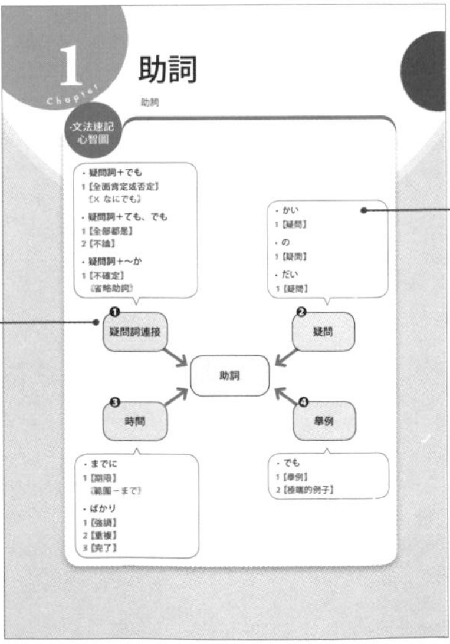

放射狀聯想

群組化：關鍵字分層、分類

口訣

「瞬間回憶關鍵字」文法口訣濃縮精華成膠囊，考試瞬間打開記憶寶庫！

文法解釋為什麼總是那麼抽象又複雜，每個字都讀得懂，但卻很難讀進腦袋裡？本書貼心在每項文法解釋前加上「關鍵字」，也就是將大量資料簡化的「重點字句」，去蕪存菁濃縮文法精華成膠囊，幫助您以最少時間就能輕鬆抓住重點，刺激聯想，進而達到長期記憶的效果！有了這項記憶法寶，絕對讓您在考試時瞬間打開記憶寶庫，高分手到擒來！

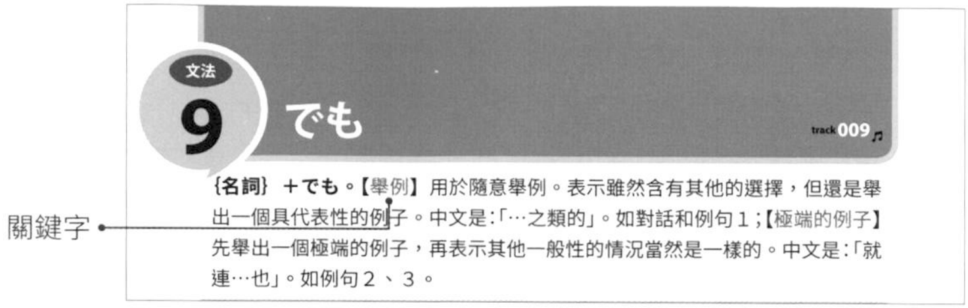

細分

「5W ＋ 1H」細分使用狀況，絕對貼近日檢考試，高效學習不漏接！

學習日語文法，要讓日文像一股活力，打入自己的體內，就要先掌握文法中的人事時地物（5W ＋ 1H）等要素，了解每一項文法、文型，是在什麼場合、什麼時候、對誰使用、為何使用，這樣學文法就能慢慢跳脫死記死背的方式，進而變成一個真正屬於您且實用的知識！

因此，書中將所有符合 N4 文法程度的 5 個 W 跟 1 個 H 等使用狀況細分出來，並列出相對應的例句，讓您看到考題，答案立即選出！

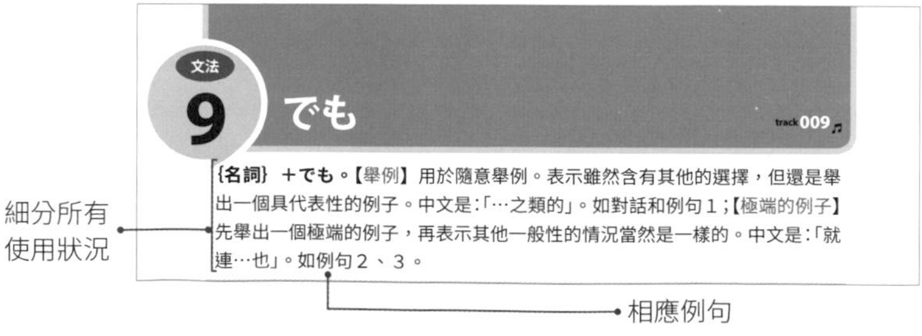

劇場

用生動活潑的日常對話小劇場，將文法應用在真實的生活裡！

如何把文法應用在真實的生活裡？每項文法用生動活潑的日常對話小劇場來開啟章節，這樣與日常情境串聯，從對話中，更能學到一來一往的各種表達方式，透過長期累積，您將在不知不覺中，大腦習慣成為反射動作，變成一個會話高手。

生活 對話　　重點 舉例

A 今月(こんげつ)、ポイントを3000円(えん)もゲットしたわよ。

我這個月集到的點數相當於3000圓喲！

B あなたはポイ活(かつ)の天才(てんさい)ね。じゃ、買(か)い物(もの)でも行(い)きましょうか。

你真是個集點天才！那麼，我們要不要去逛街買東西呢？

插圖

輕鬆插圖快樂嚐到使用日語的喜悅，文法正確語感瞬間開竅！

巧妙地將文法書和故事書結合起來！每一項文法都有一張可愛的插圖，配合常用或令人會心一笑的對話，清楚、細膩地表現文法特色，讓您學習效果立竿見影，快樂嚐到使用日語的喜悅，語感瞬間開竅。

2 這道題目就連10歲的我也知道答案！

この問題(もんだい)は10歳(さい)の私(わたし)でもわかります。

「問題」「我」「知道」

★用「でも」先舉出一個極端的例子，就連「10歲の私」也知道答案，其他人更不用提了。

詳細

針對〔例句文法細細說明＋點出例句生字中譯〕，讓您成為高效自學者，自學文法變簡單。

例句中，文法的靈活應用和單字變化經常讓初學者看得一知半解，為了讓讀者們自學也能學得輕鬆又深入，本書在例句旁精心撰寫詳盡的文法說明，分析文法在各種情況下的使用方式。同時挑出例句中的生字，在生字上方貼心標上中文字義，讓學習過程無壓力、好理解。「原來還有這種用法！」、「原來是這個意思！」讓您學習不含糊，一定看得懂。

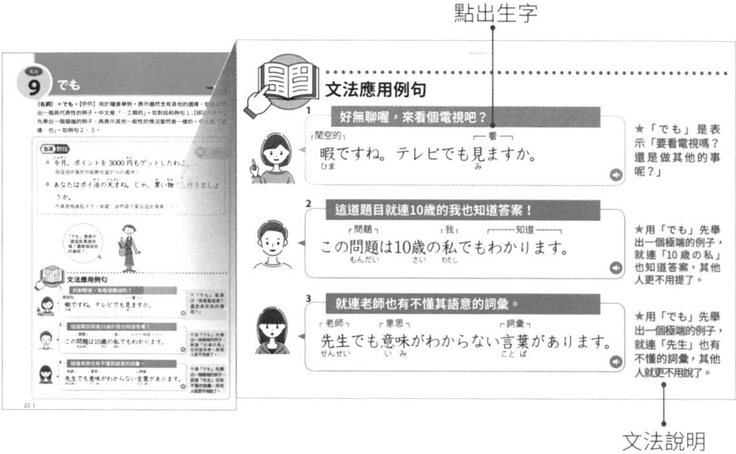

每個單元後面，皆附上文法小練習，幫助您在學習完文法概念後，「小試身手」一下！提供您豐富的實戰演練，當您身經百戰，成功自然手到擒來！

實戰

立驗成果文法小練習，身經百戰，成功自然手到擒來！

命中

必勝全真模擬試題，直擊考點，全解全析，100% 命中考題！

每單元最後又附上，金牌日檢教師以專業與實力精心撰寫必勝模擬試題，試題完整掌握新制日檢出題傾向，並參考國際交流基金和及財團法人日本國際教育支援協會對外公佈的，日本語能力試驗文法部分的出題標準。此外，書末還附有翻譯及直擊考點的解題分析！讓您可以即時演練、即時得知解題技巧，就像有個貼身日語教師幫您全解全析，帶您 100% 命中考題！

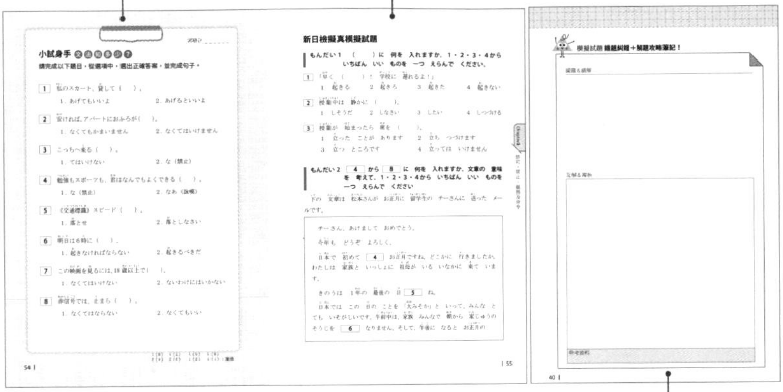

書中所有日文句子，都由日籍教師親自錄音，發音、語調、速度都要求符合 N4 新日檢聽力考試程度，讓您一邊學文法，一邊還能熟悉 N4 程度的發音，這樣眼耳並用，為您打下堅實基礎，贏取合格證書！

聽贏

QR 碼線上音檔幫您完勝「新制日檢」！

目錄
contents

JLPT

N4 題型分析

測驗科目（測驗時間）		試題內容				
			題型		小題題數＊	分析
語言知識（25分）	文字、語彙	1	漢字讀音	◇	7	測驗漢字語彙的讀音。
		2	假名漢字寫法	◇	5	測驗平假名語彙的漢字寫法。
		3	選擇文脈語彙	○	8	測驗根據文脈選擇適切語彙。
		4	替換類義詞	○	4	測驗根據試題的語彙或說法，選擇類義詞或類義說法。
		5	語彙用法	○	4	測驗試題的語彙在文句裡的用法。
語言知識、讀解（55分）	文法	1	文句的文法1（文法形式判斷）	○	13	測驗辨別哪種文法形式符合文句內容。
		2	文句的文法2（文句組構）	◆	4	測驗是否能夠組織文法正確且文義通順的句子。
		3	文章段落的文法	◆	4	測驗辨別該文句有無符合文脈。
	讀解＊	4	理解內容（短文）	○	3	於讀完包含學習、生活、工作相關話題或情境等，約100~200字左右的撰寫平易的文章段落之後，測驗是否能夠理解其內容。
		5	理解內容（中文）	○	3	於讀完包含以日常話題或情境為題材等，約450字左右的簡易撰寫文章段落之後，測驗是否能夠理解其內容。
		6	釐整資訊	◆	2	測驗是否能夠從介紹或通知等，約400字左右的撰寫資訊題材中，找出所需的訊息。
聽解（35分）		1	理解問題	◇	8	於聽取完整的會話段落之後，測驗是否能夠理解其內容（於聽完解決問題所需的具體訊息之後，測驗是否能夠理解應當採取的下一個適切步驟）。
		2	理解重點	◇	7	於聽取完整的會話段落之後，測驗是否能夠理解其內容（依據剛才已聽過的提示，測驗是否能夠抓住應當聽取的重點）。
		3	適切話語	◆	5	於一面看圖示，一面聽取情境說明時，測驗是否能夠選擇適切的話語。
		4	即時應答	◆	8	於聽完簡短的詢問之後，測驗是否能夠選擇適切的應答。

＊「小題題數」為每次測驗的約略題數，與實際測驗時的題數可能未盡相同。此外，亦有可能會變更小題題數。

＊有時在「讀解」科目中，同一段文章可能會有數道小題。

＊符號標示：「◆」舊制測驗沒有出現過的嶄新題型；「◇」沿襲舊制測驗的題型，但是更動部分形式；「○」與舊制測驗一樣的題型。

資料來源：《日本語能力試驗JLPT官方網站：關於N4及N5的測驗時間、試題題數基準的變更》。2020年9月10日，取自：https://www.jlpt.jp/tw/topics/202009091599643004.html

1 Chapter

助詞

助詞

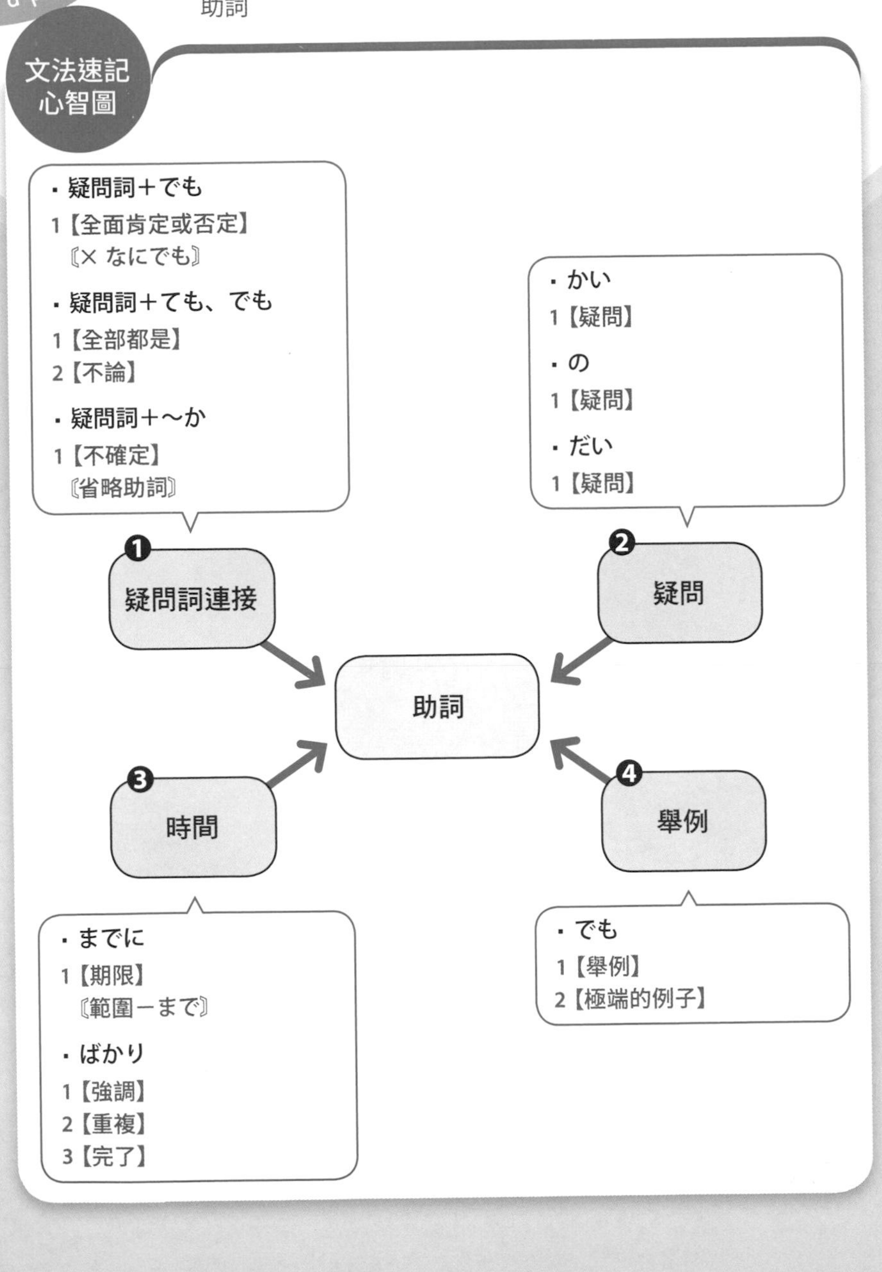

文法速記心智圖
・疑問詞＋でも
1【全面肯定或否定】
〔× なにでも〕
・疑問詞＋ても、でも
1【全部都是】
2【不論】
・疑問詞＋～か
1【不確定】
〔省略助詞〕
❶ 疑問詞連接
・かい
1【疑問】
・の
1【疑問】
・だい
1【疑問】
❷ 疑問
助詞
❸ 時間
・までに
1【期限】
〔範圍ーまで〕
・ばかり
1【強調】
2【重複】
3【完了】
❹ 舉例
・でも
1【舉例】
2【極端的例子】

文法 1

疑問詞＋でも

track 001

{疑問詞} ＋でも。【全面肯定或否定】「でも」前接疑問詞時，表示全面肯定或否定，也就是沒有例外，全部都是。句尾大都是可能或容許等表現。中文是：「無論、不論、不拘」。如例；補充〘× なにでも〙沒有「なにでも」的說法。

生活對話

重點 全面肯定

A あ〜、眠(ねむ)い、どこでも寝(ね)られるよ。

唉，睏死我了，管他在什麼地方都能倒頭秒睡。

B じゃあ、台所(だいどころ)でも寝(ね)られるの。

這麼說，就算在廚房也能照睡不誤囉？

A ひどいな。

別損我啦！

「でも」(不論)前接疑問詞「どこ」(哪裡)，表示「不論哪裡」，我都能睡。

文法應用例句

1 不管什麼事我都願意幫忙。

何(なん)〔什麼〕でも手伝(てつだ)い〔幫忙〕ます。

★「でも」(不論)前接疑問詞「なん」(什麼)，表示「不論什麼事」，我都願意幫忙。

2 這個道理誰都懂。

これは誰(だれ)〔誰〕でもわかり〔懂〕ます。

★「でも」前接疑問詞「だれ」(誰)，表示「不論是誰」都懂。

3 每一款都很好吃喔，請隨意挑選。

どれ〔哪一款〕でも、おいしいですよ。どうぞ〔請〕。

★「でも」前接疑問詞「どれ」(哪一款)，表示「不論哪一款」都好吃。

文法

2 疑問詞＋ても、でも

track 002

{疑問詞} ＋ {形容詞く形} ＋ても；{疑問詞} ＋ {動詞て形} ＋も；{疑問詞} ＋ {名詞；形容動詞詞幹} ＋でも。【全部都是】表示全面肯定或否定，也就是沒有例外，全部都是。中文是：「無論…」。如對話和例句１；【不論】前面接疑問詞，表示不論什麼場合、什麼條件，都要進行後項，或是都會產生後項的結果。中文是：「不管（誰、什麼、哪兒）…」。如例句２、３。

生活 對話

重點 全部都是

A ２時間以内なら何を食べても飲んでもいいです。食べよう食べよう。
兩小時內可以盡情吃到飽、喝到飽。快吃快吃！

B あのう、ちょっと休んでもいいですか。
欸，我可以休息一下嗎？

A もう？食べ始めてから、まだ 30 分ですよ。
這麼快就不行了？我們才吃30分鐘而已耶！

B おなかもういっぱいになっちゃって…。
我已經飽到天靈蓋了……。

「でも」前搭疑問詞「何」（什麼），表示「不論吃什麼、喝什麼」都ＯＫ。

文法應用例句

1 這份工作，只要是男士，無論幾歲都能勝任。

「工作」「男性」「要是」

この仕事は、男性なら何歳でもOKです。

★「でも」前搭疑問詞「何歳」（幾歲），表示「不論幾歲」都ＯＫ。

2 即使價格高昂，必需品還是得買。

「多少」「高的」「必要的」

いくら高くても、必要な物は買います。

★即使在前項「價格高昂」的條件下，也不會改變後項「買います」的決定。

3 就算再忙，還是會打電話給男友。

「再怎麼樣」「沒有」「打電話」

どんなに時間がなくても、彼には電話します。

★即使在前項「時間がない」的條件下，也不會改變後項「電話します」的習慣。

Chapter1 助詞

文法

3 疑問詞＋～か

track 003

{疑問詞} ＋ {名詞；形容動詞詞幹；[形容詞・動詞] 普通形} ＋か。【不確定】

表示疑問，也就是對某事物的不確定。當一個完整的句子中，包含另一個帶有疑問詞的疑問句時，則表示事態的不明確性。中文是：「…呢」。補充〘省略助詞〙此時的疑問句在句中扮演著相當於名詞的角色，但後面的助詞「は、が、を」經常被省略。

生活對話　重點 不確定

A 何時(なんじ)に行(い)くか、忘(わす)れてしまった。

我忘記要幾點出發了。

B ああ、分(わ)かった！７時(じ)だ。待合(まちあ)わせ場所(ばしょ)はどこだっけ。

啊，想起來了！是７點出發。不過，集合地點在哪裡呢？

A それも、忘(わす)れた…。

呃……我連集合地點也想不起來了……。

疑問詞「何時」後搭「か」表示不確定出發時間是「幾點」。
12
9
3
6

文法應用例句

1 請告訴我哪一道好吃。

どれ(哪一個)がおいしいか教(おし)えて(告訴)ください。

★疑問詞「どれ」後搭「か」表示不確定「哪一個」好吃。

2 我不知道老師在哪裡。

先生(せんせい)(老師)がどこ(哪裡)にいるか知(し)りません(不知道)。

★疑問詞「どこ」後搭「か」表示不確定老師在「哪裡」。

3 我不知道明天該帶什麼東西去。

明日(あす)(明天)何(なに)を持(も)って(帶)いくかわかりません。

★疑問詞「なに」後搭「か」表示不知道該帶「什麼」。

文法 4 かい

track 004

{句子} ＋かい。【疑問】放在句尾，表示親暱的疑問，多用在沒有疑問詞的提問。用在句尾讀升調。一般為年長男性用語。中文是：「…嗎」。

生活對話　重點：疑問

A 昨日(きのう)は楽(たの)しかったかい。

昨天玩得開心吧？

B すごーく楽(たの)しかった。みんな夜遅(よるおそ)くまで怖(こわ)い話(はなし)をして…。

超——開心的！直到三更半夜大家還擠在一起講鬼故事……。

楽しかった？
開心嗎？用「かい」詢問一下跟自己關係親近的人。

文法應用例句

1　考試會寫吧？

（考試）（會寫）

テストはできたかい。

★會寫嗎？用「かい」詢問一下跟自己關係親近的人。

2　買了很多東西嗎？

（很多）（購物）

たくさん買(か)い物(もの)をしたかい。

★買了很多嗎？用「かい」詢問一下跟自己關係親近的人。

3　要回去啦？

（馬上就要）（回去）

もう帰(かえ)るのかい。

★要回去啦？用「かい」詢問一下跟自己關係親近的人。

文法

5 の

track 005

{句子} +の。【疑問】用在句尾，以升調表示提出問題。一般是用在對兒童，或關係比較親密的人，為口語用法。中文是：「…嗎、…呢」。

生活對話

重點 疑問

A 薬を飲んだのに、まだ熱が下がらないの。

藥都吃了，高燒卻還沒退嗎？

B 暑いからって外で寝るから、こうなるのよ。まったく。

真是的，誰讓她嫌熱非要睡在外面不可，難怪會生病！

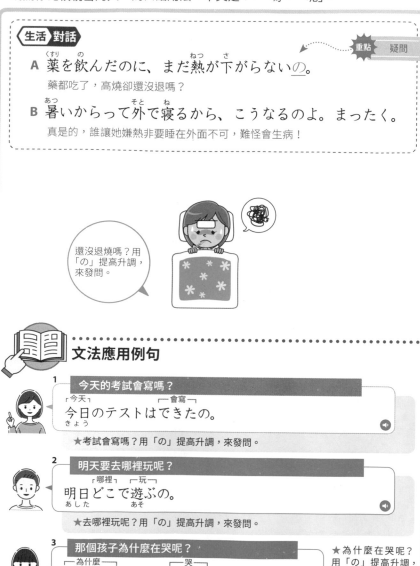

文法應用例句

1 今天的考試會寫嗎？

今日のテストはできたの。

★考試會寫嗎？用「の」提高升調，來發問。

2 明天要去哪裡玩呢？

明日どこで遊ぶの。

★去哪裡玩呢？用「の」提高升調，來發問。

3 那個孩子為什麼在哭呢？

どうしてあの子は泣いているの。

★為什麼在哭呢？用「の」提高升調，來發問。

文法 6 だい

track 006

{句子} +だい。【疑問】接在疑問詞或含有疑問詞的句子後面，表示向對方詢問的語氣，有時也含有責備或責問的口氣。成年男性用言，用在口語，說法較為老氣。中文是：「…呢、…呀」。

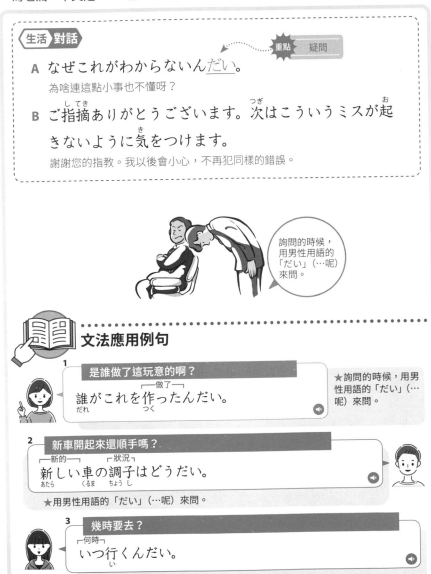

生活對話

重點　疑問

A　なぜこれがわからないんだい。

為啥連這點小事也不懂呀？

B　ご指摘(してき)ありがとうございます。次(つぎ)はこういうミスが起(お)きないように気(き)をつけます。

謝謝您的指教。我以後會小心，不再犯同樣的錯誤。

文法應用例句

1　是誰做了這玩意的啊？

誰(だれ)がこれを作(つく)ったんだい。（作った：做了）

★詢問的時候，用男性用語的「だい」（…呢）來問。

2　新車開起來還順手嗎？

新(あたら)しい車(くるま)の調子(ちょうし)はどうだい。（新しい：新的；調子：狀況）

★用男性用語的「だい」（…呢）來問。

3　幾時要去？

いつ行(い)くんだい。（いつ：何時）

★用男性用語的「だい」（…呢）來問。

文法 7

までに

track 007

{名詞；動詞辭書形} ＋までに。【期限】接在表示時間的名詞後面，後接一次性行為的瞬間性動詞，表示動作或事情的截止日期或期限。中文是：「在…之前、到…時候為止」。如對話和例句１；補充〖範圍－まで〗不同於「までに」，用「まで」後面接持續性的動詞和行為，表示某事件或動作，一直到某時間點前都持續著。中文是：「到…為止」。如例句２、３。

生活對話　　重點　期限

A 唐揚げ(からあげ)弁当(べんとう)を三(みっ)つ、７時(じ)までに持(も)ってきてください。

３個炸雞便當，請在７點前送來。

B かしこまりました。第(だい)１スタジオの方(ほう)ですね。

好的。送到第１攝影棚沒錯吧？

看「までに」前接的時間名詞，知道「送便當」的期限是在「７時」。

文法應用例句

1 在星期三之前這份作業做得完嗎？

水曜日(すいようび)までにこの宿題(しゅくだい)ができますか。
（水曜日：星期三；宿題：作業）

★看「までに」前接的時間名詞，知道完成「宿題」的期限是在「水曜日」。

2 電車來之前，在電話裡談吧。

電車(でんしゃ)が来(く)るまで、電話(でんわ)で話(はな)しましょう。
（電車：電車；来：來；話：談話）

★看「まで」前接動作，知道後面「話す」這個動作會持續到「電車が来る」。

3 一直工作到了晚上10點。

夜(よる)10時(じ)まで仕事(しごと)をしていた。
（夜：晚上；仕事：工作）

★看「まで」前接時間，知道後面「仕事をする」這個動作會持續到「夜 10 時」。

文法

8 ばかり

track 008

【強調】{名詞} ＋ばかり。表示數量、次數非常多，而且淨是些不想看到、聽到的不理想的事情。中文是：「淨…、光…」。如對話；【重複】{動詞て形} ＋ばかり。表示說話人對不斷重複一樣的事，或一直都是同樣的狀態，有不滿、譴責等負面的評價。中文是：「總是…、老是…」。如例句１、２；【完了】{動詞た形}＋ばかり。表示某動作剛結束不久，含有說話人感到時間很短的語感。中文是：「剛…」。如例句３。

生活對話

A 田中君（たなかくん）、彼女（かのじょ）に振（ふ）られてから元気（げんき）がありませんね。

田中被女朋友甩了以後變得意志消沉。

重點 強調

B そうなんですよ。彼（かれ）は毎日（まいにち）お酒（さけ）ばかり飲（の）んでいます。

就是說嘛，只見他天天借酒澆愁。

用「ばかり」(淨…)，表示對方「お酒を飲む」這一行為太過度，是說話人所不樂見的。

文法應用例句

1 別總是守在電視機前面，快去打掃！

テレビ（電視）を見（み）（看）てばかりいないで掃除（そうじ）（打掃）しなさい。

★用「ばかり」(總是…)，表示說話人對聽話人不斷重複「テレビを見る」這一行為，有所不滿。

2 媽媽老是吃甜食。

母（はは）（媽媽）は甘（あま）い物（もの）（甜食）を食（た）べてばかりいます。

★用「ばかり」，表示說話人對媽媽不斷重複「甘い物を食べる」這一行為有所不滿。

3 「你看過LINE了嗎？」「抱歉，我剛起床。」

「ライン（LINE）読（よ）んだ。」「ごめん（抱歉）、今起（いまお）きた（起床了）ばかりなんだ。」

★用「ばかり」(剛…)，表示「起きる」(起床) 這個動作剛結束不久。

文法

9 でも

track 009

{名詞} ＋でも。【舉例】用於隨意舉例。表示雖然含有其他的選擇，但還是舉出一個具代表性的例子。中文是：「…之類的」。如對話和例句１；【極端的例子】先舉出一個極端的例子，再表示其他一般性的情況當然是一樣的。中文是：「就連…也」。如例句２、３。

生活 對話

重點 舉例

A 今月（こんげつ）、ポイントを 3000 円（えん）もゲットしたわよ。

我這個月集到的點數相當於3000圓唷！

B あなたはポイ活（かつ）の天才（てんさい）ね。じゃ、買（か）い物（もの）でも行（い）きましょうか。

你真是個集點天才！那麼，我們要不要去逛街買東西呢？

「でも」是表示「要逛街買東西嗎？還是做其他的事呢？」

文法應用例句

1 好無聊喔，來看個電視吧？

暇（ひま）［閒空的］ですね。テレビでも見（み）［看］ますか。

★「でも」是表示「要看電視嗎？還是做其他的事呢？」

2 這道題目就連10歲的我也知道答案！

この問題（もんだい）［問題］は10歳（さい）の私（わたし）［我］でもわかります［知道］。

★用「でも」先舉出一個極端的例子，就連「10 歲の私」也知道答案，其他人更不用提了。

3 就連老師也有不懂其語意的詞彙。

先生（せんせい）［老師］でも意味（いみ）［意思］がわからない言葉（ことば）［詞彙］があります。

★用「でも」先舉出一個極端的例子，就連「先生」也有不懂的詞彙，其他人就更不用說了。

測驗日 ____________

小試身手 文法知多少？

請完成以下題目，從選項中，選出正確答案，並完成句子。

1 クリスマス（　　）、彼(かれ)に告白(こくはく)します。

1．までに　　2．まで

2 おなかを壊(こわ)したので、おかゆ（　　）食(た)べます。

1．ばかり　　2．だけ

3 おまわりさん（　　）、悪(わる)いことをする人(ひと)もいる。

1．でも　　2．ても

4 誰(だれ)（　　）できる簡単(かんたん)な仕事(しごと)です。

1．でも　　2．も

5 坂本君(さかもとくん)に（　　）知(し)りたいです。

1．誰(だれ)が好(す)きか　　2．好(す)きな人(ひと)がいるかどうか

6 その服(ふく)、すてきね。どこで買(か)った（　　）

1．の？(上升調)　　2．の。(下降調)

7 そこに誰(だれ)かいるの（　　）？

1．だい　　2．かい

錯題糾錯 Note

錯題＆錯解	正解＆解析
	參考資料

答案：(1) 1　(2) 2　(3) 1　(4) 1　(5) 2　(6) 1　(7) 2

新日檢擬真模擬試題

もんだい１　（　　）に　何を　入れますか。１・２・３・４から　いちばん　いい　ものを　一つ　えらんで　ください。

1　A「今日(きょう)は　どこに　行(い)った（　　）？」
B「お姉(ねえ)ちゃんと　公園(こうえん)に　行(い)ったよ。」

1　に　　2　の　　3　が　　4　ので

2　宿題(しゅくだい)は　５時(じ)（　　）終(お)わらせよう。

1　までも　　2　までは　　3　までに　　4　までか

3　まんが（　　）読(よ)んで　いないで、勉強(べんきょう)しなさい。

1　でも　　2　も　　3　ばかり　　4　まで

4　A「君(きみ)の　お父(とう)さんの　仕事(しごと)は　何(なん)（　　）？」
B「トラックの　運転手(うんてんしゅ)だよ。」

1　とか　　2　にも　　3　だい　　4　から

5　彼(かれ)の　ことが　すきか（　　）はっきりして　ください。

1　どちらか　　2　何(なに)か　　3　どうして　　4　どうか

6　A「パーティーは　楽(たの)しかった（　　）？」
B「はい。とても　楽(たの)しかったです。」

1　かい　　2　とか　　3　でも　　4　から

7　「勉強(べんきょう)も　終(お)わったし、テレビ（　　）見(み)ようか。」
「そうだね。そうしよう。」

1　も　　2　でも　　3　ても　　4　まで

8　A「ここで　たばこを　吸(す)っても（　　）？」
B「すみません。ここは　禁煙席(きんえんせき)です。」

1　くれますか　　2　はずですか　　3　いいですか　　4　ようですか

▼ 翻譯與詳解請見 P.<195>

2 Chapter

指示語、文の名詞化と縮約形

指示詞、句子的名詞化及縮約形

文法速記心智圖

指示詞、句子的名詞化及縮約形

❶ 指示詞

・こんな
1【狀態】
2【程度】

・こう
1【方法】
2【限定】

・そんな
1【狀態】
2【程度】

・あんな
1【狀態】
2【程度】

・そう
1【方法】
2【限定】

・ああ
1【方法】
2【限定】

❷ 名詞化

・さ
1【程度】

・のは、のが、のを
1【名詞化】
2【強調】
〔の＝人時地因〕

・こと
1【名詞化】
〔只用こと〕

・が
1【動作或狀態主體】

❸ 縮約形

・ちゃ、ちゃう
1【縮略形】
〔てしまう→ちゃう〕
〔では→じゃ〕

文法 **1**

こんな

track 010

こんな＋ {名詞}。【狀態】間接地在講人事物的狀態或性質，而這個事物是靠近說話人的，也可能是剛提及的話題或剛發生的事。中文是：「這樣的、這麼的、如此的」。如對話和例句１；【程度】「こんなに」為指示程度，是「這麼、這樣地；如此」的意思，為副詞的用法，用來修飾動詞或形容詞。中文是：「這樣地」。如例句２、３。

生活對話

A ここが私(わたし)の家(いえ)です。どうぞお入(はい)りください。

這是我家，請進。

重點 狀態

B わあ、カフェみたいなお家(うち)。私(わたし)もこんな家(いえ)が欲(ほ)しいなあ。

哇，真像咖啡廳！我也好想要一間這樣的房子喔。

說話人述說想要的是像眼前「こんな」（這樣的）房子。

文法應用例句

1 希望每天都能吃到這麼大塊的蛋糕。

毎日(まいにち)こんな大(おお)きなケーキが食(た)べたい。

（每天／大的／蛋糕）

★說話人主觀的說眼前這塊蛋糕「こんな」（這麼的）大塊。

2 我不曾遇過如此體貼的人。

私(わたし)はこんなにやさしい人(ひと)に会(あ)ったことがない。

（體貼的／見過）

★說話人主觀述說這個人是「こんなに」（這麼的）體貼。

3 總經理從沒發過這麼大的脾氣。

社長(しゃちょう)がこんなに怒(おこ)ったことはありません。

（社長／生氣了）

★說話人主觀的說總經理怒火有「こんなに」（這麼的）沖天。

文法

2 こう

track 011

こう＋｛動詞｝。【方法】表示方式或方法。中文是：「這樣、這麼」。如對話和例句１、２；【限定】表示眼前或近處的事物的樣子、現象。中文是：「這樣」。如例句３。

生活對話

A 橋爪（はしづめ）さん、新年（しんねん）おめでとう。

橋爪先生，新年恭喜！

重點 方法

B まだ大晦日（おおみそか）だから、日本（にほん）ではこう挨拶（あいさつ）します。「よいお年（とし）を。」

今天還是除夕，日本人會用「祝您有個美好的一年」的方式給予祝福。

31
我示範，日本人祝福的方式就是「こう」（這樣＝做動作）！

文法應用例句

1 只要這樣做就很輕鬆了。

こうすれば簡単（かんたん）です。「簡單的」

★我示範，「こう」（這樣＝做動作）會很輕鬆！

2 接下來請這樣做。

次（つぎ）はこうしてください。「接著」「做」

★我示範，請照著「こう」（這樣＝做動作）做！

3 天天冷成這樣，連出門都不願意了。

こう毎日寒（まいにちさむ）いと外（そと）に出（で）たくない。「寒冷的」「外面」

★看到「こう」（這樣）知道眼前的天氣是「毎日寒い」（天天寒冷）。

文法

3 そんな

track 012

そんな＋｛名詞｝。【狀態】間接的在說人或事物的狀態或性質。而這個事物是靠近聽話人的或聽話人之前說過的。有時也含有輕視和否定對方的意味。中文是：「那樣的」。如對話和例句１；【程度】「そんなに」為指示程度，是「程度特別高或程度低於預期」的意思，為副詞的用法，用來修飾動詞或形容詞。中文是：「那樣地」。如例句２、３。

生活對話

A ほら、この前(まえ)買(か)ったスーツに白(しろ)ネクタイ。どう？

要不就穿前陣子買的西裝搭白領帶，你覺得呢？

重點　狀態

B 台湾(たいわん)の結婚式(けっこんしき)なんだから、そんな服(ふく)を着(き)ないでください。

這可是在台灣舉行的結婚典禮，那樣的服裝不適合出席。

「そんな」（那樣的）指Ａ說的西裝搭白領帶的打扮。

文法應用例句

1 **搞到那麼晚到底在做什麼啊？**

そんな時間(じかん)に何(なに)をしていたんですか。

（時間＝時間；何＝什麼）

★「そんな」（那樣的）指對方做事情的時間。

2 **請不必那麼客套。**

そんなに気(き)をつかわないでください。

（気をつかわない＝不拘謹）

★「そんなに」（那樣地）指對方客套的程度。

3 **這間房子沒那麼糟糕。**

この家(いえ)はそんなに悪(わる)くない。

（家＝房子；悪くない＝不壞的）

★「そんなに」（那樣地）指房間糟糕的程度。

文法

4 あんな

track 013

あんな＋｛名詞｝。【狀態】間接地說人或事物的狀態或性質。而這是指說話人和聽話人以外的事物，或是雙方都理解的事物。中文是：「那樣的」。如對話和例句１；【程度】「あんなに」為指示程度，是「那麼、那樣地」的意思，為副詞的用法，用來修飾動詞或形容詞。中文是：「那樣地」。如例句２、３。

生活對話

A あ、あの冷蔵庫（れいぞうこ）、スマホで中（なか）が見（み）られるんだって。

對了，聽說那款冰箱，只要透過手機就能看到放在裡面的東西。

B いいなあ。私（わたし）も<u>あんな</u>便利（べんり）な冷蔵庫（れいぞうこ）が欲（ほ）しい。

真羨慕，好想擁有那麼方便的冰箱！

重點 狀態

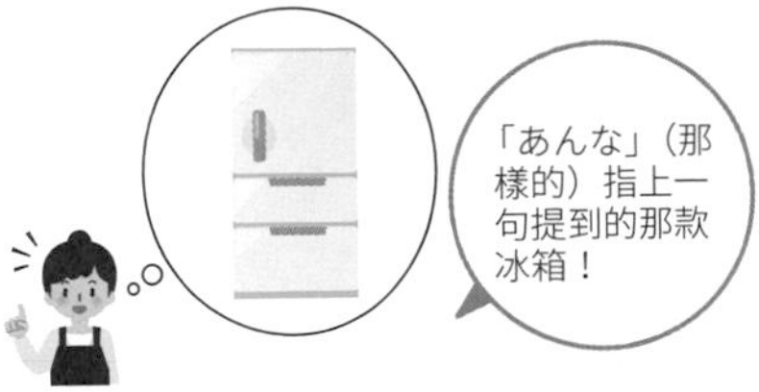

「あんな」（那樣的）指上一句提到的那款冰箱！

文法應用例句

1 **再也不想去那種地方了！**

もう（再）あんなところ（地方）に行（い）きたくない。

★「あんな」（那樣的）指兩人都知道的糟糕透頂的地方！

2 **你能唱得那樣動聽嗎？**

あんなに上手（じょうず）（拿手的）に歌（うた）えますか（能唱）。

★「あんなに」（那樣地＝動聽）指像某人歌聲優美的程度！

3 **瞧你發那麼大的脾氣，會把孩子們嚇哭的喔！**

あんなに怒（おこ）ると（生氣）、子（こ）ども（孩子）はみんな（全體）泣（な）きますよ。

★「あんなに」（那樣地）指對方發火的程度很大！

文法 5

そう

track 014

そう＋｛動詞・形容詞・形容動詞｝。【方法】表示方式或方法。中文是:「那樣」。如例句１、２、３;【限定】表示眼前或近處的事物的樣子、現象。中文是:「那樣」。如對話。

生活對話

A 中村医師(なかむらいし)は素晴(すば)らしい方(かた)ね。あなたはどんな大人(おとな)になりたいの。

中村醫生真是了不起！你長大以後想成為什麼樣的人呢？

B 私(わたし)もそういう大人(おとな)になりたい。世(よ)の中(なか)の役(やく)に立(た)ちますし。

我長大以後也想向她看齊，對社會有所貢獻。

重點 限定

我要看齊的對象是「そう」（那樣＝像傑出的中村醫生那樣）的人。

文法應用例句

1 我要告訴媽媽那件事。

母(はは)にはそう話(はなし)〔話題〕をします〔說〕。

★我要「そう」(那樣＝按照那樣說)，跟媽媽說那件事。

2 要是那樣做的話，你也就可以休息了呀！

そうしたら、あなたも〔你〕休(やす)める〔可以休息〕のに。

★「そう」(那樣＝按照我的方法做)的話，你也可以休息了。

3 「來喝咖啡吧！」「嗯，來喝來喝！」

「コーヒー〔咖啡〕飲(の)もうよ。」「うん、そうしよう〔辦〕。」

★「そう」(那樣＝按照你提議的)，來喝咖啡。

文法

6 ああ

track 015

ああ＋｛動詞・形容詞・形容動詞｝。【方法】表示方式或方法。中文是：「那樣」。如對話；【限定】表示眼前或近處的事物的樣子、現象。中文是：「那樣」。如例句１、２、３。

生活對話

A 初(はじ)めての一人暮(ひとりぐ)らしはどう？

生平第一次自己一個人住，感覺如何？

重點　方法

B それが、毎日(まいにち)、母親(ははおや)がLINEでああしろこうしろとうるさいことを言(い)ってくるんです。

別提了，我媽天天都傳LINE千叮嚀萬交代的，煩都煩死啦！

媽媽叮嚀我要「ああ」（那樣）做、「こう」（這樣）做。

文法應用例句

1 天天忙成那個樣子，想必很累吧。

ああ毎日忙(まいにちいそが)しいと、疲(つか)れるでしょうね。

（忙碌的；疲憊）

★看到「ああ」（那樣），知道眼前的情況是「毎日忙しい」（天天繁忙）成那樣。

2 我可沒本事修理得那麼完美。

私(わたし)には、ああはうまくなおせません。

（完美地；不能修理）

★完美的程度要像眼前的成品「ああ」（那樣）。

3 總經理只要一喝酒，就會變成那副模樣。

社長(しゃちょう)はお酒(さけ)を飲(の)むといつもああだ。

（社長；總是）

★總經理喝了酒就會變成眼前「ああ」（那副模樣）。

Chapter2　指示詞、句子的名詞化及縮約形

文法

7 さ

track 016

{[形容詞・形容動詞]詞幹} ＋さ。【程度】接在形容詞、形容動詞的詞幹後面等構成名詞，表示程度或狀態。也接跟尺度有關的如「長さ（長度）、深さ（深度）、高さ（高度）」等，這時候一般是跟長度、形狀等大小有關的形容詞。中文是：「…度、…之大」。

生活對話　重點：程度

A この山(やま)の高(たか)さは、どのくらいだろう。

真好奇這座山的高度大約是多少？

B スマホの高度計(こうどけい)アプリを使(つか)えば分(わ)かるんじゃない？

只要用智慧型手機的高度量測APP就知道了吧？

文法應用例句

1 進入12月，天氣愈發寒冷了。

12月(がつ)になって、寒(さむ)さがましてきた。

（進入／寒冷的）

★天氣的「寒さ」（寒冷），「さ」表示寒冷的程度。

2 那條河的深度曾經深達10公尺。

あの川(かわ)の深(ふか)さは10m(メートル)でした。

（河川／深的）

★河的「深さ」（深度），「さ」表示河深淺的程度。

3 湯的溫度剛好適口。

スープの温(あたた)かさが、ちょうどいい。

（湯／暖呼呼的／剛好）

★湯的「温かさ」（溫度），「さ」表示湯冷熱的程度。

文法

8 のは、のが、のを

track 017

{名詞修飾短語} ＋のは、のが、のを。【名詞化】用於前接短句，使其名詞化，成為句子的主語或目的語，如對話和例句１；【強調】以「短句＋のは」的形式表示強調，而想強調句子裡的某一部分，就放在「の」的後面。中文是：「的是…」。如例句２、３；補充〘の＝人時地因〙這裡的「の」含有人物、時間、地方、原因的意思。

生活對話

A 私(わたし)は最近(さいきん)毎晩(まいばん)韓国(かんこく)ドラマを見(み)ています。ジェットコースターのようなドラマがすきですから。

最近每天晚上都看韓劇。我喜歡那種情節跌宕起伏的影集。

重點　名詞化

B そうですか。私(わたし)はフランス映画(えいが)を見(み)るのが好(す)きです。問題(もんだい)の答(こた)えは見(み)た人(ひと)に考(かんが)えさせるところがいいんです。

這樣喔。我喜歡看法國電影，尤其喜歡這類電影經常拋出問題，交由觀眾自己思索答案。

用「の」將「私はフランス映画を見る」這一短句名詞化，名詞化後就成了「好きです」的目的語。

文法應用例句

1 今天早上從家裡出來時忘記鎖門了。

「今天早上」「門鎖」「上鎖」「忘記了」

今朝(けさ)、家(いえ)の鍵(かぎ)をかけるのを忘(わす)れました。

★用「の」將「家の鍵をかける」這一短句名詞化，作為「忘れました」的目的語。

2 昨天向學校請假的是田中同學。

「學校」「請假了」

昨日(きのう)学校(がっこう)を休(やす)んだのは、田中(たなか)さんです。

★看「のは」的後面知道昨天向學校請假的是「田中」。這句話要強調的是「田中」喔！

3 這張照片中，戴著帽子的是我太太。

「照片」「帽子」「戴著」「老婆」

この写真(しゃしん)の、帽子(ぼうし)をかぶっているのは私(わたし)の妻(つま)です。

★看「のは」的後面知道戴著帽子的是「我太太」。這句話要強調的是「我太太」喔！

文法

9 こと

track 018

{名詞の；形容動詞詞幹な；[形容詞・動詞] 普通形} ＋こと。【名詞化】做各種形式名詞用法。前接名詞修飾短句，使其名詞化，成為後面的句子的主語或目的語。如例；補充〘只用こと〙「こと」跟「の」有時可以互換。但只能用「こと」的有：表達「話す（說）、伝える（傳達）、命ずる（命令）、要求する（要求）」等動詞的內容，後接的是「です、だ、である」、固定的表達方式「ことができる」等。

生活對話　重點　名詞化

A 私(わたし)は料理(りょうり)をすることが好(す)きです。祖父(そふ)がよく教(おし)えてくれるんです。

我喜歡做菜。爺爺時常教我烹飪方式。

B へえ、お母(かあ)さんやおばあさんじゃないの。

真稀奇，不是媽媽或奶奶教你做菜哦？

用「こと」將「料理をする」這一短句名詞化，名詞化後就成了「好きです」的目的語。

文法應用例句

1 即將出國留學的事並沒有告訴男友／女友。

留学(りゅうがく)することを恋人(こいびと)に話(はな)していない。

（留學）（情人）

★用「こと」將「留学する」這一短句名詞化，作為「恋人に話していない」的目的語。

2 決定了要向公司辭職。

会社(かいしゃ)をやめることを決(き)めました。

（離職）（決定了）

★用「こと」將「会社をやめる」這一短句名詞化，作為「決めました」的目的語。

3 我完全沒察覺發生了地震。

地震(じしん)があったことを、知(し)らなかった。

（地震）（發生了）

★用「こと」將「地震があった」這一短句名詞化，作為「知らなかった」的目的語。

文法

10 が

track 019

{名詞} +が。【動作或狀態主體】接在名詞的後面，表示後面的動作或狀態的主體。大多用在描寫句。

生活對話

重點 動作或狀態主體

A 寒(さむ)いと思(おも)ったら、雪(ゆき)が降(ふ)っています。

正想著怎麼那麼冷，原來是下雪了。

B 本当(ほんとう)だ。じゃ、今夜(こんや)は雪見酒(ゆきみざけ)といきませんか。

真的耶！今晚要不要一起小酌賞雪呢？

「が」前接「雪」，表示後面「下」的動作主體是「雪」。

文法應用例句

1 地震把房子震垮了。

地震(じしん)で家(いえ)が倒(たお)れました。
（家：房子；倒れました：倒了）

★「が」前接「家」，表示後面「被震垮了」的狀態主體是「家」。

2 女人哭著揮手道別。

女(おんな)の人(ひと)が、泣(な)きながら手(て)をふっています。
（女の人：女人；手：手；ふって：揮，搖）

★「が」前接「女の人」，表示後面「哭著揮手道別」的動作主體是「女の人」。

3 嶄新的一年已經展開了。

新(あたら)しい年(とし)が始(はじ)まりました。
（年：年；始まりました：開始了）

★「が」前接「新しい年」，表示後面「已經展開了」的狀態主體是「新しい年」。

文法 11

ちゃ、ちゃう

track 020

{動詞て形} ＋ちゃ、ちゃう。【縮略形】「ちゃ」是「ては」的縮略形式，也就是縮短音節的形式，一般是用在口語上。多用在跟自己比較親密的人，輕鬆交談的時候，如對話和例句１、２；補充〚てしまう→ちゃう〛「ちゃう」是「てしまう」，「じゃう」是「でしまう」的縮略形式，如例句３；補充〚では→じゃ〛其他如「じゃ」是「では」的縮略形式，「なくちゃ」是「なくては」的縮略形式。

生活對話　重點　縮略形

A あ、もう8時(じ)。仕事(しごと)に行(い)かなくちゃ。

啊，已經８點了！得趕快出門上班了。

B まあ大変(たいへん)！昨日(きのう)遅刻(ちこく)したんだからね。今日(きょう)は遅(おく)れないでよ。

哇，真糟糕！昨天已經遲到了，今天可不能再趕不及呀。

08:00
「なくてはいけない→なくちゃ（いけない）」，表不這麼做不行。為發音上方便，口語常用「ちゃ」。

文法應用例句

1　如果暑假天天睡到太陽曬屁股，開學以後可就傷腦筋囉。

夏休(なつやす)み〔暑假〕に毎日(まいにち)寝(ね)すぎ〔睡覺〕ちゃ、学校(がっこう)が始(はじ)まってから困(こま)る〔困擾〕よ。

★「ては→ちゃ」，表假定條件。為發音上方便，口語常用「ちゃ」。

2　現在還不可以回家！

まだ〔還，尚〕、帰(かえ)っちゃいけません。

★「てはいけません→ちゃいけません」表禁止。為發音上方便，口語常用「ちゃ」。

3　飛機要飛走囉！

飛行機(ひこうき)〔飛機〕が、出発(しゅっぱつ)〔出發〕しちゃう。

★「てしまう→ちゃう」表動作的完成。為發音上方便，口語常用「ちゃ」。

測驗日＿＿＿＿＿＿

小試身手 文法知多少？

請完成以下題目，從選項中，選出正確答案，並完成句子。

1 （　　）すると顔が小さく見えます。

1．こんな　　2．こう

2 危ないよ。（　　）ことしちゃ、だめだよ。

1．そんな　　2．あんな

3 （テレビを見ながら）私も（　　）いう旅館に泊まってみたい。

1．そう　　2．ああ

4 月では重（　　）が約６分の１になる。

1．さ　　2．み

5 趣味は映画を見る（　　）です。

1．の　　2．こと

6 危ないから（　　）いけないよ。

1．触っちゃ　　2．触っじゃ

錯題糾錯 Note

錯題＆錯解

正解＆解析

參考資料

答案：(1) 2　(2) 1　(3) 2　(4) 1
(5) 2　(6) 1

新日検擬真模擬試題

もんだい１　（　　　）に　何を　入れますか。１・２・３・４から　いちばん　いい　ものを　一つ　えらんで　ください。

1　京都の　（　　　）は、思った以上でした。

　1　暑さ　　2　暑い　　3　暑くて　　4　暑いので

2　冷蔵庫に　あった　ケーキを　食べた　（　　　）　由美さんです。

　1　のは　　2　のを　　3　のか　　4　のに

3　わたしの　趣味は　音楽を　聞く　（　　　）　です。

　1　もの　　2　とき　　3　まで　　4　こと

もんだい２　［ 4 ］から［ 8 ］に　何を　入れますか。文章の　意味を　考えて、１・２・３・４から　いちばん　いい　ものを　一つ　えらんで　ください。

下の　文章は、友だちを　しょうかいする　作文です。

> わたしの　友だちに　吉田くん［ 4 ］人が　います。吉田くんは　高校の　ときから、走ることが　大好きでした。じゅぎょうが　終わると、いつも　一人で　学校の　まわりを　何回も　走って　いました。［ 5 ］吉田くんも、今は　大学生に　なりましたが、今でも　毎日　家の　近所を　走って　いるそうです。
>
> 吉田くんは、少し　遠くの　スーパーに　行くときも、バスに［ 6 ］、走って　行きます。それで、わたしは　「吉田くんは　なぜ　バスに　乗らないの？」と［ 7 ］。すると　かれは、「ぼくは、バスより　早く　スーパーに［ 8 ］。バスは　何回も　バス停*に　止まるけど、ぼくは　とちゅうで　止まらないからね。」と　言いました。

＊バス停：客が乗ったり降りたりするためにバスが止まるところ。

4

1 が　　2 らしい　　3 と いう　　4 と いった

5

1 どんな　　2 あんな　　3 そんな　　4 どうも

6

1 乗(の)らずに　　2 乗(の)っては　　3 乗(の)っても　　4 乗(の)るなら

7

1 聞(き)かれ ました　　2 聞(き)く つもりです

3 聞(き)いて あげました　　4 聞(き)いて みました

8

1 着(つ)かなければ ならないんだ　　2 着(つ)く ことが できるんだ

3 着(つ)いても いいらしいんだ　　4 着(つ)く はずが ないんだ

▼ 翻譯與詳解請見 P.<197>

模擬試題 **錯題糾錯＋解題攻略筆記！**

錯題＆錯解

正解＆解析

參考資料

3
Chapter

許可、禁止、義務と命令

許可、禁止、義務及命令

文法速記心智圖

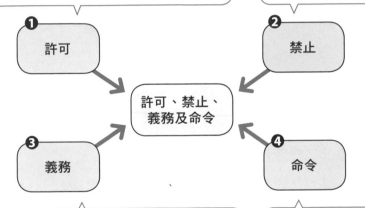

許可、禁止、義務及命令

❶ 許可

- てもいい
  1【許可】
  2【要求】
- なくてもいい
  1【許可】
  〔×なくてもいかった〕
  〔文言－なくともよい〕
- てもかまわない
  1【讓步】
- なくてもかまわない
  1【許可】
  〔＝大丈夫等〕

❷ 禁止

- てはいけない
  1【禁止】
  2【申明禁止】
- な
  1【禁止】

❸ 義務

- なければならない
  1【義務】
  〔疑問－なければなりませんか〕
  〔口語－なきゃ〕
- なくてはいけない
  1【義務】
  〔普遍想法〕
  〔決心〕
- なくてはならない
  1【義務】
  〔口語－なくちゃ〕

❹ 命令

- 命令形
  1【命令】
  〔教育宣導等〕
- なさい
  1【命令】

文法 1

てもいい

track 021

{動詞て形} ＋もいい。【許可】表示許可或允許某一行為。如果說的是聽話人的行為，表示允許聽話人某一行為。中文是：「…也行、可以…」。如對話和例句１、２；【要求】如果說話人用疑問句詢問某一行為，表示請求聽話人允許某行為。中文是：「可以…嗎」。如例句３。

生活對話　　重點　許可

A 控(ひか)えの間(ま)に荷物(にもつ)を置(お)いてもいいですよ。

您將隨身物品放到休息室也無妨喔。

B あっ、床(とこ)の間(ま)ではなく、控(ひか)えの間(ま)に置(お)くんですね。ありがとうございます。

啊，不該放在壁龕，而要放到休息室那邊嗎？謝謝您告訴我。

句中用「てもいい」（可以），表示許可對方「置く」（擱置）這個動作。

文法應用例句

1 你先開動沒關係喔。

先(さき)に食(た)べてもいいですよ。

★句中用「てもいい」（可以），表示許可對方「食べる」（吃）這個動作。

2 考試的時候可以翻閱筆記。

テストのときは、ノートを見(み)てもいいです。

★句中用「てもいい」（可以），表示老師許可學生「ノートを見る」（看筆記）這個動作。

3 請問可以借用一下這部電腦嗎？

このパソコンを使(つか)ってもいいですか。

★句中用疑問句「てもいいですか」（可以嗎），表示說話人請求聽話人允許進行「このパソコンを使う」（借用一下這部電腦）這一行為。

文法

2 なくてもいい

track 022

{動詞否定形（去い）} ＋くてもいい。【許可】表示允許不必做某一行為，也就是沒有必要，或沒有義務做前面的動作。中文是：「不…也行、用不著…也可以」。如對話和例句１；補充〚× なくてもいかった〛要注意的是「なくてもいかった」或「なくてもいければ」是錯誤用法，正確是「なくてもよかった」或「なくてもよければ」，如例句２；補充〚文言ーなくともよい〛較文言的表達方式為「なくともよい」，如例句３。

生活對話　重點：許可

A　作文(さくぶん)は、明日(あした)出さなくてもいいですか。

請問，作文可以明天以後再交嗎？

B　いいえ、明日中(あしたじゅう)に出(だ)してください。メールでもいいですから。

不行喔，明天一定要交，用EMAIL寄來也可以。

詢問對方允許不必做「明天交作文」這動作也可以，用「なくてもいい」（不用）。

文法應用例句

1 **假如不方便，不來也沒關係喔。**

〔方便與否〕〔不好的〕

都合(つごう)が悪(わる)かったら来(こ)なくてもいいよ。

★表示不方便的話，不用做「来る」這個動作也可以，用「なくてもいい」（不必）。

2 **如果時間還來得及，不必那麼趕也行。**

〔來得及〕〔急〕

間(ま)に合(あ)うのなら、急(いそ)がなくてもよかった。

★表示來得及的話，不用「急ぐ」也可以，用「なくてもいい」。

3 **你可以儘管放一百二十顆心！**

〔你〕〔擔心〕

あなたは何(なに)も心配(しんぱい)しなくともよい。

★表示沒有擔心的必要，用較文言的「なくともよい」。

文法

3 てもかまわない

track 023

{[動詞・形容詞]て形}＋もかまわない；{形容動詞詞幹；名詞}＋でもかまわない。【讓步】表示讓步關係。雖然不是最好的，或不是最滿意的，但妥協一下，這樣也可以。比「てもいい」更客氣一些。中文是：「即使…也沒關係、…也行」。

生活對話

A その お話(はなし)は 今(いま)すぐ 返事(へんじ)を しなければ なりませんか。

請問那件事必須現在當場答覆嗎？

B いいえ、返事(へんじ)は 明日(あした)でもかまいません。一晩(ひとばん)ゆっくり 考(かんが)えてください。

沒關係，明天再給答覆也可以。請於今晚仔細考慮。

重點 讓步

「でもかまいません」表示妥協一下，「返事をする」這一動作明天再做也可以。

文法應用例句

1 請問可以坐在這裡嗎？

〔坐〕〔沒關係〕

ここに 座(すわ)っても かまいませんか。

★用疑問句「てもかまいませんか」，詢問聽話人是否許可「ここに座る」這一動作。

2 即使旅館位置離車站很遠，只要便宜就無所謂。

〔旅館〕〔位置〕〔車站〕〔遠的〕〔便宜的〕

ホテルの 場所(ばしょ)は 駅(えき)から 遠(とお)くても、安(やす)ければ かまわない。

★用「ても」表示心裡即使覺得旅館的位置過遠，但便宜所以妥協用「安ければかまわない」。

3 只要薪資給得夠多，就算工作繁忙也沒關係。

〔薪水〕〔高的〕〔忙碌的〕

給料(きゅうりょう)が 高(たか)いなら、仕事(しごと)が 忙(いそが)しくても かまいません。

★只要薪資夠多，哪怕工作繁忙也可以接受，用「てもかまいません」。

文法

4 なくてもかまわない

track 024

{動詞否定形（去い）} ＋くてもかまわない。【許可】表示沒有必要做前面的動作，不做也沒關係，是「なくてもいい」的客氣說法。中文是：「不…也行、用不著…也沒關係」。如對話、例句２；補充〘＝大丈夫等〙「かまわない」也可以換成「大丈夫（沒關係）、問題ない（沒問題）」等表示「沒關係」的表現，例句１、３。

生活對話

重點　許可

A 目覚(めざ)まし時計(どけい)、セットしたの。

鬧鈴設好了嗎？

B いいや、明日(あした)はお昼(ひる)から仕事(しごと)だから、早(はや)く起(お)きなくてもかまわないんですよ。

還沒，反正明天的工作是從中午才開始的，不必那麼早起也無所謂。

明天工作中午才開始，可以不做「早く起きる」這個動作也沒關係，用「なくてもかまわない」。

文法應用例句

1 **討厭的話，不吃也沒關係喔！**

嫌(きら)いなら食(た)べなくても大丈夫(だいじょうぶ)なんだ。

（嫌い：討厭的；食べない：不吃）

★如果不喜歡，可以不做「食べる」這個動作也沒關係，用「なくても大丈夫」。

2 **如果不願意講出來，不告訴我也沒關係。**

話(はな)したくなければ話(はな)さなくてもかまいません。

（話さない：不說）

★如果不想說，可以不必做「話す」這個動作也沒關係，用「なくてもかまいません」。

3 **假如會參加，不回覆也沒問題。**

出席(しゅっせき)するなら返事(へんじ)はしなくても問題(もんだい)ない。

（出席：出席；返事：回覆；問題：問題）

★如果會參加，可以不做「返事する」這個動作也沒關係，用「なくても問題ない」。

文法

5 てはいけない

track 025

{動詞て形} ＋はいけない。【禁止】表示禁止，基於某種理由、規則，直接跟聽話人表示不能做前項事情，由於說法直接，所以一般限於用在上司對部下、長輩對晚輩。中文是：「不准…、不許…、不要…」。如例句１、２；【申明禁止】是申明禁止、規制等的表現。常用在交通標誌、禁止標誌或衣服上洗滌表示等。中文是：「不可以…、請勿…」。如對話和例句３。

生活對話　重點 申明禁止

A このアパートでは、ペットを飼(か)っ<u>てはいけない</u>んだよね。

這棟公寓規定住戶不得飼養寵物吧。

B 内緒(ないしょ)で飼(か)っちゃえば分(わ)からないよ。

偷偷養就好，不會被發現的啦。

A だめだめ、やっぱり堂々(どうどう)と飼(か)いたいから、大家(おおや)さんに相談(そうだん)してみる。

不行，明人不做暗事，我去找房東商量一下。

公寓規定「ペットを飼う」這個動作，是「てはいけない」(禁止的)。

文法應用例句

1 作答的時候不可以偷看筆記本。

テスト中(ちゅう)〔中〕は、ノートを見(み)〔看〕てはいけません。

★教師跟學生說，作答時「ノートを見る」這個動作，是「てはいけません」(不允許的)。

2 搭乘電車時不得高聲談話。

電車(でんしゃ)の中(なか)〔裡面〕で、大(おお)きい〔大的〕声(こえ)〔聲音〕で話(はな)してはいけません。

★表示搭乘電車時「大きい声で話す」這個動作，是「てはいけません」(不允許的)。

3 禁止在此游泳。

ここで泳(およ)〔游泳〕いではいけない。

★河川的禁止標誌上寫著「ここで泳ぐ（泳い）」這個動作，是「ではいけない」(禁止的)。

文法 6 な

track 026

{動詞辭書形} ＋な。【禁止】表示禁止。命令對方不要做某事、禁止對方做某事的說法。由於說法比較粗魯，所以大都是直接面對當事人說。一般用在對孩子、兄弟姊妹或親友時。也用在遇到緊急狀況或吵架的時候。中文是：「不准…、不要…」。

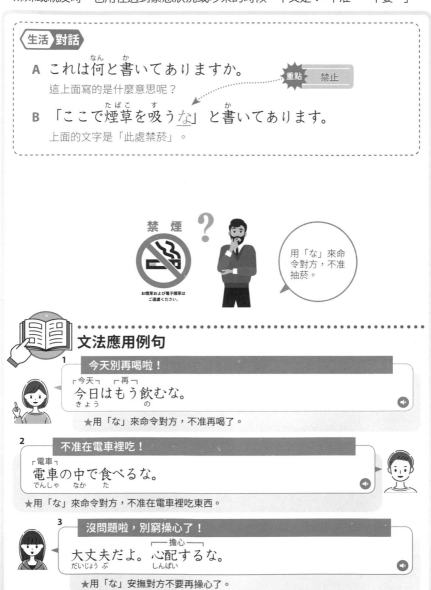

生活對話

A これは何（なん）と書（か）いてありますか。

這上面寫的是什麼意思呢？

重點：禁止

B 「ここで煙草（たばこ）を吸（す）うな」と書（か）いてあります。

上面的文字是「此處禁菸」。

文法應用例句

1 今天別再喝啦！

今日（きょう）はもう飲（の）むな。
（今天）（再）

★用「な」來命令對方，不准再喝了。

2 不准在電車裡吃！

電車（でんしゃ）の中（なか）で食（た）べるな。
（電車）

★用「な」來命令對方，不准在電車裡吃東西。

3 沒問題啦，別窮操心了！

大丈夫（だいじょうぶ）だよ。心配（しんぱい）するな。
（擔心）

★用「な」安撫對方不要再操心了。

文法

7 なければならない

track 027

{動詞否定形} ＋なければならない。【義務】表示無論是自己或對方，從社會常識或事情的性質來看，不那樣做就不合理，有義務要那樣做。中文是：「必須…、應該…」。如對話和例句１；補充〖疑問－なければなりませんか〗表示疑問時，可使用「なければなりませんか」，如例句２；補充〖口語－なきゃ〗「なければ」的口語縮約形為「なきゃ」。有時只說「なきゃ」，並將後面省略掉，如例句３。

生活對話

A どうして金髪（きんぱつ）にしたの。学生（がくせい）は学校（がっこう）のルールを守（まも）らなければならないでしょ。

重點　義務

為什麼染成金髮呢？身為學生就必須遵守校規呀。

B 夏休（なつやす）みの間（あいだ）だけだよ。学校（がっこう）が始（はじ）まる前（まえ）に黒（くろ）に染（そ）めるから。

只在放暑假的時候染一下嘛，開學前就會染回黑色了。

因為是學生必須遵守校規，所以用「なければならない」。
ルール

文法應用例句

1 **必須在下週之前回覆是否出席婚禮。**

下週　婚禮　答覆

来週（らいしゅう）までに結婚式（けっこんしき）の返事（へんじ）をしなければならない。

★因日程安排必須在下週之前回覆，所以用「なければならない」。

2 **請問在日本是否一定要支付小費呢？**

小費　支付

日本（にほん）ではチップを払（はら）わなければなりませんか。

★用「なければなりませんか」詢問是不是一定要做「払う」（支付小費）這一動作。

3 **危險！要看清楚紅綠燈再過馬路喔！**

危險的　紅綠燈　不行的

危（あぶ）ない。信号（しんごう）は守（まも）らなきゃだめですよ。

★因為危險必須看清紅綠燈再過馬路，用「なければ→なきゃ」。

文法

8 なくてはいけない

track 028

{動詞否定形（去い)} ＋くてはいけない。【義務】表示義務和責任，多用在個別的事情，或對某個人，口氣比較強硬，所以一般用在上對下，或同輩之間，口語常說「なくては」或「なくちゃ」。中文是：「必須…、不…不可」。如例句１、２；補充〘普遍想法〙表示社會上一般人普遍的想法，如對話；補充〘決心〙表達說話者自己的決心，如例句３。

生活對話　　重點 普遍想法

A 一人(ひとり)で帰(かえ)れます。もう大人(おとな)だから大丈夫(だいじょうぶ)です。

我可以自己回去。已經不是小孩子了，沒問題的。

B 分(わ)かった。でも、暗(くら)い道(みち)では、気(き)をつけなくてはいけないよ。

好吧。不過，經過暗路時一定要特別小心喔！

暗路騎車要更加小心是一般大眾普遍的想法，所以用「気をつけなくてはいけない」。

文法應用例句

1 一定要寫功課才可以。

宿題(しゅくだい)〔功課〕は必(かなら)ず〔一定〕しなくてはいけません。

★寫功課是義務的、必要的，所以用「しなくてはいけません」。

2 因為父母從故鄉來看我，所以不去接他們不行。

国(くに)〔故鄉〕から両親(りょうしん)〔父母〕が来(く)るので、迎(むか)え〔迎接〕に行(い)かなくてはいけない。

★接父母是義務的、必要的，所以用「行かなくてはいけない」。

3 今天以內一定要完成這份工作。

今日中(きょうじゅう)〔之內〕にこの仕事(しごと)を終(お)わらせ〔結束〕なくてはいけない。

★用「終わらせなくてはいけない」表示今天一定要完成的決心。

文法

9 なくてはならない

track 029

{動詞否定形（去い）}＋くてはならない。【義務】表示根據社會常理來看、受某種規範影響，或是有某種義務，必須去做某件事情。中文是：「必須…、不得不…」。如對話和例句１；補充〖口語－なくちゃ〗「なくては」的口語縮約形為「なくちゃ」，有時只說「なくちゃ」，並將後面省略掉（此時難以明確指出省略的是「いけない」還是「ならない」，但意思大致相同），如例句２、3。

生活對話

重點 義務

A 会議(かいぎ)の資料(しりょう)をもう一度(いちど)書(か)き直(なお)さ<u>なくてはならない</u>んだ。

我不得不把會議資料重寫一遍。

B で、書(か)き直(なお)せたの。

所以，重新寫好了嗎？

A まだたくさん残(のこ)っているのよ。

還剩很多呢。

用「なくてはならない」表示必須做「重寫一遍會議資料」這件事。大多用於個人的事。

文法應用例句

1 非得在明天之前繳交作文不可。

明日(あす)までに作文(さくぶん)〔作文〕を出(だ)さ〔繳交〕なくてはなりません。

★用「なくてはなりません」表示由於學校的規定，所以必須做「今天要寫完作文」這件事。用於個人的事。

2 工作做不完，今天只好加班了。

仕事(しごと)が終(お)わらない〔做不完〕。今日(きょう)は残業(ざんぎょう)〔加班〕しなくちゃ。

★用「なくてはならない→なくちゃ」表示工作進度落後，所以個人必須做「加班」這件事。

3 明天朋友要來房間，得打掃才行。

明日(あした)は友達(ともだち)〔朋友〕が部屋(へや)〔房間〕に来(く)るから掃除(そうじ)〔打掃〕しなくちゃ。

★用「なくてはならない→なくちゃ」表示朋友要來，所以個人必須做「打掃」這件事。

文法

10 命令形

track 030

（句子）＋｛動詞命令形｝＋（句子）。【命令】表示語氣強烈的命令。一般用在命令對方的時候，由於給人粗魯的感覺，所以大都是直接面對當事人說。一般用在對孩子、兄弟姊妹或親友時。中文是：「給我…、不要…」。如對話和例句１、２、３；補充〔教育宣導等〕也用在遇到緊急狀況、吵架、運動比賽或交通號誌等的時候。

生活對話

A なんだ、この部屋（へや）、汚（きたな）いな。早（はや）く掃除（そうじ）しろ。

瞧瞧這房間的鬼樣子！髒死了，快點整理乾淨！

B 昨日（きのう）、お兄（にい）ちゃんたちが夜遅（よるおそ）くまで騒（さわ）いだんだろ。自分（じぶん）でしろよ。

都怪昨天哥哥們鬧到三更半夜，讓他們自己來打掃嘛。

重點　命令

不耐煩地命令他人打掃，「給我…」就用「する」的命令形「しろ」。

文法應用例句

1　快遲到囉，跑起來！

遅刻（ちこく）するよ。走（はし）れ。

（遲到）（（快）跑）

★狀態緊急要對方用跑的，「快…」就用語氣強烈「走る」的命令形「走れ」。

2　放開你們的嗓門大聲唱歌！

もっと大（おお）きい声（こえ）で歌（うた）え。

（更加）（（給我）唱）

★命令對方大聲高唱，「給我…」就用「歌う」的命令形「歌え」。

3　失火啦，快逃啊！

火事（かじ）だ、早（はや）く逃（に）げろ。

（火災）（快逃）

★事態緊急要對方盡快逃跑，「快…」就用「逃げる」的命令形「逃げろ」。

文法

11 なさい

track 031

{動詞ます形} ＋なさい。【命令】表示命令或指示。一般用在上級對下級，父母對小孩，老師對學生的情況。比起命令形，此句型稍微含有禮貌性，語氣也較緩和。由於這是用在擁有權力或支配能力的人，對下面的人說話的情況，使用的場合是有限的。中文是：「要…、請…」。

生活 對話

重點　命令

A 何(なん)だか臭(くさ)いわね。毎日(まいにち)部屋(へや)を掃除(そうじ)しなさいよ。

好像有股怪味道喔。房間要天天整理！

B そんな時間(じかん)ないよ。母(かあ)さん、しといてよ。

我沒空嘛！媽，幫人家打掃啦。

A 片付(かたづ)いたら、気持(きも)ちがすっきりするよ。

房間整理乾淨了，心情也會跟著煥然一新喔。

用命令的語氣對孩子或晚輩說，「掃除しなさい」。

文法應用例句

1　**別老站著，快點坐下！**

┌一直┐┌站著┐　┌坐下┐
ずっと立(た)っていないで、早(はや)く座(すわ)りなさい。

★對孩子或晚輩說，「座りなさい」(坐下)。

2　**今天忘記帶來的人，記得在星期五之前交作業！**

┌忘記了┐　┌作業┐
今日(きょう)忘(わす)れた人(ひと)は、金曜日(きんようび)までに宿題(しゅくだい)を出(だ)しなさい。

★老師對學生說，星期五之前「宿題を出しなさい」(交出作業)。

3　**請寫下漢字的正確發音。**

┌漢字┐┌正確的┐┌讀法┐┌書寫┐
漢字(かんじ)の正(ただ)しい読(よ)み方(かた)を書(か)きなさい。

★考試題目中寫道，「正しい読み方を書きなさい」(寫下正確發音)。

日語小秘方：命令形

動詞的命令形變化

❶ 第一類（五段動詞）

將動詞辭書形的詞尾，變成え段音（え、け、せ、て、ね…）假名就可以了。

例如：

送(おく)る → 送(おく)れ　　押(お)す → 押(お)せ　　脱(ぬ)ぐ → 脱(ぬ)げ

❷ 第二類（一段動詞）

去掉動詞辭書形的詞尾る，然後加上“ろ”就可以了。

例如：

入(い)れる → 入(い)れろ

閉(し)める → 閉(し)めろ

変(か)える → 変(か)えろ

（但「くれる」例外，平常不太使用「くれろ」，而是用「くれ」。）

❸ 第三類（カ・サ変動詞）

將来(く)る變成“来(こ)い”；する變成“しろ”就可以了。

例如：

来(く)る → 来(こ)い

する → しろ

持(も)って来(く)る → 持(も)って来(こ)い

測驗日＿＿＿＿＿＿

小試身手 文法知多少？

請完成以下題目，從選項中，選出正確答案，並完成句子。

1 私(わたし)のスカート、貸(か)して（　　）。

1．あげてもいいよ　　2．あげるといいよ

2 安(やす)ければ、アパートにおふろが（　　）。

1．なくてもかまいません　　2．なくてはいけません

3 こっちへ来(く)る（　　）。

1．てはいけない　　2．な（禁止）

4 勉強(べんきょう)もスポーツも、君(きみ)はなんでもよくできる（　　）。

1．な（禁止）　　2．なあ（詠嘆）

5 《交通標識(こうつうひょうしき)》スピード（　　）。

1．落(お)とせ　　2．落(お)としなさい

6 明日(あした)は6時(じ)に（　　）。

1．起(お)きなければならない　　2．起(お)きるべきだ

7 この映画(えいが)を見(み)るには、18歳以上(さいいじょう)で（　　）。

1．なくてはいけない　　2．ないわけにはいかない

8 赤信号(あかしんごう)では、止(と)まら（　　）。

1．なくてはならない　　2．なくてもいい

答案：(1) 1　(2) 1　(3) 2　(4) 2
(5) 1　(6) 1　(7) 1　(8) 1

新日檢擬真模擬試題

もんだい１　（　　　）に　何を　入れますか。１・２・３・４から　いちばん　いい　ものを　一つ　えらんで　ください。

1　「早く　（　　　）！　学校に　遅れるよ！」

1　起きる　　2　起きろ　　3　起きた　　4　起きない

2　授業中は　静かに　（　　　）。

1　しそうだ　　2　しなさい　　3　したい　　4　しつづける

3　授業が　始まったら　席を　（　　　）。

1　立った　ことが　あります　　2　立ち　つづけます

3　立つ　ところです　　4　立っては　いけません

もんだい２　［ 4 ］から［ 8 ］に　何を　入れますか。文章の　意味を　考えて、１・２・３・４から　いちばん　いい　ものを　一つ　えらんで　ください

下の　文章は　松本さんが　お正月に　留学生の　チーさんに　送った　メールです。

> チーさん、あけまして　おめでとう。
>
> 今年も　どうぞ　よろしく。
>
> 日本で　初めて　［ 4 ］　お正月ですね。どこかに　行きましたか。わたしは　家族と　いっしょに　祖母が　いる　いなかに　来て　います。
>
> きのうは　１年の　最後の　日　［ 5 ］　ね。
>
> 日本では　この　日の　ことを　「大みそか」と　いって、みんな　とても　いそがしいです。午前中は、家族　みんなで　朝から　家じゅうの　そうじを　［ 6 ］　なりません。そして、午後に　なると　お正月の

食べ物を　たくさん　作ります。わたしも　毎年　妹と　いっしょに、料理を　作るのを　**7**　、今年は、祖母が　作った　料理を　いただきました。

8　、また　学校で　会おうね。

松本

4

1　だ　　2　の　　3　に　　4　な

5

1　なのです　　2　でした　　3　らしいです　　4　です

6

1　させられて　　2　しなくても　　3　しなくては　　4　いたして

7

1　てつだいますが　　2　てつだいますので

3　てつだわなくては　　4　てつだったり

8

1　それから　　2　そうして　　3　それでも　　4　それじゃ

▼ 翻譯與詳解請見 P.<199>

4 Chapter

意志と希望

意志及希望

文法速記心智圖

意志及希望

❶ 意志

- てみる
  1【嘗試】
  〔かどうか～てみる〕
- （よ）うとおもう
  1【意志】
  〔某一段時間〕
  〔強烈否定〕
- （よ）う
  1【提議】
  2【意志】
- （よ）うとする
  1【意志】
  〔否定形〕
  2【將要】
- にする
  1【選擇】
  2【決定】
- ことにする
  1【決定】
  〔已經決定〕
  2【習慣】
- つもりだ
  1【意志】
  〔否定形〕
  〔強烈否定形〕
  〔並非有意〕

❷ 希望

- てほしい
  1【希望】
  〔否定－ないでほしい〕
- がる、がらない
  1【感覺】
  〔を＋ほしい〕
  〔現在狀態〕
- たがる、たがらない
  1【希望】
  〔否定－たがらない〕
  〔現在狀態〕
- といい
  1【願望】
  〔近似たらいい等〕

文法 1

てみる

track 032

{動詞て形} ＋みる。【嘗試】「みる」是由「見る」延伸而來的抽象用法，常用平假名書寫。表示雖然不知道結果如何，但嘗試著做前接的事項，是一種試探性的行為或動作，一般是肯定的說法。中文是：「試著（做）…」。如例；補充〘かどうか～てみる〙常跟「～か、～かどうか」一起使用。

生活對話　重點　嘗試

A スクリーンを見(み)てください。2番目(ばんめ)の問題(もんだい)の答(こた)えを考(かんが)えてみましょう。

請大家看銀幕。我們一起來想一想第２題的答案。

B 先生(せんせい)、字(じ)が小(ちい)さいので、もう少(すこ)し大(おお)きくしてください。

老師，字有點小，麻煩調大一點。

為了弄清學生是否知道第２題的答案，所以請學生「考えてみましょう」。

文法應用例句

1 請試穿看看這件衣服。

この服(ふく)〔衣服〕を着(き)〔穿〕てみてください。

★不知道衣服是否合適，所以請客人「着てみてください」。

2 你試著更用力推推看這扇門。

このドア〔門〕を、もう少(すこ)し強(つよ)く〔用力〕押(お)〔推〕してみて。

★為了弄清門是否能打開，所以請對方「強く押してみて」。

3 去了新開幕的餐廳嘗鮮，蠻好吃的唷！

新(あたら)しいお店(みせ)〔商店〕に行(い)ってみたら、よかった〔好的〕よ。

★為了弄清楚味道是否可口，所以「行ってみた」（去看看了）。

文法 2

(よ)うとおもう

track 033

{動詞意向形} ＋(よ)うとおもう。【意志】表示說話人告訴聽話人，說話當時自己的想法、未來的打算或意圖，比起不管實現可能性是高或低都可使用的「～たいとおもう」，「(よ)うとおもう」更具有採取某種行動的意志，且動作實現的可能性很高。中文是：「我打算…」。如對話和例句１；補充〘某一段時間〙用「(よ)うとおもっている」，表示說話人在某一段時間持有的打算。中文是：「我要…」。如例句２；補充〘強烈否定〙「(よ)うとはおもわない」表示強烈否定。中文是：「我不打算…」。如例句３。

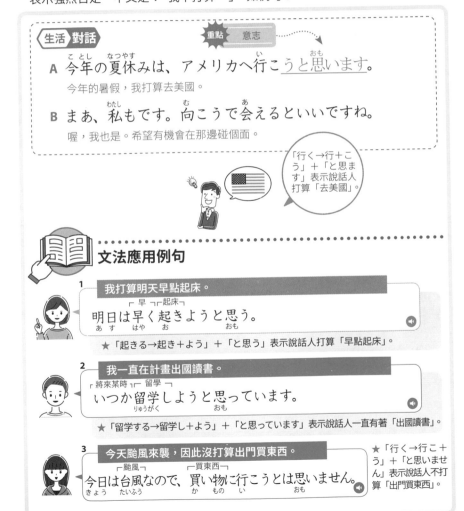

生活對話　重點 意志

A 今年(ことし)の夏休(なつやす)みは、アメリカへ行(い)こうと思(おも)います。

今年的暑假，我打算去美國。

B まあ、私(わたし)もです。向(む)こうで会(あ)えるといいですね。

喔，我也是。希望有機會在那邊碰個面。

「行く→行＋こう」＋「と思ます」表示說話人打算「去美國」。

文法應用例句

1 **我打算明天早點起床。**

明日(あす)は早(はや)く起(お)きようと思(おも)う。

［早］［起床］

★「起きる→起き＋よう」＋「と思う」表示說話人打算「早點起床」。

2 **我一直在計畫出國讀書。**

いつか留学(りゅうがく)しようと思(おも)っています。

［將來某時］［留學］

★「留学する→留学し＋よう」＋「と思っています」表示說話人一直有著「出國讀書」。

3 **今天颱風來襲，因此沒打算出門買東西。**

今日(きょう)は台風(たいふう)なので、買(か)い物(もの)に行(い)こうとは思(おも)いません。

［颱風］［買東西］

★「行く→行こ＋う」＋「と思いません」表示說話人不打算「出門買東西」。

文法

3 （よ）う

track 034

{動詞意向形} +（よ）う。【提議】用來提議、邀請別人一起做某件事情。「ましょう」是較有禮貌的說法。中文是:「(一起) …吧」。如對話和例句1、2;【意志】表示說話者的個人意志行為，準備做某件事情。中文是：「…吧」。如例句3。

生活對話

重點 提議

A 金曜日（きんようび）だから、飲（の）みに行（い）こうか。

今天是星期五，我們去喝個痛快吧。

B いいねえ。１週間（しゅうかん）の疲（つか）れが溜（た）まっているから、ビールがおいしいぞ。

好主意，辛苦了一整個星期，來瓶啤酒一定特別暢快。

「行く」變意向形「行く→行＋こう」，表示提議、邀請別人一起去喝個痛快。

文法應用例句

1 已經很晚了，該回去了啦。

もう遅（おそ）いから、帰（かえ）ろうよ。

［很晚的］［回家］

★「帰る」變意向形「帰る→帰ろ＋う」，表示很晚了，說話人提議對方該回家了。

2 你好像很忙哦？要不要我幫忙？

忙（いそが）しそうだね。手伝（てつだ）おうか。

［忙碌的］［幫忙］

★「手伝う」變意向形「手伝う→手伝お＋う」，表示看對方似乎很忙，提議是否需要幫忙。

3 從今天開始寫日記吧！

今日（きょう）から日記（にっき）をつけよう。

［日記］［書寫］

★「つける」變意向形「つける→つけ＋よう」，表示說話人打算今天開始寫日記。

文法 4 （よ）うとする

track 035

{動詞意向形} ＋（よ）うとする。【意志】表示動作主體的意志、意圖。主語不受人稱的限制。表示努力地去實行某動作。中文是：「想…、打算…」。如對話和例句１；補充〖否定形〗否定形「（よ）うとしない」是「不想…、不打算…」的意思，不能用在第一人稱上。如例句２；【將要】表示某動作還在嘗試但還沒達成的狀態，或某動作實現之前，而動作或狀態馬上就要開始。中文是：「才…」。如例句３。

生活對話

重點 意志

A 一郎（いちろう）はダイエットをしようとしているんだって。

聽說一郎最近打算減重。

B えっ、一郎（いちろう）？彼（かれ）は「ダイエットは明日（あした）から。」と言（い）って毎日（まいにち）のように暴飲暴食（ぼういんぼうしょく）してるよ。

咦，你說的是一郎？他幾乎天天暴飲暴食，還把「減肥的事明天再說」這句話掛在嘴邊呢。

「する→しよ＋う」＋表意志的「としている」表示一郎試著想減重的情況。

文法應用例句

1 原本想扔了那封信，卻怎麼也捨不得丟。

その手紙（てがみ）〔信〕を捨（す）て〔丟掉〕ようとしましたが、捨（す）てられませんでした。

★「捨てる→捨てよ＋う」＋表意志的「とする」表示試著想丟掉，卻捨不得的情況。

2 小孩不聽我的話。

子（こ）ども〔孩子〕が私（わたし）の話（はなし）を聞（き）〔聽從〕こうとしない。

★「（よ）うとしない」接在意志動詞「聞く」之後，表示孩子不聽話的情況。

3 正準備沖澡的時候，電話響了。

シャワーを浴（あ）び〔淋浴〕〔洗〕ようとしたら、電話（でんわ）が鳴（な）った〔響了〕。

★「（よ）うとする」接在意志動詞「浴びる」之後，表示就要開始沖澡之前的狀態下，「電話が鳴った」。

文法 5 にする

track 036

{名詞；副助詞} ＋にする。【選擇】表示抉擇，決定、選定某事物。中文是：「決定…」。如對話和例句１；【決定】常用於購物或點餐時，決定買某樣商品。中文是：「我要…、我要點…」。如例句２、３。

生活對話

A 今日(きょう)は料理(りょうり)をする時間(じかん)がないから、外食(がいしょく)にしよう。

今天沒時間做飯，我們在外面吃吧。

B えー、僕(ぼく)は君(きみ)の手料理(てりょうり)を食(た)べたいのにー。

不會吧，我很期待吃你親手做的菜耶……。

重點　選擇

「にしよう」表示因為「今天沒時間做飯」，而人為的選擇「外食」這個動作。

文法應用例句

1 最近工作很忙，下次再去旅行。

最近(さいきん)仕事(しごと)が忙(いそが)しいので、旅行(りょこう)は今度(こんど)にします。

［最近］［旅行］［下次］

★「にします」表示因為「最近工作很忙」，而人為的選擇「今度」（以後）再去。

2 我要這件紅襯衫。

この赤(あか)いシャツにします。

［紅色的］［襯衫］

★逛街時，在各式各樣的衣服中，有意識地選一個用「赤いシャツにします」！

3 「要喝什麼？」「我要咖啡。」

「何(なに)飲(の)む。」「コーヒーにする。」

［喝］［咖啡］

★點餐時問對方決定要什麼，在各種口味中，有意識地選一個用「コーヒーにする」！

文法

6 ことにする

track 037

{動詞辭書形；動詞否定形} ＋ことにする。【決定】 表示說話人以自己的意志，主觀地對將來的行為做出某種決定、決心。中文是：「決定…」。如例句１、２；補充〖已經決定〗 用過去式「ことにした」表示決定已經形成，大都用在跟對方報告自己決定的事。中文是：「已決定…」。如對話；【習慣】 用「ことにしている」的形式，則表示因某決定，而養成了習慣或形成了規矩。中文是：「習慣…」。如例句３。

生活對話　　重點　已經決定

A 冬休(ふゆやす)みは北海道(ほっかいどう)に行(い)くことにしたんだ。

我決定寒假要去北海道了。

B じゃ、蟹(かに)、ホタテ、イクラ、あとお菓子(かし)の「白(しろ)い恋人(こいびと)」も買(か)って来(き)てねー。

那麼，別忘了買螃蟹、干貝、鮭魚卵，還有「白色戀人」的餅乾回來囉。

A はいはい。

好好好——。

「ことにした」表示說話人已決定寒假要去北海道，並跟大家報告。

文法應用例句

1 因為星期一到五很忙，所以星期六再去吧。

平日(へいじつ)〔平日〕は忙(いそが)しいから、土曜日(どようび)〔星期六〕に行(い)くことにしよう。

★「ことにする（する→しよう〈那就做吧〉）」表示說話人由自己的意志決定星期六再去。

2 要是報告老師准會挨罵，還是閉上嘴巴別講吧。

先生(せんせい)に言(い)うと怒(おこ)〔怒責〕られるので、だまっている〔不說話〕ことにしよう。

★「ことにする（する→しよう〈那就做吧〉）」表示說話人由自己的意志決定閉上嘴巴不講話。

3 現在天天都寫日記。

毎日(まいにち)、日記(にっき)〔日記〕を書(か)〔書寫〕くことにしています。

★用「ことにしています」表示為消除壓力等原因，而決定把天天「日記を書く」當作習慣。

文法

7 つもりだ

track 038

〔動詞辭書形〕＋つもりだ。【意志】表示說話人的意志、預定、計畫等，也可以表示第三人稱的意志。有說話人的打算是從之前就有，且意志堅定的語氣。中文是：「打算…、準備…」。補充〔否定形〕「ないつもりだ」為否定形。中文是：「不打算…」。如對話和例句1；補充〔強烈否定形〕「～つもりはない」表「不打算…」之意，否定意味比「～ないつもりだ」還要強。如例句2；補充〔並非有意〕「～つもりではない」表示「そんな気はなかったが～（並非有意要…）」之意。中文是：「並非有意要…」。如例句3。

生活對話

A あれ、灰皿(はいざら)がないわよ。どこに置(お)いたの。

噢，沒有菸灰缸哦？放到哪裡了？

B ライターといっしょに捨(す)てちゃったよ。煙草(たばこ)が高(たか)くなったから、もう吸(す)わない<u>つもり</u>なんだ。

重點 意志

和打火機一起丟了。香菸漲價了，所以打算戒菸了。

A あら、そう。

哦，這樣喔。

從「つもり」知道說話人事先就打算「もう吸わない」，且意志堅定。
TOBACCO

文法應用例句

1 結婚以後，我並不打算和父母住在一起。

結婚(けっこん)したら、両親(りょうしん)〔父母〕とは住(す)〔居住〕まないつもりだ。

★從「つもり」知道說話人事先就打算「両親とは住まない」，且意志堅定。

2 就算明天有颱風，也不打算不上班。

明日(あす)台風(たいふう)〔颱風〕がきても、会社(かいしゃ)〔公司〕を休(やす)〔缺勤〕むつもりはない。

★從「つもりはない」知道說話人事先就沒有「会社を休む」的打算，且意志堅定。

3 其實起初我壓根沒想過要擔任代表，可是…。

はじめは〔起初〕、代表(だいひょう)〔代表〕になるつもりではなかったのに〔可是〕…。

★從「つもりではなかった」知道說話人事先並沒有「代表になる」的打算。

文法

8 てほしい

track 039

【希望】{動詞て形} ＋ほしい。表示說話者希望對方能做某件事情，或是提出要求。中文是：「希望…、想…」。如對話和例句１、２；補充〖否定－ないでほしい〗{動詞否定形} ＋でほしい。表示否定，為「希望（對方）不要…」，如例句３。

生活對話　重點：希望

A もっと給料(きゅうりょう)を上(あ)げてほしいよね。

真希望能多給點薪水呀。

B そうよね。こんなに物価(ぶっか)が上(あ)がっているんだから。

就是說嘛，物價都漲這麼高了。

「てほしい」表示說話人希望公司做「給料を上げる」這一行為。

文法應用例句

1 既然你要去超市，順便幫忙寄封信吧。

〔超市〕〔郵寄〕
スーパーへ行(い)くなら、手紙(てがみ)を出(だ)して来(き)てほしい。

★「てほしい」表示說話人想讓聽話人做「手紙を出す」這一行為。

2 希望爸爸能更常陪我玩。

〔更加〕〔我〕〔玩耍〕
もっとお父(とう)さんに僕(ぼく)と遊(あそ)んでほしい。

★「でほしい」表示說話人想讓爸爸做「僕と遊ぶ」這一行為。

3 就算我離開了，也希望大家不要傷心。

〔離開〕〔傷心〕
私(わたし)がいなくなっても、悲(かな)しまないでほしいです。

★「ないでほしい」表示說話人不想讓聽話人做「悲しむ」這一行為。

文法

9 がる、がらない

track 040

{[形容詞・形容動詞]詞幹}+がる、がらない。【感覺】表示某人說了什麼話或做了什麼動作，而給說話人留下這種想法，有這種感覺，想這樣做的印象，「がる」的主體一般是第三人稱。中文是：「覺得…、想要…；不覺得…、不想要…」。如例句１、２；補充〖を＋ほしい〗當動詞為「ほしい」時，搭配的助詞為「を」，而非「が」，如例句３；補充〖現在狀態〗表示現在的狀態用「〜ている」形，也就是「がっている」，如對話。

生活對話

重點 感覺

A 雄太くんと千花ちゃん、何だか大人しいのね。
（ゆうた／ちか／なん／おとな）

雄太和千花看起來都很懂事。

B それがね、両親が忙しいので、子どもは寂しがっているんです。
（りょうしん／いそが／こ／さび）

那是因為爸媽都忙，孩子總是孤伶伶的。

「がっている」表示孩子（第三人稱）眼前讓人感覺是「寂しい」（孤伶伶的）。

文法應用例句

1 沒關係，不需要害羞，請提高音量講話。

（害羞的／大的／嗓音）

恥ずかしがらなくていいですよ。大きな声で話してください。
（は／おお／こえ／はな）

★「がらなくて」表示大家（第三人稱）讓人感覺是「恥ずかしい」（害羞的）。

2 她很不甘心地捶了桌子。

（桌子／捶打／不甘心的）

彼女は机をたたいてくやしがった。
（かのじょ／つくえ）

★「がった」表示她（第三人稱）讓人感覺是「くやしい」（不甘心的）。

3 她一直很想擁有那家店製作的包款。

（她／皮包／一直）

彼女はあのお店のかばんをいつもほしがっている。
（かのじょ／みせ）

★「がっている」表示她（第三人稱）讓人感覺是時時刻刻都是「ほしい」（想要）。

文法 10 たがる、たがらない

track 041

{動詞ます形} +たがる、たがらない。【希望】 是「たい的詞幹」+「がる」來的。用在表示第三人稱，顯露在外表的願望或希望，也就是從外觀就可看對方的意願。中文是：「想…；不想…」。如對話和例句１；補充〘否定ーたがらない〙以「たがらない」形式，表示否定，如例句２；補充〘現在狀態〙表示現在的狀態用「〜ている」形，也就是「たがっている」，如例句３。

生活對話

A パソコン、どうしてこんな高(たか)いところに置(お)いてるの。
為什麼要把電腦放在這麼高的地方呢？

B 子(こ)どもがいつも私(わたし)のパソコンに触(さわ)りたがるから。
因為小孩很喜歡摸我的電腦。

重點 希望

文法應用例句

1 **兒子雖然發燒了，卻還是吵著出門，真不知道該怎麼辦才好。**

（發燒）（外面）（困擾）
息子(むすこ)は熱(ねつ)があっても、外(そと)に出(で)たがるので困(こま)ります。

★「たがる」表示兒子想「外に出る」（出門）的渴望。

2 **近來，許多年輕人沒什麼意願結婚。**

（年輕的）（們）（(不) 怎麼）
最近(さいきん)、若(わか)い人(ひと)たちはあまり結婚(けっこん)したがらない。

★「たがらない」表示年輕人沒有「結婚」（結婚）的意願。

3 **正在住院的父親直嚷著想喝醇厚芳香的美酒。**

（住院）（父親）（醇厚芳香的）
入院中(にゅういんちゅう)の父(ちち)はおいしいお酒(さけ)を飲(の)みたがっている。

★「たがっている」表示父親現在的狀態是渴望「お酒を飲む」。

文法

11 といい

track 042

{名詞だ；[形容詞・形容動詞・動詞]辭書形} ＋といい。【願望】 表示說話人希望成為那樣之意。句尾出現「けど、のに、が」時，含有這願望或許難以實現等不安的心情。中文是：「要是…該多好」。如對話和例句１、２；補充〘近似たらいい等〙 意思近似於「～たらいい（要是…就好了）、～ばいい（要是…就好了）」。中文是：「要是…就好了」。如例句３。

生活 對話

A 月曜（げつよう）からずっと雨（あめ）で、グラウンドの練習（れんしゅう）ができません。

從星期一就一直下雨，沒辦法在操場練習。

B 試合（しあい）が近（ちか）いのに困（こま）りますね。週末（しゅうまつ）は晴（は）れる<u>といい</u>ですね。

眼看著比賽臨近，真傷腦筋。週末若能放晴就好了。

重點 願望

用「といい」表示說話人希望「能放晴」的這個願望。

文法應用例句

1 要是這時間搭電車的人沒那麼多該有多好。

┌再┐┌稍微┐┌某處變空┐

電車（でんしゃ）、もう少（すこ）し空（す）いているといいんだけど。

★用「といい」表示說話人希望「人沒那麼多」的這個願望。

2 如果能住在離學校更近一點的地方就好了。

┌學校┐ ┌更加┐┌近的┐

学校（がっこう）までもっと近（ちか）いといいのに。

★用「といい」表示說話人希望「離學校更近一點」的這個願望。

3 好希望下個月會加薪啊。

┌下個月┐┌薪水┐ ┌上漲┐

来月（らいげつ）給料（きゅうりょう）が上（あ）がったらいいなあ。

★「といい」近似於「たらいい」，表示說話人希望「會加薪」的這個願望。

日語小秘方：意向形

動詞的意向形變化

❶ 第一類（五段動詞）

將動詞辭書形的詞尾，變為お段音（お、こ、そ、と…）假名，然後加上“う”讓它變長音就可以了。

例如：

会(あ)う → 会(あ)お → 会(あ)おう

住(す)む → 住(す)も → 住(す)もう

立(た)つ → 立(た)と → 立(た)とう

❷ 第二類（一段動詞）

去掉動詞辭書形的詞尾る，然後加上“よう”就可以了。

例如：

降(お)りる → 降(お)り → 降(お)りよう

開(あ)ける → 開(あ)け → 開(あ)けよう

捨(す)てる → 捨(す)て → 捨(す)てよう

❸ 第三類（カ・サ変動詞）

將来(く)る變成“来(こ)よう”；將する變成“しよう”就可以了。

例如：

来(く)る → 来(こ)よう

する → しよう

連(つ)れて来(く)る → 連(つ)れて来(こ)よう

測驗日 ＿＿＿＿＿＿

小試身手 文法知多少？

請完成以下題目，從選項中，選出正確答案，並完成句子。

1 次(つぎ)のテストでは 100 点(てん)を取(と)っ（　　）。

1．てみる　　2．てみせる

2 夏(なつ)が来(く)る前(まえ)に、ダイエットしようと（　　）。

1．思(おも)う　　2．する

3 疲(つか)れたから、少(すこ)し（　　）。

1．休(やす)もう　　2．休(やす)むつもりだ

4 これは豆(まめ)で作(つく)ったものですが、肉(にく)の味(あじ)（　　）。

1．にします　　2．がします

5 健康(けんこう)のために、明日(あした)から酒(さけ)はやめることに（　　）。

1．した　　2．なった

6 明日(あした)の朝(あさ)６時(じ)に起(お)こし（　　）。

1．てほしいです　　2．がほしいです

7 妹(いもうと)が、机(つくえ)の角(かど)に頭(あたま)をぶつけて（　　）います。

1．痛(いた)がって　　2．痛(いた)たがって

錯題糾錯 Note

錯題＆錯解

正解＆解析

參考資料

答案：(1) 2　(2) 1　(3) 1　(4) 2
(5) 1　(6) 1　(7) 1

新日檢擬真模擬試題

もんだい１　（　　　）に　何を　入れますか。１・２・３・４から　いちばん　いい　ものを　一つ　えらんで　ください

1　（レストランで）
小林（こばやし）「鈴木（すずき）さんは　（　　　）？」
鈴木（すずき）「私（わたし）は　サンドイッチに　しよう。」

1　何（なん）と　する　2　何（なに）に　する　3　何（なに）を　した　4　何（なん）でした

2　A「次（つぎ）の　交差点（こうさてん）を　左（ひだり）に　曲（ま）がると　近（ちか）い　かもしれません。」
B「じゃあ、左（ひだり）に　曲（ま）がって　（　　　）。」

1　しまう　2　みよう　3　よう　4　おこう

3　彼（かれ）は　病院（びょういん）に　行（い）き　（　　　）　ない。

1　たがり　2　たがら　3　たがる　4　たがれ

4　暗（くら）く　なって　きたから　そろそろ　（　　　）。

1　帰（かえ）った　2　帰（かえ）って　いる　3　帰（かえ）ろう　4　帰（かえ）らない

5　A「どうか　しましたか。」
B「何（なに）か　いい　におい（　　　）します。」

1　の　2　を　3　が　4　に

もんだい２　＿＿★＿＿に　入る　ものは　どれですか。１・２・３・４から　いちばん　いい　ものを　一つ　えらんで　ください。

6　A「日曜日（にちようび）は　ゴルフにでも　行（い）きますか。」
B「そうですね。それでは　＿＿＿　＿＿＿　＿★＿　＿＿＿　しましょう。」

1　に　2　行（い）く　3　ゴルフ　4　ことに

7　小川（おがわ）「竹田（たけだ）さん、アルバイトで　ためた　＿＿＿　＿＿＿　＿★＿　＿＿＿　ですか。」
竹田（たけだ）「世界中（せかいじゅう）を　旅行（りょこう）したいです。」

1　何（なに）に　2　つもり　3　つかう　4　お金（かね）を

8　町田（まちだ）「石川（いしかわ）さん。音楽会（おんがくかい）には　いつ　行（い）くのですか。」
石川（いしかわ）「来週（らいしゅう）の　日曜日（にちようび）に　＿＿＿　＿＿＿　＿★＿　＿＿＿　ます。」

1　思（おも）って　2　と　3　行（い）こう　4　い

▼ 翻譯與詳解請見 P.<201>

模擬試題 **錯題糾錯＋解題攻略筆記！**

錯題＆錯解

正解＆解析

參考資料

5
Chapter

判断と推量

判斷及推測

文法速記心智圖

判斷（依據性較高）

- はずだ
  1【推斷】
  2【理解】
- はずが（は）ない
  1【推斷】
  〔口語－はずない〕
- そう
  1【樣態】
  〔よい－よさそう〕
  〔女性－そうね〕
- ようだ
  1【推斷】
  〔活用同形容動詞〕
  2【比喻】
- らしい
  1【據傳聞推測】
  2【據所見推測】
  3【樣子】
- がする
  1【樣態】
- かどうか
  1【不確定】

- とおもう
  1【推斷】
- だろうとおもう
  1【推斷】
- だろう
  1【推斷】
  〔常接副詞〕
  〔女性用－でしょう〕
- かもしれない
  1【推斷】

推測（依據性較低）

文法

1 はずだ

track 043

{名詞の；形容動詞詞幹な；[形容詞・動詞] 普通形} ＋はずだ。【理解】表示說話人對原本不可理解的事物，在得知其充分的理由後，而感到信服。中文是：「怪不得…」。如對話和例句１；【推斷】表示說話人根據事實、理論或自己擁有的知識來推測出結果，是主觀色彩強，較有把握的推斷。中文是：「(按理說）應該…」。如例句２、３。

生活對話

A 高橋（たかはし）さんはアメリカに10年（ねん）住（す）んでいたのか。英語（えいご）ができるはずだ。

重點 理解

原來高橋太太在美國住了10年，難怪會講英語。

B そうなんです。まるでアメリカ人（じん）みたいに喋（しゃべ）れますよ。

沒錯，她說起英文就和美國人一樣流利呢。

「はずだ」表示在得知「アメリカに10年住んでいた」這一充分理由後，而理解為何高橋太太會講英語了。

文法應用例句

1 難怪這麼冷，原來外面正在下雪。

寒（さむ）いはずだ。雪（ゆき）が降（ふ）っている。

（寒冷的／下（雪））

★「はずだ」表示在得知「雪が降っている」這一充分理由後，而理解為何這麼冷了。

2 上星期林小姐去了中國，所以目前應該不在日本喔。

林（はやし）さんは先週（せんしゅう）中国（ちゅうごく）へ行（い）ったから、今日本（いまにほん）にいないはずですよ。

（上星期／中國／不在）

★根據林小姐說她「中国へ行った」的事實進行推斷，她現在一定「日本にいない」。

3 既然每天都足足用功５個鐘頭，下次應該能夠考上。

毎日（まいにち）５時間（じかん）も勉強（べんきょう）しているから、次（つぎ）は合格（ごうかく）できるはずだ。

（用功學習／下次／考上）

★根據說話者說自己「毎日５時間も勉強している」的事實進行推斷，深信自己「合格できる」。

文法

2 はずがない、はずはない

track 044

{名詞の；形容動詞詞幹な；[形容詞・動詞] 普通形} ＋はずがない、はずはない。【推斷】表示說話人根據事實、理論或自己擁有的知識，來推論某一事物不可能實現。是主觀色彩強，較有把握的推斷。中文是：「不可能…、不會…、沒有…的道理」。如對話和例句１、2；補充〘口語－はずない〙用「はずない」，是較口語的用法，如例句３。

生活對話

重點　推斷

A 漢字（かんじ）を１日（にち）100個（こ）も、覚（おぼ）えられるはずがない。

怎麼可能每天背下100個漢字呢！

B そうだよ。せいぜい１日（にち）10個（こ）だね。

就是說嘛，一天頂多記住10個字就不錯了。

漢字
100個
1日
根據說話人自己擁有的知識知道，「1日100個」太多了，所以「覚えられるはずがない」。

文法應用例句

1 這麼寬敞的房子不可能只用100萬就買得到！

こんなに大（おお）きい家（いえ）が100万円（まんえん）で買（か）えるはずがない。

（家＝房子；万＝萬；円＝圓）

★根據說話人自己擁有的知識知道，「這麼寬敞的房子」，所以「不可能只用100萬就買得到」。

2 這件事，她絕不可能知道！

この事（こと）を、彼女（かのじょ）が知（し）っているはずがない。

（事＝事情；知って＝知道）

★根據說話人自己知道的情況來看，「這件事，她絕不可能知道」。

3 從這裡到學校就算拚命衝，也不可能在10分鐘之內趕到。

ここから学校（がっこう）まで急（いそ）いでも10分（ぷん）でつくはずない。

（急いで＝趕緊；つく＝抵達）

★根據說話人自己擁有的知識知道，「從這裡到學校」這麼遠，用口語表達「10分でつくはずない」。

Chapter5 判斷及推測

文法

3 そう

track 045

{[形容詞・形容動詞] 詞幹；動詞ます形} ＋そう。【樣態】表示說話人根據親身的見聞，如周遭的狀況或事物的外觀，而下的一種判斷。中文是:「好像…、似乎…」。如對話和例句１；補充〘よいーよさそう〙形容詞「よい」、「ない」接「そう」，會變成「よさそう」、「なさそう」，如例句２；補充〘女性ーそうね〙會話中，當說話人為女性時，有時會用「そうね」，如例句３。

生活對話　　重點　樣態

A わあ、このケーキ、おいしそう。
哇，這塊蛋糕看起來真好吃！

B ネットのレシピを見(み)て、作(つく)ってみました。
我是按照網路上的食譜做做看的。

表達蛋糕看起來真好吃，用「おいしし」加上「そう」。

文法應用例句

1 外套的鈕釦好像快掉了喔！

上着(うわぎ)【外套】のボタン【鈕扣】が取(と)れ【脫落】そうですよ。

★表達對方的鈕扣似乎快要掉了，用「取れ」加上「そうです」。

2 「那東西會在這裡嗎？」「好像沒有喔。」

「ここにあるかな【嗎】。」「なさ【沒有】そうだね。」

★想表達那東西似乎沒在這裡，將「ない」改成「なさそうだ」。

3 你看起來快睡著了耶。昨天幾點睡的？

眠(ねむ)【睏倦】そうね。昨日(きのう)何時(なんじ)【幾點】に寝(ね)たの。

★想表達對方看起來似乎快睡著了，用「眠い→眠＋そうね」。為女性口吻。

文法 4 ようだ

track 046

【推斷】｛名詞の；形容動詞詞幹な；[形容詞・動詞]普通形｝＋ようだ。用在說話人從各種情況，來推測人或事物是後項的情況，通常是說話人主觀、根據不足的推測。後接動詞時，「ようだ」要改成「ように」。中文是：「好像…」。如對話和例句１；補充〘活用同形容動詞〙「ようだ」的活用跟形容動詞一樣；【比喻】｛名詞の；動詞辭書形；動詞た形｝＋ようだ。把事物的狀態、形狀、性質及動作狀態，比喻成一個不同的其他事物。中文是：「像…一樣的、如…似的」。如例句２、３。

生活對話

重點：推斷

A 野田(のだ)さんは、お酒(さけ)が好(す)きなようだった。

野田先生以前好像很喜歡喝酒。

B 好(す)きと言(い)うより、飲(の)み過(す)ぎだったんじゃありませんか。

與其說是喜歡，根本是貪杯吧。

「ようだった」用在說話人看到野田先生酒一杯接一杯的喝，主觀的推斷他似乎喜歡喝酒。

文法應用例句

1 聽說在鄉下，下雪天上學非常辛苦。

田舎(いなか)〔鄉下〕では、雪(ゆき)が降(ふ)ると学校(がっこう)へ行(い)くのは大変(たいへん)〔辛苦的〕なようです。

★「ようです」用在說話人主觀的推斷，鄉下下雪天路況不好，所以「上學非常辛苦」。

2 瞧瞧他玩得像個孩子似的。

彼(かれ)〔他〕はまるで〔宛如〕子(こ)どものように遊(あそ)んでいる。

★他盡情玩耍的樣子要怎麼比喻呢？用「子ども＋ように」來形容比喻。

3 今天很暖和，彷彿春天一般。

今日(きょう)は暖(あたた)かくて〔暖和的〕、春(はる)〔春天〕のようだ。

★今天很暖和，要怎麼比喻呢？用「春の＋ようだ」來形容比喻。

文法

5 らしい

track 047

{名詞；形容動詞詞幹；[形容詞・動詞] 普通形} ＋らしい。【據傳聞推測】 表示從外部來的，是說話人自己聽到的內容為根據，來進行客觀推測。含有推測、責任不在自己的語氣。中文是：「說是…、好像…」。如對話；【據所見推測】 表示從眼前可觀察的事物等狀況，來進行想像性的客觀推測。中文是：「好像…、似乎…」。如例句１、２；【樣子】 表示充分反應出該事物的特徵或性質。中文是：「像…樣子、有…風度」。如例句３。

生活對話

重點　據傳聞推測

A 天気予報(てんきよほう)によると、明日(あした)は大雨(おおあめ)らしい。

我看氣象預報，明天會下大雨。

B 今年(ことし)は大雨(おおあめ)が多(おお)いですね。これも地球温暖化(ちきゅうおんだんか)のせいかなあ。

今年常常下大雨呢。這也是受到地球暖化的影響嗎？

用「らしい」表示從外部的氣象預報來的信息，做出客觀推斷「明日は大雨」。
天気予報

文法應用例句

1 電車行駛時發生了死傷事故，恐怕會延遲抵達。

人身事故(じんしんじこ)〔死傷事故〕があった。電車(でんしゃ)が遅(おく)れる〔延遲〕らしい。

★判斷電車「會延遲抵達」，是從發生了死傷事故這一狀況判斷的。

2 孩子們待的房間安靜下來了。他們似乎都睡著了。

子(こ)どもたちの部屋(へや)が静(しず)か〔安靜的〕になった。みんな寝(ね)た〔睡了〕らしい。

★判斷孩子們「似乎都睡著了」，是從房間安靜下來這一狀況判斷的。

3 我會買些具有日本傳統風格的伴手禮帶回去。

日本(にほん)らしいお土産(みやげ)〔伴手禮〕を買(か)って帰(かえ)る〔回去〕ます。

★用「日本らしい」表達有日本傳統風格的。

文法

6 がする

track 048

{名詞} +がする。【樣態】前面接「かおり（香味）、におい（氣味）、味（味道）、音（聲音）、感じ（感覺）、気（感覺）、吐き気（噁心感）」等表示氣味、味道、聲音、感覺等名詞，表示說話人通過感官感受到的感覺或知覺。中文是：「感到…、覺得…、有…味道」。

生活對話　重點 樣態

A 明日（あした）のキャンプ、お天気（てんき）は大丈夫（だいじょうぶ）かなあ。

明天要露營，不知道天氣好不好。

B 今（いま）は晴（は）れているけど、明日（あした）は雨（あめ）が降（ふ）るような気（き）がする。

今天雖然是晴天，但我覺得明天好像會下雨。

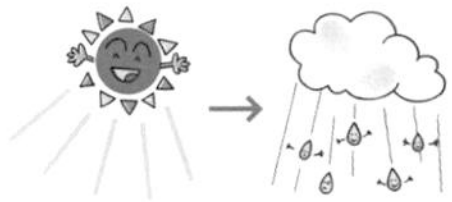

表達說話人的感覺，「がする」前面就接感覺、感受的名詞「気」（感覺）！

文法應用例句

1 這張卡片聞起來好香。

このカード（卡片）は、いい匂（にお）い（味道）がします。

★表達嗅覺感受，「がします」前面就接感覺名詞「いい匂い」（好香的味道）！

2 從2樓傳來了爸爸叫我的聲音。

2階（かい）（樓）から父（ちち）が私（わたし）を呼（よ）んでいる（呼喊）声（こえ）（聲音）がした。

★表達聽覺感受，「がした」前就接感覺的名詞「私を呼んでいる声」（叫我的聲音）！

3 那個人有種冷漠的感覺。

あの人（ひと）（人）は冷（つめ）たい感（かん）じ（冷漠的）がします。

★表達心裡的感受，「がします」前面就接感覺的名詞「冷たい感じ」（冷漠的感覺）！

文法

7 かどうか

track 049

{名詞；形容動詞詞幹；[形容詞・動詞] 普通形} ＋かどうか。【不確定】表示從相反的兩種情況或事物之中選擇其一。「かどうか」前面的部分是不知是否屬實。中文是：「是否…、…與否」。

生活對話

A さっきのスープとステーキ、ちょっとビミョウ(微妙(びみょう))でしたね。

剛才那道湯和牛排，感覺不怎麼樣……。

重點 不確定

B そうですね。あの店(みせ)の料理(りょうり)はおいしいかどうかと言(い)われると分(わ)かりませんね。

是啊，被問到那家餐廳的菜到底算好吃還是不好吃，還真不知道怎麼回答。

「おいしい」跟「おいしくない」縮寫成「おいしいかどうか」，表示不確定好不好吃。

文法應用例句

1 **我還沒有決定明天到底要不要去約會。**

（約會）（決定）

明日(あす)のデートに行(い)くかどうかまだ決(き)めていません。

★「行くか」跟「行かないか」縮寫成「行くかどうか」，來表示不確定要不要去。

2 **我不確定那件消息的真偽。**

（傳聞）（真的）

その話(はなし)が本当(ほんとう)かどうか分(わ)からない。

★「本当か」、「本当ではないか」縮寫成「本当かどうか」，表示不知道是不是真的。

3 **在考試結束前，請檢查有沒有寫錯的部分。**

（錯誤）（檢查）

テストが終(お)わる前(まえ)に、間違(まちが)いがないかどうか確認(かくにん)してください。

★「間違いがあるか」跟「間違いがないか」縮寫成「間違いがないかどうか」，來請對方確認是否有錯。

文法

8 だろう

track 050

{名詞；形容動詞詞幹；[形容詞・動詞] 普通形} ＋だろう。【推斷】使用降調，表示說話人對未來或不確定事物的推測，且說話人對自己的推測有相當大的把握。中文是：「…吧」。如對話和例句１；補充〖常接副詞〗常跟副詞「たぶん（大概）、きっと（一定）」等一起使用，如例句２；補充〖女性用ーでしょう〗口語時女性多用「でしょう」，如例句３。

生活對話　重點 推斷

A 彼(かれ)は来(こ)ないだろう。

他大概不會來吧。

B 私(わたし)もそう思(おも)う。メンバーが足(た)りなくなるね。

我也這麼覺得。這麼一來，人數就不夠了。

「だろう」表示說話人因經驗或現況，相當有把握的推測「他大概不會來吧」。

文法應用例句

1 今天剛參加完運動會，孩子們應該會早早睡覺吧。

運動會　早的　睡覺

今日(きょう)は運動会(うんどうかい)だったから、子(こ)どもは早(はや)く寝(ね)るだろう。

★「だろう」表示運動會後孩子們較為疲倦，而有把握的推測「應該會早早睡覺吧」。

2 明天的考試恐怕很難喔。

考試　大概　難懂的

明日(あす)の試験(しけん)はたぶん難(むずか)しいだろう。

★用「たぶん～だろう」表示說話人根據某些原因推測「明天的考試應該會很難」。

3 今晚可能會變得更冷吧。

今晚　更加

今夜(こんや)はもっと寒(さむ)くなるでしょう。

★「でしょう」表示說話人根據現況，如寒流來了，推測「今晚可能會變得更冷」。

文法

9 だろうとおもう

track 051

{[名詞・形容詞・形容動詞・動詞] 普通形} ＋だろうとおもう。【推斷】 意思幾乎跟「だろう（…吧）」相同，不同的是「とおもう」比「だろう」更清楚地講出推測的內容，只不過是說話人主觀的判斷，或個人的見解。而「だろうとおもう」由於說法比較婉轉，所以讓人感到比較鄭重。中文是：「（我）想…、（我）認為…」。

生活對話

重點 推斷

A 今晩(こんばん)、会社(かいしゃ)に泊(と)まるつもりなんですか。

你今晚打算睡在公司嗎？

B ああ、今日中(きょうじゅう)に仕事(しごと)が終(お)わらないだろうと思(おも)うんだ。

是啊，我覺得今天恐怕趕不完了。

「だろうと思う」表示說話人根據工作進度落後的現況，推測「今日中に仕事が終わらない」。

文法應用例句

1 **今天天氣不好，我猜傍晚可能會下雨。**

「天氣」「不好的」「傍晚」

今日(きょう)は天気(てんき)が悪(わる)いので、夕方(ゆうがた)は雨(あめ)が降(ふ)るだろうと思(おも)う。

★「だろうと思う」表示說話人根據今天天氣不好的現況，推測「夕方は雨が降る」。

2 **我覺得她應該快到了。**

「再過一會兒」「到來」

彼女(かのじょ)はもうすぐ来(く)るだろうと思(おも)います。

★「だろうと思います」表示說話人根據前面的條件，推測「彼女はもうすぐ来る」。

3 **他看起來很開心。我猜大概是考試通過了。**

「開心的」「考試」

彼(かれ)は嬉(うれ)しそうだ。試験(しけん)に合格(ごうかく)したのだろうと思(おも)う。

★「だろうと思う」表示說話人根據他看起來很開心的樣子，推測他「試験に合格した」。

文法

10 とおもう

track 052

{［名詞・形容詞・形容動詞・動詞］普通形｝＋とおもう。【推斷】表示說話者有這樣的想法、感受及意見，是自己依照情況而做出的預測、推想。「とおもう」只能用在第一人稱。前面接名詞或形容動詞時要加上「だ」。中文是：「覺得…、認為…、我想…、我記得…」。

生活對話

重點：推斷

A 成長(せいちょう)ってなんだろう。

所謂的成長，到底是什麼呢？

B うーん、今(いま)の自分(じぶん)に満足(まんぞく)しないことだと思(おも)う。

嗯……我想，應該是要求自己必須精益求精吧。

成長って
「と思う」表示說話者的主觀想法是「要求自己必須精益求精」。

文法應用例句

1 日本的生活雖然便利，但我覺得物價太高了。

日本(にほん)は便利(べんり)［便利的］ですが、物価(ぶっか)［物價］が高(たか)い［高昂的］と思(おも)います。

★「と思います」表示說話者的主觀想法「日本的物價太高了」。

2 中田先生應該已經回去了。

中田(なかた)さんはもう［已經］帰(かえ)った［回去了］と思(おも)います。

★「と思います」表示說話者的主觀想法「他應該已經回去了」。

3 我一直以為他不會說英語。

彼(かれ)［他］は英語(えいご)［英語］が話(はな)せない［不會說］と思(おも)っていた。

★「と思っていた」表示說話者過去一直有的主觀想法「以為他不會說英語」。

文法 11

かもしれない

track 053

{名詞；形容動詞詞幹；[形容詞・動詞] 普通形} ＋かもしれない。【推斷】

表示說話人說話當時的一種不確切的推測。推測某事物的正確性雖低，但是有可能的。肯定跟否定都可以用。跟「かもしれない」相比，「とおもいます」、「だろう」的說話者，對自己推測都有較大的把握。其順序是：とおもいます＞だろう＞かもしれない。中文是：「也許…、可能…」。

生活對話　重點　推斷

A 彼（かれ）は、学校（がっこう）をやめるかもしれない。

他說不定會辭去教職。

B ええ。ワーホリのビザを取（と）ってオーストラリアへ行（い）くそうです。

沒錯，聽說他打算申請打工度假簽證去澳洲。

說話人雖聽到他某些傳聞，在還沒有得到確實的根據前，判斷他「学校をやめるかもしれない」！
辭職信

文法應用例句

1 今天下大雨，所以電車班次有可能延誤喔。

今日（きょう）は大雨（おおあめ）［豪雨］なので［因為］、電車（でんしゃ）が遅（おく）れる［誤點］かもしれないね。

★說話人看到今天下大雨，在還沒有得到確實的根據前，判斷「電車が遅れるかもしれない」！

2 今天天空陰陰的，也許看不到富士山。

今日（きょう）は曇（くも）っている［陰天］ので、富士山（ふじさん）が見（み）えない［看不到］かもしれない。

★說話人看到天空烏雲密佈，在還沒有得到確實的根據前，判斷「富士山が見えないかもしれない」！

3 電腦操作起來不太順，或許故障了。

パソコンの調子（ちょうし）［狀態］が悪（わる）い［不好的］です。故障（こしょう）［故障］かもしれません。

★說話人看到電腦不太順，在還沒有得到確實的根據前，判斷「故障かもしれません」！

測驗日＿＿＿＿＿＿

小試身手 文法知多少？

請完成以下題目，從選項中，選出正確答案，並完成句子。

1 （天気予報）明日は曇り（　　）。

1．でしょう　　　2．だろうと思います

2 理恵ちゃんは、男は全部自分のものだ（　　）。

1．と思う　　　2．と思っている

3 高かったんだから、きっとおいしい（　　）。

1．かもしれない　　　2．はずだ

4 お金が空から降って（　　）。

1．こないはずだ　　　2．くるはずがない

5 水も食べ物もなくて、（　　）になりました。

1．死にそう　　　2．死ぬそう

6 足が大根の（　　）太くて、いやです。

1．ように　　　2．みたいに

7 あそこの家、幽霊が出る（　　）よ。

1．らしい　　　2．ようだ

錯題糾錯 Note

錯題＆錯解

正解＆解析

參考資料

答案：(1) 1　(2) 2　(3) 2　(4) 2
(5) 1　(6) 1　(7) 1

新日檢擬真模擬試題

もんだい１　（　　　）に　何を　入れますか。１・２・３・４から　いちばん　いい　ものを　一つ　えらんで　ください。

1　（教室(きょうしつ)で）

A「田中君(たなかくん)は　今日(きょう)は　学校(がっこう)を　休(やす)んで　いるね。」

B「風邪(かぜ)を　ひいて　いる　（　　　）　よ。」

1　ので　　2　とか　　3　らしい　　4　ばかり

2　A「山本君(やまもとくん)は　まだ　来(き)ませんね。」

B「来(く)ると　言(い)って　いたから　必(かなら)ず　来(く)る　（　　　）。」

1　ところです　　2　はずです　　3　でしょうか　　4　と　いいです

3　あの　雲(くも)を　見(み)て　ください。犬(いぬ)の　（　　　）　形(かたち)を　してますよ。

1　みたいな　　2　そうな　　3　ような　　4　はずな

もんだい２　 4 　から　 8 　に　何を　入れますか。文章の　意味を　考えて、１・２・３・４から　いちばん　いい　ものを　一つ　えらんで　ください。

下(した)の　文章(ぶんしょう)は　「日本(にほん)の　秋(あき)」に　ついての　作文(さくぶん)です。

「台風(たいふう)」

エイミー・ロビンソン

去年(きょねん)の　秋(あき)、わたしの　住(す)む　町(まち)に　台風(たいふう)が　きました。天気予報(てんきよほう)では　とても　大(おお)きい　台風(たいふう)だと　放送(ほうそう)して　いました。

アパートの　となりの　人(ひと)が、「部屋(へや)の　外(そと)に　置(お)いて　ある　ものが　飛(と)んで　いく　 4 　から、部屋(へや)の　中(なか)に　 5 　よ。」と　言(い)いました。わたしは、外(そと)に　出(だ)して　ある　ものが　飛(と)んで　 6 　、中(なか)に　入(い)れました。

夜(よる)に　なって、とても　強(つよ)い　風(かぜ)が　ずっと　ふいて　いました。まどの　ガラスが　 7 　、とても　こわかったです。

朝に　なって　外に　出ると、空は　うその　ように　晴れて いました。風に　**8**　飛んだ　木の葉が、道に　たくさん 落ちて　いました。

4

1　と　いい　　2　かもしれない

3　はずが　ない　　4　ことに　なる

5

1　入れようと　する　　2　入れて　おくかもしれない

3　入れて　おく　はずです　　4　入れて　おいた　ほうが　いい

6

1　いくのに　　2　いくらしいので

3　いかないように　　4　いくように

7

1　われそうで　　2　われないで

3　われるらしく　　4　われるように

8

1　ふく　　2　ふいて　　3　ふかせて　　4　ふかれて

▼ 翻譯與詳解請見 P.<204>

模擬試題 **錯題糾錯＋解題攻略筆記！**

錯題＆錯解

正解＆解析

參考資料

Chapter 6

可能、難易、程度、引用と対象

可能、難易、程度、引用及對象

文法速記心智圖

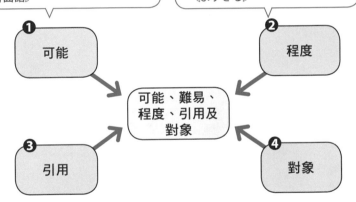

可能、難易、程度、引用及對象

❶ 可能

- ことがある
  1【不定】
  2【經驗】〔常搭配頻度副詞〕
- ことができる
  1【能力】
  2【可能性】〔更書面語〕
- （ら）れる
  1【可能性】
  2【能力】〔助詞變化〕〔否定形－（ら）れない〕

❷ 程度

- やすい
  1【強調程度】〔變化跟い形容詞同〕
- にくい
  1【強調程度】
- すぎる
  1【強調程度】〔否定形〕〔よすぎる〕
- 數量詞＋も
  1【強調】
  2【數量多】

❸ 引用

- そうだ
  1【傳聞】〔消息來源〕〔女性－そうよ〕
- という
  1【介紹名稱】
  2【說明】
- ということだ
  1【傳聞】

❹ 對象

- について（は）、につき、についても、についての
  1【原因】
  2【對象】

文法 1 ことがある

track 054

{動詞辭書形；動詞否定形} ＋ことがある。【不定】 表示有時或偶爾發生某事。中文是:「有時…、偶爾…」。「こともある」也有同樣的意思。如對話和例句１;【經驗】 也有用「ことはあるが、ことはない」的形式，通常內容為談話者本身經驗。中文是：「有過…但沒有過…」。如例句２；補充〘常搭配頻度副詞〙常搭配「ときどき（有時）、たまに（偶爾）」等表示頻度的副詞一起使用，如例句３。

生活對話 　重點　不定

A 週末(しゅうまつ)はときどき友達(ともだち)とカラオケに行(い)くことがあります。

我週末有時會和朋友去唱卡拉OK。

B いいですね。私(わたし)なんか週末(しゅうまつ)はいつもバイトです。

真羨慕。我的週末就是打工。

偶爾跟朋友一起去唱卡拉 OK，就用「行く（辭書形）＋ことがあります」。

文法應用例句

1 年輕時，也曾玩到三更半夜。

若(わか)いころは、夜中(よなか)まで遊(あそ)ぶこともあった。

（若いころ：年輕的時候；夜中：半夜）

★偶爾跟朋友一起去玩到三更半夜，就用「遊ぶ（辭書形）＋こともあった」。

2 我雖然曾遲到，但從沒請過假。

私(わたし)は遅刻(ちこく)することはあるが、休(やす)むことはない。

（遅刻：遲到；休む：請假）

★「ことはあるが、～ことはない」表示說話人「曾遲到，但沒請過假」的經驗。

3 我們偶爾會在下班後相偕喝兩杯。

私(わたし)たちはときどき、仕事(しごと)の後(あと)に飲(の)みに行(い)くことがあります。

（ときどき：偶爾；後：以後）

★表示下班後有時會一起去喝兩杯，就用「ときどき」搭配「ことがあります」。

文法

2 ことができる

track 055

{動詞辭書形} +ことができる。【能力】表示技術上、身體的能力上，是有能力做的。中文是：「能…、會…」。如對話；【可能性】表示在外部的狀況、規定等客觀條件允許時可能做某事。中文是：「可能、可以」。如例句１、２、３；補充〔更書面語〕這種說法比「可能形」還要書面語一些。

生活對話　　重點　能力

A 中山(なかやま)さんは100m(メートル)泳(およ)ぐことができるそうです。

聽說中山同學可以游100公尺。

B すごい！私(わたし)は金槌(かなづち)だから、教(おし)えてもらいたいな。

真厲害！我是個旱鴨子，真希望他能教教我。

用「ことができる」（能…），表示有「能夠游100公尺」這一身體上的能力。

文法應用例句

1 這家店禁菸。

この店(みせ)〔店家〕では煙草(たばこ)〔香菸〕を吸(す)〔抽〕うことができません。

★「この店」這家店規定全面禁菸，所以「吸うことができません」。

2 在下午３點之前可以使用體育館。

午後(ごご)〔下午〕3時(じ)まで体育館(たいいくかん)〔體育館〕を使(つか)〔使用〕うことができます。

★「体育館」在下午３點之前可以使用，所以是「使うことができます」。

3 每逢星期三，看電影可享有1000圓的優惠價。

水曜日(すいようび)〔星期三〕なら、1000円(えん)〔圓〕で映画(えいが)〔電影〕を見(み)ることができる。

★每逢星期三可以看限時特價電影，所以用「見ることができる」。

文法

3 （ら）れる

track 056

{五段動詞詞書型詞尾改え段音} ＋る；{一段動詞可能形} ＋られる；来る→来られる；する→できる。【可能性】從周圍的客觀環境條件來看，有可能做某事。中文是：「可能、可以」。如對話；【能力】表示可能，跟「ことができる」意思幾乎一樣。只是「可能形」比較口語。表示技術上、身體的能力上，是具有某種能力的。中文是：「會…、能…」。如例句１；補充〚助詞變化〛日語中，他動詞的對象用「を」表示，但是在使用可能形的句子裡「を」常會改成「が」，但「に、へ、で」等保持不變，如例句２；補充〚否定形－（ら）れない〛否定形是「(ら) れない」，為「不會…;不能…」的意思，如例句３。

生活對話

重點　可能性

A　いつかあんな高（たか）い車（くるま）が買（か）えるといいね。
如果有一天買得起那款昂貴的車子，該有多好。

B　「いつか」っていつ。あなたはいつも「いつか、いつか」ね。
「有一天」到底是哪一天啊？你老是把「有一天」這３個字掛在嘴邊。

用「買う」的可能形「買える」，表示希望有一天能買得起那種昂貴的車。

文法應用例句

1　森同學跑100公尺只要11秒。

森（もり）さんは100ｍ（メートル）を11秒（びょう）で走（はし）れる。

（公尺／秒／能跑）

★用「走る」的能力形「走れる」，表示身體上具有「100ｍを11秒で走れる」的能力。

2　我會說英語和法語。

私（わたし）は英語（えいご）とフランス語（ご）が話（はな）せます。

（英語／法語／能說）

★用「話す」的能力形「話せる」，表示具有說「英語とフランス語」的能力、技術。

3　星期六的話沒問題，如果是星期天就不能出門了。

土曜日（どようび）なら大丈夫（だいじょうぶ）ですが、日曜日（にちようび）は出（で）かけられません。

（沒問題／星期天／出門）

★用「出かける」的能力形否定「出かけられません」表示無法出門。

文法

4 やすい

track 057

{動詞ます形} ＋やすい。【強調程度】 表示該行為、動作很容易做，該事情很容易發生，或容易發生某種變化，亦或是性質上很容易有那樣的傾向，與「にくい」相對。中文是：「容易…、好…」。如對話和例句１；補充〘變化跟い形容詞同〙「やすい」的活用變化跟「い形容詞」一樣，如例句２、３。

生活對話

重點 強調程度

A わあ、素敵(すてき)なところね。ここは住(す)みやすいでしょうね。

哇，這地方好棒喔！住起來很舒適吧。

B ええ。都心(としん)まで電車(でんしゃ)で 30 分(ぷん)だし、商店街(しょうてんがい)も賑(にぎ)やかだし、街(まち)の雰囲気(ふんいき)も好(す)きだし。

是啊。到市中心搭電車只要30分鐘，加上商店街也十分熱鬧，我很中意這一帶的感覺。

A いいわね。

聽起來很不錯喔。

要說住起來很舒適，用句型「住み＋やすい」(容易住)。

文法應用例句

1 假如是容易破裂的袋子，請不要盛裝重物。

(破裂／袋子／沉重的／不裝入)

やぶれやすい袋(ふくろ)だから、重(おも)い物(もの)を入(い)れないでください。

★要說很容易就會「やぶれる」，用句型「やぶれ＋やすい」(容易破裂)。

2 山口教授講起話來簡單易懂又風趣。

(說話／風趣的)

山口先生(やまぐちせんせい)の話(はなし)は分(わ)かりやすくて面白(おもしろ)いです。

★「やすい」(容易…) 前接動詞ます型「分かり」(懂)，就是「好懂」的意思。

3 下雨天道路濕滑容易摔跤，很危險。

(道路／滑動／危險的)

雨(あめ)の日(ひ)は、道(みち)がすべりやすくて危(あぶ)ないです。

★「やすい」(容易…) 前接動詞ます型「すべり」(滑)，就是「容易打滑」的意思。

文法

5 にくい

track 058

{動詞ます形} ＋にくい。【強調程度】表示該行為、動作不容易做，該事情不容易發生，或不容易發生某種變化，亦或是性質上很不容易有那樣的傾向。「にくい」的活用跟「い形容詞」一樣。與「やすい（容易…、好…）」相對。中文是：「不容易…、難…」。

生活對話

重點 強調程度

A この薬(くすり)は、苦(にが)くて飲(の)み<u>にくい</u>です。

這種藥很苦，不容易嚥下去。

B オブラートに包(つつ)んで飲(の)んでみたらどうですか。

要不要包在糯米紙裡服用呢？

客觀敘述「飲む」這個動作很困難，就用句型「飲み＋にくい」（很難）。有負面的評價。

文法應用例句

1 **這個提包太大了，拎起來不方便。**

このかばん（提包）は大(おお)きすぎて持(も)（拿）ちにくいです。

★客觀敘述「持つ」這個動作很困難，就用句型「持ち＋にくい」（很難拎）。有負面的評價。

2 **12月份格外忙碌，很難請假。**

12月(がつ)は忙(いそが)しくて、休(やす)み（休假）が取(と)（取得）りにくいです。

★客觀敘述「取る」這個動作很困難，就用句型「取り＋にくい」（很難請）。

3 **這塊肉很硬，吃起來太辛苦了。**

あの肉(にく)（肉）は硬(かた)（硬的）くて食(た)べにくかった。

★客觀敘述「食べる」這個動作很困難，就用句型「食べ＋にくい」（不方便吃）。

文法 6 すぎる

track 059

{[形容詞・形容動詞] 詞幹；動詞ます形} ＋すぎる。【強調程度】 表示程度超過限度，超過一般水平、過份的或因此不太好的狀態。中文是：「太…、過於…」。如對話和例句１；補充〘否定形〙前接「ない」，常用「なさすぎる」的形式，如例句２；補充〘よすぎる〙另外，前接「良い（いい／よい）（優良）」，不會用「いすぎる」，必須用「よすぎる」，如例句３。

生活對話　重點 強調程度

A 昨日(きのう)は食(た)べすぎてしまった。胃(い)が痛(いた)い。

昨天吃太多了，胃好痛。

B まあ、なんで苦(くる)しくなるまで食(た)べてしまったの。

唉，何苦吃成那樣折磨自己呢？

「食べすぎてしまった」表示吃的程度，超過剛好的那條線，而令人感到不舒服。

文法應用例句

1 **買太多要送給朋友的伴手禮，錢都花光了。**

友達(ともだち)〔朋友〕へのお土産(みやげ)を買(か)いすぎてしまい、お金(かね)〔金錢〕がない。

★「買いすぎてしまい」表示購買程度，超過剛好的那條線，令人不滿意。

2 **現在還是學生，未免太不用功了吧！**

学生(がくせい)〔學生〕なのに勉強(べんきょう)〔用功學習〕しなさすぎるよ。

★「勉強しなさすぎる」前接否定，表示不用功的程度，超過剛好的那條線，而令人感到不滿意。

3 **第一次見面的人就借錢給對方，心腸未免太軟了。**

初(はじ)めて〔初次〕会(あ)った〔見面了〕人(ひと)にお金(かね)を貸(か)す〔借給〕とは、人(ひと)が良(よ)すぎる。

★「良すぎる」表示好心的程度，超過剛好的那條線，而令人感到不恰當。

文法

7 数量詞＋も

track 060

{數量詞} ＋も。【強調】前面接數量詞，用在強調數量很多、程度很高的時候，由於因人物、場合等條件而異，所以前接的數量詞雖不一定很多，但還是表示很多。中文是：「多達…」。如對話和例句１；【數量多】用「何＋助數詞＋も」，像是「何回も（好幾回）、何度も（好幾次）」等，表示實際的數量或次數並不明確，但說話者感覺很多。中文是：「好…」。如例句２、３。

生活對話

重點　強調

A　彼(かれ)は免税店(めんぜいてん)でウイスキーを３本(ぼん)も買(か)ったよ。

他在免稅店足足買了３瓶威士忌呢。

B　飲(の)まないのに。ネットオークションで売(う)るつもりかしら。

他根本不喝酒還買？難不成打算拿去網拍？

這裡的「も」用來表示前接的數量詞「３本」，量是「很多的」。含有意外的語意！

文法應用例句

1　我已經住在日本整整20年了。

私(わたし)はもう(已經)20年(ねん)も日本(にほん)に住(す)んでいます(居住)。

★這裡的「も」用來表示前接的數量詞「20年」，量是「很多的」。含有意外的語意！

2　昨天喝了好幾杯咖啡。

昨日(きのう)はコーヒー(咖啡)を何杯(なんばい)(杯)も飲(の)んだ。

★這裡的「も」前接「何杯」，表示說話者意外感覺「很多的」。

3　昨晚跑了好幾趟廁所。

夕(ゆう)べ(昨晚)は何度(なんど)も(好幾次)トイレ(廁所)に行(い)った。

★這裡的「も」前接「何度」，表示說話者意外感覺「很多的」。

文法

8 そうだ

track 061

{[名詞・形容詞・形容動詞・動詞]普通形} ＋そうだ。【傳聞】 表示傳聞。表示不是自己直接獲得的，而是從別人那裡、報章雜誌或信上等處得到該信息。中文是：「聽說…、據說…」。如例句１、2；補充〘消息來源〙表示信息來源的時候，常用「～によると」（根據）或「～の話では」（說是…）等形式，如對話；補充〘女性－そうよ〙說話人為女性時，有時會用「そうよ」，如例句３。

生活對話

A ニュースによると、北海道(ほっかいどう)で地震(じしん)があったそうだね。

根據新聞報導，北海道發生地震了。

B その地震(じしん)、すごかったわよ。

那場地震搖得很大呢。

重點 傳聞

A そうなんだね！今(いま)までほとんどなかったのに！怖(こわ)いよね！

就是說呀！那地方幾乎從來沒有發生過地震！真是嚇死人了！

用「そうだ」表示「北海道で地震があった」的訊息來源是得自「新聞報導」。

文法應用例句

1 **我聽醫師說，她已經回國了。**

「說話」「根據」「回國了」

先生(せんせい)の話(はなし)によると、彼女(かのじょ)は帰国(きこく)したそうだ。

★用「そうだ」表示「彼女は帰国した」的訊息來源是得自「醫師」。

2 **我聽平野先生說，那兩人下個月要結婚了。**

「兩人」「下個月」

平野(ひらの)さんの話(はなし)によると、あの二人(ふたり)は来月結婚(らいげつけっこん)するそうです。

★用「そうです」表示「来月結婚する」的訊息來源是得自「朋友」。

3 **據奶奶的話說，爺爺年輕時很多女人倒追他呢！**

「奶奶」「年輕的」「受歡迎的」

おばあさんの話(はなし)では、おじいさんは若(わか)いころモテモテだったそうよ。

★用女性用語的「そうよ」表示「若いころモテモテだった」的訊息來源是得自「奶奶」。

文法

9 という

track 062

{名詞；普通形} ＋という。【介紹名稱】 前面接名詞，表示後項的人名、地名等名稱。中文是：「叫做…」。如對話和例句１；【說明】 用於針對傳聞、評價、報導、事件等內容加以描述或說明。中文是：「說…（是）…」。如例句２、３。

生活對話

A ちょっと小腹（こばら）が空（す）いたんだけど。

我有點餓……。

重點 介紹名稱

B じゃ、くくるという会社（かいしゃ）の冷凍（れいとう）たこ焼（や）きを食（た）べよう。すごくおいしいわよ。

那……我們來吃KUKURU公司的冷凍章魚燒吧，很好吃喔。

「という」前接店名「くくる」，表示後面「公司」的名稱叫「くくる」。

文法應用例句

1 您認識一位姓森田的先生嗎？

森田（もりた）さんという男（おとこ）の人（ひと）〔男性〕をご存知（ぞんじ）〔認識〕ですか。

★「という」前接人名「森田」，表示後面「人」的姓氏叫「森田」。

2 傳說很久以前，這裡曾經發生過一場大火。

昔（むかし）〔以前〕、この地方（ちほう）〔地區〕では大（おお）きい火事（かじ）〔火災〕があったという話（はなし）〔傳說〕です。

★「という」前接事件「火事があった」，表示有這樣的「話」（傳說）。

3 我聽說了鈴木小姐明年將會調派京都上班的傳聞。

鈴木（すずき）さんが来年（らいねん）〔明年〕、京都（きょうと）へ転勤（てんきん）する〔調派〕といううわさを聞（き）いた〔聽說了〕。

★「という」前接事件「京都へ転勤する」，表示有這樣的「うわさ」（傳聞）。

文法

10 ということだ

track 063

{簡體句} ＋ということだ。【傳聞】 表示傳聞，直接引用的語感強。直接或間接的形式都可以使用，而且可以跟各種時態的動詞一起使用。一定要加上「という」。中文是：「聽說…、據說…」。

生活對話　　重點 傳聞

A 主人(しゅじん)は帰(かえ)りが遅(おそ)いということだから、先(さき)に寝(ね)よう。

既然我先生會很晚回來，我就先睡了。

B えー、いいんですか。待(ま)ってなくて…。

咦，不等他回來？……這樣好嗎？

從「ということだ」（聽說的啦）知道，「我先生會很晚回來」情報是來自身邊，例如朋友等聽來的。

文法應用例句

1 聽說明天會比今天更冷。

明天　比

明日(あす)は今日(きょう)よりも寒(さむ)いということだ。

★從「ということだ」（聽說的啦）知道，「明天會比今天更冷」情報是來自身邊友人等。

2 據說明年起學費將會調漲。

學費　提高

来年(らいねん)から学費(がくひ)が上(あ)がるということだ。

★從「ということだ」（聽說的啦）知道，「明年起學費將會調漲」情報是來自身邊親友等。

3 聽說王同學通過了N2級測驗。

考上了

王(ワン)さんはN2に合格(ごうかく)したということだ。

★從「ということだ」（聽說的）知道，「王同學通過了 N2 級」的情報根據是來自身邊的人。

文法 11

について（は）、につき、についても、についての

track 064

{名詞} ＋について（は）、につき、についても、についての。【原因】要注意的是「～につき」也有「由於…」的意思，可以根據前後文來判斷意思。如對話和例句１；【對象】表示前項先提出一個話題，後項就針對這個話題進行說明。中文是：「有關…、就…、關於…」。如例句２、３。

生活對話　重點　原因

A 閉店（へいてん）につき、店（みせ）の商品（しょうひん）はすべて 90％（パーセント）引（び）きです。

由於即將結束營業，店內商品一律以１折出售。

B あの、ここはカードとか電子（でんし）マネーとか使（つか）えますか。

請問，這裡可以使用信用卡或電子錢包嗎？

A すみません、うちは現金（げんきん）オンリーです。

不好意思，我們只接受付現。

「につき」前接原因「即將結束營業」，鄭重其事說明「店內商品一律以１折出售」。

文法應用例句

1 目前還在準備，請於營業時間開始之前再稍待一下。

準備中（じゅんびちゅう）につき開店（かいてん）まで、もうしばらくお待（ま）ちください。

（開店：開門營業；もうしばらく：一會兒；お待ち：等待）

★「につき」前接原因「目前還在準備」，鄭重其事說明「請於營業時間開始之前再稍待一下」。

2 我正在調查這座城鎮的歷史。

私（わたし）はこの町（まち）の歴史（れきし）について調（しら）べています。

（町：城鎮；歴史：歷史；調べて：調查）

★「について」前接主題「這座城鎮的歷史」，鄭重其事說明「我正在調查」這一課題。

3 調查了這所學校的相關資訊。

この学校（がっこう）について調（しら）べました。

（学校：學校）

★「について」前接主題「這所學校的相關資訊」，鄭重其事說明「調查了」這一課題。

日語小秘方：可能形

動詞的可能形變化

1 第一類（五段動詞）

將動詞辭書形的詞尾，變為え段音（え、け、せ、て、ね…）假名，然後加上“る”就可以了。

例如：

行く → 行け → 行ける

泳ぐ → 泳げ → 泳げる

買う → 買え → 買える

2 第二類（一段動詞）

去掉動詞辭書形的詞尾る，然後加上“られる”就可以了。

例如：

居る → 居られる　　起きる → 起きられる

あげる → あげられる

補　充

省略“ら”的口語用法

在日語口語中，習慣將“られる”中的“ら”省略掉，變成“れる”，這種變化稱為「ら抜き言葉」（省略ら的詞），但這是不正確的日語用法，因此在文章或正式場合中，仍普遍使用“られる”。

例如：

食べられる → 食べれる　　見られる → 見れる

出られる → 出れる

❸ 第三類（カ・サ変動詞）

將来(く)る變成“来(こ)られる”；將する變成“できる”就可以了。

例如：

来(く)る → 来(こ)られる

する → できる

紹介(しょうかい)する → 紹介(しょうかい)できる

秘方習題 ▸ **請寫出下列表中動詞的可能形**

❶ 送(おく)る	▸	⓫ 楽(たの)しむ	▸
❷ 飲(の)む	▸	⓬ 買(か)い物(もの)する	▸
❸ 聞(き)く	▸	⓭ かける	▸
❹ 換(か)える	▸	⓮ 出(で)る	▸
❺ 待(ま)つ	▸	⓯ 会(あ)う	▸
❻ 食事(しょくじ)する	▸	⓰ 切(き)る	▸
❼ 出(だ)す	▸	⓱ 吸(す)う	▸
❽ 終(お)わる	▸	⓲ 迎(むか)える	▸
❾ 走(はし)る	▸	⓳ 借(か)りる	▸
❿ 休(やす)む	▸	⓴ 怒(おこ)る	▸

答案：❶送(おく)れる ❷飲(の)める ❸聞(き)ける ❹換(か)えられる ❺待(ま)てる ❻食事(しょくじ)できる ❼出(だ)せる ❽終(お)われる ❾走(はし)れる ❿休(やす)める ⓫楽(たの)しめる ⓬買(か)い物(もの)できる ⓭かけられる ⓮出(で)られる ⓯会(あ)える ⓰切(き)れる ⓱吸(す)える ⓲迎(むか)えられる ⓳借(か)りられる ⓴怒(おこ)れる

測驗日 ________

小試身手 文法知多少？

請完成以下題目，從選項中，選出正確答案，並完成句子。

1 私(わたし)はバイオリンが（　　）。

1．弾(ひ)くことができます　　2．弾(ひ)けます

2 この本(ほん)は字(じ)が大(おお)きいので、お年寄(としよ)りでも読(よ)み（　　）です。

1．やすい　　2．にくい

3 飲(の)み（　　）よ。もうやめたらどう。

1．すぎた　　2．すぎだ

4 週末(しゅうまつ)はいい天気(てんき)だろう（　　）。

1．そうだ　　2．ということだ

5 天気予報(てんきよほう)では晴(は)れ（　　）のに、雨(あめ)が降(ふ)ってきた。

1．という　　2．と言(い)った

6 彼女(かのじょ)は、男性(だんせい)（　　）は態度(たいど)が違(ちが)う。

1．について　　2．に対(たい)して

錯題糾錯 Note	
錯題＆錯解	正解＆解析
	參考資料

答案：(1) 2　(2) 1　(3) 2　(4) 2　(5) 2　(6) 2

新日検擬真模擬試題

もんだい１　（　　　）に　何を　入れますか。１・２・３・４から　いちばん　いい　ものを　一つ　えらんで　ください。

1　「桃太郎(ももたろう)」（　　　）　お話(はなし)を　知(し)って　いますか。

1　と　　2　と　いい　　3　と　いう　　4　と　思(おも)う

2　食(た)べ（　　　）　大(おお)きさに　野菜(やさい)を　切(き)って　ください。

1　ている　　2　そうな　　3　にくい　　4　やすい

3　(本屋(ほんや)で)

客(きゃく)「日本(にほん)の　歴史(れきし)に　（　　　）　書(か)かれた　本(ほん)は　ありますか。」

店員(てんいん)「それなら　こちらの　棚(たな)に　ございます。」

1　ために　　2　ついての　　3　ついて　　4　つけて

4　歩(ある)き（　　　）　足(あし)が　痛(いた)く　なりました。

1　させて　　2　やすく　　3　出(だ)して　　4　すぎて

5　先生(せんせい)の　話(はなし)に　よると、高木君(たかぎくん)の　お母(はは)さんは　看護師(かんごし)　（　　　）。

1　に　なる　　2　だそうだ　　3　ばかりだ　　4　そうだ

もんだい２　＿＿★＿＿に　入る　ものは　どれですか。１・２・３・４から　いちばん　いい　ものを　一つ　えらんで　ください。

6　「お電話(でんわ)で　＿＿＿＿　＿＿＿＿　＿＿★＿＿　＿＿＿＿　ご説明(せつめい)いたします。」

1　お話(はな)し　　2　ついて　　3　た　　4　ことに

7　(デパートで)

店員(てんいん)「どんな　服(ふく)を　おさがしですか。」

客(きゃく)「家(いえ)で　＿＿＿＿　＿＿＿＿　＿＿★＿＿　＿＿＿＿　もめんの　服(ふく)を　さがして　います。」

1　せんたく　　2　ことが　　3　できる　　4　する

8　A「日本語(にほんご)の　どんな　ところが　むずかしいですか。」

B「外国人(がいこくじん)には　＿＿＿＿　＿＿＿＿　＿＿★＿＿　＿＿＿＿　ので、そこが　いちばん　むずかしいです。」

1　言葉(ことば)が　　2　発音(はつおん)　　3　ある　　4　しにくい

▼ 翻譯與詳解請見 P.<207>

Chapter 7

変化、比較、経験と付帯

變化、比較、經驗及附帶狀況

文法速記心智圖

變化、比較、經驗及附帶狀況

❶ 變化

・ようになる
1【變化】

・ていく
1【方向－由近到遠】
2【變化】
3【繼續】

・てくる
1【去了又回】
2【變化】
3【方向－由遠到近】
4【繼續】

・ことになる
1【約束】
2【決定】
〔婉轉宣布〕
3【換句話說】

❷ 比較

・ほど～ない
1【比較】

・と～と、どちら
1【比較】

❸ 經驗

・たことがある
1【經驗】

❹ 附帶狀況

・ず（に）
1【否定】
〔せずに〕

文法

1 ようになる

track 065

{動詞辭書形；動詞可能形} ＋ようになる。【變化】表示是能力、狀態、行為的變化。大都含有花費時間，使成為習慣或能力。動詞「なる」表示狀態的改變。中文是：「(變得) …了」。

生活對話

A 僕(ぼく)は日本(にほん)に来(き)て、漢字(かんじ)が少(すこ)し読(よ)めるようになった。

我來到日本以後，漸漸看得懂漢字了。

B よかったね。君(きみ)、今日(きょう)なんだか格好(かっこう)いいね。

真是太好了！你今天看起來特別帥氣喔。

A 僕(ぼく)、1日(にち)24時間(じかん)365日(にち)、格好(かっこう)いいんだぜ。

我可是一天24小時、一年365天都帥氣十足呢！

重點 變化

「ようになった」表示「少し読めるようになった」的狀態的變化，是經過時間和努力的。
漢字

文法應用例句

1 鄰居的小寶寶最近變得很愛笑了。

「鄰居」「小嬰兒」「經常」「笑」

隣(となり)の赤(あか)ちゃんが、最近(さいきん)よく笑(わら)うようになってきた。

★「ようになってきた」，表示「笑うようになってきた」的狀態變化是經過時間和努力的。

2 由於父母都忙，孩子也懂得幫忙做家事了。

「父母」「家事」「幫忙」

親(おや)が忙(いそが)しいので、子(こ)どもが家事(かじ)を手伝(てつだ)うようになった。

★「ようになった」，表示「家事を手伝うようになった」的能力的變化，是經過時間和努力的。

3 學生們現在已經能夠在學校上網了。

「網路」「可以使用」

学生(がくせい)たちも学校(がっこう)でインターネットが使(つか)えるようになりました。

★「ようになりました」，表示「使えるようになりました」的變化，是經過時間和努力的。

文法

2 ていく

track 066

{動詞て形} ＋いく。【方向－由近到遠】保留「行く」的本意，也就是某動作由近而遠，從說話人的位置、時間點離開。中文是：「…去」。如對話和例句１。【變化】表示動作或狀態的變化。中文是：「…下去」。如例句２；【繼續】表示動作或狀態，越來越遠地移動，或動作的繼續、順序，多指從現在向將來。中文是：「…起來」。如例句３。

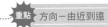

生活對話

重點 方向－由近到遠

A 聡(さとし)もいつか、ママから離(はな)れ<u>ていく</u>のかなあ。

小聰，你是不是有一天也會離開媽媽呢……？

B 僕(ぼく)はママが一番(いちばん)だ～い好(す)きだから、離(はな)れないよ。

我最最最喜歡媽媽了，才不會離開呢！

A じゃ、大(おお)きくなったら、ママと結婚(けっこん)して。

那，等你長大了，就和媽媽結婚囉！

B え～～。

呃……（傷腦筋的感覺）。

看到「ていく」知道，從「媽媽的身邊」為基準，孩子會離得越來越遠。

文法應用例句

1 **外子要去打高爾夫球，所以一大早就出門了。**

主人(しゅじん)「丈夫」はゴルフ「高爾夫」に行(い)くので、朝早(あさはや)く「早早」出(で)て行(い)った。

★看到「て行った」知道，以位置「家」為基準，丈夫會離得越來越遠。

2 **看來今後小孩子會變得更少吧。**

今後(こんご)「從此以後」は子(こ)どもがもっと「更加」少(すく)なく「少的」なっていくでしょう。

★看到「ていく」知道，說話的「現在」為基準，今後孩子會越來越少。

3 **為了自己的夢想，我會努力奮鬥的。**

自分(じぶん)「自己」の夢(ゆめ)「夢想」のために、頑張(がんば)って「拼命努力」いきます。

★看到「ていきます」知道，以「夢想」為目標，會因努力而越來越靠近的。

文法 3 てくる

track 067

{動詞て形} ＋くる。【去了又回】表示在其他場所做了某事之後，又回到原來的場所。中文是：「…（然後再）來…」。如對話；【變化】表示變化的開始。中文是：「…起來」。如例句１；【方向－由遠到近】保留「来る」的本意，也就是由遠而近，向說話人的位置、時間點靠近。中文是：「…來」。如例句２；【繼續】表示動作從過去到現在的變化、推移，或從過去一直繼續到現在。中文是：「…起來、…過來」。如例句３。

生活 對話

重點：去了又回

A 先週（せんしゅう）ディズニーランドへ行（い）ってきましたよ。

我上星期去了迪士尼樂園喔！

B うわあ、いいわねえ。私（わたし）なんかもう…5年（ねん）も行（い）っていないわ。

哇，好羨慕喔。算起來，我已經……足足５年沒去了。

看到「行ってきました」知道是去了之後又回來了。

文法應用例句

1　學校的課業變得越來越難了。

┌學校┐ ┌學習┐ ┌─漸漸─┐

学校（がっこう）の勉強（べんきょう）はだんだん難（むずか）しくなってきました。

★從「なってきました」知道難度漸漸變高了起來。

2　遠遠的那邊可以看到富士山喔。

┌─那邊─┐ ┌可以看見┐

あちらに富士山（ふじさん）が見（み）えてきましたよ。

★因為「富士山が見えてきました」，知道說話人正朝富士山靠近。

3　這首歌曾經廣受大眾的喜愛。

┌大眾┐ ┌喜愛┐

この歌（うた）は人々（ひとびと）に愛（あい）されてきた。

★因為「愛されてきた」，知道這首歌是從過去到現在都被人們喜歡。

文法 4 ことになる

track 068

{動詞辭書形；動詞否定形} ＋ことになる。【約束】以「～ことになっている」的形式，表示人們的行為會受法律、約定、紀律及生活慣例等約束。中文是:「規定…」。如對話和例句１；【決定】表示決定。指說話人以外的人、團體或組織等，客觀地做出了某些安排或決定。中文是：「（被）決定…」。補充〔婉轉宣布〕用於婉轉宣布自己決定的事，如例句２；【換句話說】指針對事情，換一種不同的角度或說法，來探討事情的真意或本質。中文是：「也就是說…」。如例句３。

生活對話

A ダメだよ。去年（きょねん）からここで煙草（たばこ）を吸（す）ってはいけないことになったんだよ。

不可以喔，這裡從去年開始已經規定禁止吸菸了。

重點 約束

B えっ、そうなの。吸（す）える場所（ばしょ）がどんどんなくなっていくなあ。

啊，是哦？可以吸菸的地方越來越少了呢。

看到「ことになった」（規定），知道是跟個人的意志無關，而是地方做出了「煙草を吸ってはいけない」的約束。

文法應用例句

1 目前允許夏季期間上課時得以飲水。

夏（なつ）は、授業中（じゅぎょうちゅう）に水（みず）を飲（の）んでもいいことになっている。

（夏：—；授業中：上課；水：水；飲んで：喝）

★看到「ことになっている」(規定)，知道是校方做出了「水を飲んでもいい」的約束。非個人意志。

2 決定在夏天回國了。

夏（なつ）に帰国（きこく）することになりました。

（夏：夏天；帰国：回國）

★看到「ことになりました」（決定），是說話人委婉宣布自己決定的結果。

3 最近常常下雨，已經進入梅雨季了嗎？

最近（さいきん）雨（あめ）の日（ひ）が多（おお）いですが、つゆに入（はい）ったことになりますか。

（最近：最近；つゆ：梅雨；入った：進入了）

★從最近常常下雨，探討雨季到了嗎？用「ことになります」（也就是…），換句話說。

文法

5 ほど～ない

track 069

{名詞；動詞普通形} ＋ほど～ない。【比較】表示兩者比較之下，前者沒有達到後者那種程度。這個句型是以後者為基準，進行比較的。中文是：「不像…那麼…、沒那麼…」。

生活對話

A もしもし、私(わたし)だけど、そっちの天気(てんき)はどう。

喂？是我，你那邊的天氣好不好？

B あ、天気(てんき)？うーん、外(そと)は雨(あめ)だけど、傘(かさ)をさすほどは降(ふ)っていないみたい。

重點 比較

喔，你問天氣？呃，外面雖然下著雨，但好像沒有大到得撐傘才行。

A そっかー。じゃ、傘(かさ)持っていかなくていいよね。

這樣喔。那，不帶傘也沒關係囉。

以「ほど」前的「傘をさす」為基準，表示前者的「雨」沒有大得需撐傘！

文法應用例句

1 東京的冬天不像北海道的冬天那麼冷。

「東京」「冬天」「那麼」

東京(とうきょう)の冬(ふゆ)は北海道(ほっかいどう)の冬(ふゆ)ほど寒(さむ)くないです。

★以「ほど」前的「北海道の冬」為基準，表示前者「東京の冬」沒有北海道那麼冷！

2 哥哥的身材沒有爸爸那麼高。

「哥哥」「身高」「不高」

兄(あに)は父(ちち)ほど背(せ)が高(たか)くない。

★以「ほど」前的「父」為基準，表示前者的「兄」沒有爸爸那麼高！

3 我沒辦法跑得像她那麼快。

「快的」「沒辦法跑」

私(わたし)は彼女(かのじょ)ほど速(はや)く走(はし)れない。

★以「ほど」前的「彼女」為基準，表示前者的「私」沒有像她跑得那麼快！

文法

6 と～と、どちら

track 070

{名詞} ＋と＋ {名詞} ＋と、どちら（のほう）が。【比較】表示從兩個裡面選一個。也就是詢問兩個人或兩件事，哪一個適合後項。在疑問句中，比較兩個人或兩件事，用「どちら」。東西、人物及場所等都可以用「どちら」。更口語的說法是「どっち」中文是：「在…與…中，哪個…」。

生活對話　重點　比較

A はい、肉(にく)が焼(や)けました。有田(ありた)さんはビールとワインと、どちらがよろしいですか。

來來來，肉烤好了喔。有田先生，啤酒和紅酒，您想喝哪一種呢？

B そうですね。じゃ、最初(さいしょ)の一杯(いっぱい)はビールで。ワインはその後(あと)に。

我想想……。那麼，第一杯請給我啤酒，接著再品嚐紅酒。

被選者「啤酒和紅酒」用「と」表示，而兩者中較想喝哪個呢？用「どちら」來詢問。

文法應用例句

1 早餐時麵包和米飯，比較常吃哪一種呢？

朝食(ちょうしょく)〔早餐〕はパン〔麵包〕とご飯(はん)〔米飯〕と、どちらのほうをよく食(た)べますか。

★被選者「啤酒和紅酒」用「と」表示，而兩者中哪個較常吃呢？用「どちら」來詢問。

2 石井教授和高田教授這兩位，你覺得誰比較和藹呢？

石井先生(いしいせんせい)と高田先生(たかだせんせい)と、どちら〔哪一位〕がやさしい〔和藹的〕と思(おも)う。

★被選者「石井教授和高田教授」用「と」表示，至於兩位中哪位較和藹呢？用「どちら」來詢問。

3 爸爸和媽媽，哪一位比較嚴厲呢？

お父(とう)さん〔爸爸〕とお母(かあ)さん〔媽媽〕、どっちが厳(きび)しい〔嚴厲的〕。

★被選者「爸爸和媽媽」用「と」表示，至於兩位中哪位較嚴厲呢？用口語的「どっち」來詢問。

文法

7 たことがある

track 071

{動詞過去式} ＋たことがある。【經驗】指過去曾經體驗過的一般經驗，也表示經歷過某個特別的事件，且事件的發生離現在已有一段時間，大多和「小さいころ、むかし、過去に、今までに」等詞前後呼應使用。中文是：「曾經…過」。

生活對話

重點 經驗

A 横山(よこやま)さんはスキーをしたことがありますか。

横山先生，您滑過雪嗎？

B ええ。北海道(ほっかいどう)に別荘(べっそう)があったので、子(こ)どもの時(とき)はよくしました。

有的。我家有一棟別墅在北海道，小時候經常滑雪。

用「たことがありますか」詢問過去是否經歷過「スキーをした」這一體驗。

文法應用例句

1 我爬過富士山。

富士山(ふじさん)に登(のぼ)ったことがある。（登った：攀登了）

★用「たことがある」陳述過去經歷過「富士山に登った」這一體驗。

2 我曾見過日本的知名人士。

日本(にほん)の知名(ゆうめい)な人(ひと)に会(あ)ったことがある。（知名な：知名的；会った：遇過）

★用「たことがある」陳述過去經歷過「日本の有名な人に会った」這一件事。

3 您吃過壽司嗎？

お寿司(すし)を食(た)べたことがありますか。（寿司：壽司；食べた：吃過）

★用「たことがありますか」詢問過去是否經歷過「お寿司を食べた」這件事。

文法

8 ず（に）

track 072

{動詞否定形（去ない）} ＋ず（に）。【否定】「ず」雖是文言，但「ず（に）」現在使用得也很普遍。表示以否定的狀態或方式來做後項的動作，或產生後項的結果，語氣較生硬，具有副詞的作用，修飾後面的動詞，相當於「～ない（で）」。中文是：「不…地、沒…地」。如例句１、２；補充〘せずに〙當動詞為サ行變格動詞時，要用「せずに」，如對話和例句３。

生活對話

重點　否定

A 健二（けんじ）はまだ帰（かえ）って来（こ）ないのか。

健二還沒回來嗎？

B とっくに学校（がっこう）から帰（かえ）ってきて、宿題（しゅくだい）もせずに出（で）て行（い）ったわ。

早就放學回來了，可是連功課都還沒做就又溜出門了。

「する」用「せず」表示否定，指在沒有做功課的狀況下，就「出て行った」。

文法應用例句

1 **昨天沒有偷閒玩樂，認真用功了。**

昨日（きのう）〔昨天〕は遊（あそ）ばずに勉強（べんきょう）しました〔用功讀書了〕。

★「遊ぶ」用「ず」表示否定，指在沒有玩樂的情況下，就「勉強しました」。

2 **這一週成功完成了零支出的生活。**

今週（こんしゅう）〔這週〕はお金（かね）を使（つか）わずに生活（せいかつ）〔生活〕ができた〔完成了〕。

★「お金を使う」用「ず」表示否定，指在零支出的狀況下，就「生活ができた」。

3 **沒讀書就去考試了。**

勉強（べんきょう）せずにテスト〔測驗〕を受（う）けた〔應考了〕。

★「勉強する」用「せず」表示否定，指在沒用功讀書的狀況下，就「テストを受けた」。

測驗日 ________

小試身手 文法知多少？

請完成以下題目，從選項中，選出正確答案，並完成句子。

1 前(まえ)に屋久島(やくしま)に（　　）ことがある。

1．行(い)った　　2．行(い)く

2 20歳(はたち)になって、お酒(さけ)が飲(の)める（　　）。

1．ようにした　　2．ようになった

3 雨(あめ)が降(ふ)っ（　　）。

1．ていきました　　2．てきました

4 納豆(なっとう)は臭豆腐(しゅうどうふ)ほど（　　）。

1．臭(くさ)くない　　2．臭(くさ)い食(た)べ物(もの)はない

5 クラスで（　　）がいちばん足(あし)が速(はや)いですか。

1．どちら　　2．誰(だれ)

6 歯(は)を（　　）寝(ね)てしまった。

1．磨(みが)かずに　　2．磨(みが)いたまま

錯題糾錯 Note

錯題＆錯解

正解＆解析

參考資料

答案：(1) 1　(2) 2　(3) 2　(4) 1　(5) 2　(6) 1

新日檢擬真模擬試題

もんだい１　（　　　）に　何を　入れますか。１・２・３・４から　いちばん　いい　ものを　一つ　えらんで　ください。

1　王(ワン)さんは　林(リン)さん　（　　　）　足(あし)が　速(はや)く　ない。

1　まで　　2　ほど　　3　なら　　4　ので

2　夕方(ゆうがた)に　なると　空(そら)の　色(いろ)が　（　　　）。

1　変(か)えて　ください　　2　変(か)わって　ください
3　変(か)えて　いきます　　4　変(か)わって　いきます

3　A「鈴木(すずき)さんを　知(し)って　いますか。」
B「はい。ときどき　電車(でんしゃ)の　中(なか)で　（　　　）。」

1　会(あ)わなくても　いいです　　2　会(あ)う　ことが　あります
3　会(あ)うと　思(おも)います　　4　会(あ)って　みます

4　電気(でんき)を　つけた（　　　）　寝(ね)て　しまった。

1　だけ　　2　まま　　3　まで　　4　ばかり

5　弟(おとうと)は　何(なに)も　（　　　）　遊(あそ)びに　行(い)きました。

1　食(た)べると　　2　食(た)べて　　3　食(た)べない　　4　食(た)べずに

6　コーヒーと　紅茶(こうちゃ)と、（　　　）　好(す)きですか。

1　とても　　2　ぜんぶ　　3　かならず　　4　どちらが

もんだい２　＿＿★＿＿に　入る　ものは　どれですか。１・２・３・４から　いちばん　いい　ものを　一つ　えらんで　ください。

7　A「この　人(ひと)が　出(で)た　＿＿＿　＿＿＿　＿★＿　＿＿＿　ありますか。」
B「10年前(ねんまえ)に　一度(いちど)　見(み)ました。」

1　ことが　　2　を　　3　見(み)た　　4　えいが

8　A「お昼(ひる)ごはんは　いつも　どうして　いるのですか。」
B「いつもは　近(ちか)くの　店(みせ)で　食(た)べるのですが、今日(きょう)はおべんとう
＿＿＿　＿＿＿　＿★＿　＿＿＿　きました。」

1　作(つく)って　　2　家(いえ)　　3　で　　4　を

▼ 翻譯與詳解請見 P.<210>

模擬試題 **錯題糾錯＋解題攻略筆記！**

錯題 & 錯解

正解 & 解析

參考資料

8

Chapter

行為の開始と終了等

行為的開始與結束等

文法速記心智圖

行為的開始與結束等

❶ 預先、開始

- ておく
  - 1【準備】
  - 2【結果持續】〔口語縮約形〕
- はじめる
  - 1【起點】〔～はじめよう〕
- だす
  - 1【起點】〔×說話意志〕

❷ 事件開始前、後

- ところだ
  - 1【將要】〔用在意圖行為〕
- ているところだ
  - 1【時點】〔連接句子〕
- たところだ
  - 1【時點】〔發生後不久〕

❸ 完成

- てしまう
  - 1【感慨】
  - 2【完成】〔口語縮約形－ちゃう〕
- おわる
  - 1【終點】

❹ 繼續

- つづける
  - 1【意圖行為接續】
  - 2【繼續】〔注意時態〕
- まま
  - 1【附帶狀況】

文法

1 ておく

track 073

{動詞て形} ＋おく。【準備】表示為將來做準備，也就是為了以後的某一目的，事先採取某種行為。中文是：「先…、暫且…」。如對話和例句１；【結果持續】表示考慮目前的情況，而採取某臨時措施，讓已經存在的動作或狀態持續下去。中文是：「…著」。如例句２；補充〖口語縮約形〗「ておく」口語縮略形式為「とく」，「でおく」的縮略形式是「どく」。例如：「言っておく（話先講在前頭）」縮略為「言っとく」。如例句３。

生活對話

A 漢字(かんじ)は、授業(じゅぎょう)の前(まえ)に予習(よしゅう)しておきました。

漢字的部分在上課前都預習過了。

重點　準備

B いいですね。そうしたら、授業(じゅぎょう)で聞(き)くべきポイントがわかるし、理解(りかい)しやすくなるし、自信(じしん)もつきますね。

很好。如此一來，不但可以掌握上課時應當聽講的重點，也容易聽懂課程內容，更能提升自己的信心。

「ておきました」表示為了之後上課順利，而事先採取「預習」的行為。

文法應用例句

1 **朋友要來作客，先去買個蛋糕吧。**

「朋友」「來到」「買」

友達(ともだち)が来(く)るから、ケーキを買(か)っておこう。

★「ておこう」表示提議為了招待朋友，事先把蛋糕「買」好放著吧。

2 **「可以把窗戶關上嗎？」「太熱了，就讓它開著。」**

「窗戶」「關上」「炎熱的」「打開」

「窓(まど)を閉(し)めてもいいですか。」「暑(あつ)いから、そのまま開(あ)けておいてください。」

★「ておいて」表示考慮目前的狀況，而決定讓「開著」的狀態延續下去。

3 **記得轉告田中，明天10點來喔！**

「說」「喔」

田中君(たなかくん)に明日(あした)10時(じ)に来(き)て、って言(い)っとくね。

★「ておく→とく」是口語用法，表示事先採取「告知」的行為。

文法

2 はじめる

track 074

{動詞ます形} ＋はじめる。【起點】 表示前接動詞的動作、作用的開始，也就是某動作、作用很清楚地從某時刻就開始了。前面可以接他動詞，也可以接自動詞。中文是:「開始…」。如例;補充〘～はじめよう〙可以和表示意志的「(よ)う／ましょう」一起使用。

生活對話

重點　起點

A 私(わたし)、先月(せんげつ)から猫(ねこ)を飼(か)い始(はじ)めました。ほら、うちのミケです。

我從上個月開始養貓了。你看，這是我家的三毛。

B わあ、可愛(かわい)い！インスタにアップしたら、人気(にんき)が出(で)るわよ。

哇，好可愛！要是發到IG上，一定會有很多人按讚喔。

原本沒有，是最近才開始的，動作「開始飼養了」用「飼い始めました」。

文法應用例句

1 最近開始聽日文歌了。

最近(さいきん)〔最近〕、日本語(にほんご)の歌(うた)を聞(き)き始(はじ)めた〔聆聽〕。

★原本沒有，是最近才開始的，動作「開始聽了」用「聞き始めた」。

2 今年染上流行性感冒的病患人數開始增加了。

今年(ことし)もインフルエンザ〔流感〕になる人(ひと)が増(ふ)えはじめました〔增加〕。

★原本不多，是最近才開始變多的，人數「開始增加了」用「増えはじめました」。

3 在用功之前先去沖澡。

勉強(べんきょう)し始(はじ)める前(まえ)にシャワー〔淋浴〕を浴(あ)びます〔洗〕。

★原本還沒做，是稍後才開始的，動作「開始用功」用「勉強し始める」。

Chapter8 行為的開始與結束等

文法

3 だす

track 075

{動詞ます形} ＋だす。【起點】表示某動作、狀態的開始。有以人的意志很難抑制其發生，也有短時間內突然、匆忙開始的意思。中文是：「…起來、開始…」。如例；補充〘× 說話意志〙不能使用在表示說話人意志時。

生活對話

重點 起點

A 今日、会議中に社長が急に怒り出したんです。

今天開會時，總經理突然震怒了。

B へえ、何かあったんですかね。優しそうな社長さんに見えるけど。

真的嗎？應該出了什麼狀況吧。總經理看起來是個隨和的人。

原本沒有的情況，但突然生氣了，用「怒り出した」。

文法應用例句

1 這陣子，朋友一個接一個結婚了。

最近、友達が次々と結婚し出した。

★原本沒有的情況，但最近「結婚する」的朋友多了起來，用「結婚し出した」。

2 媽媽一離開，孩子就放聲大哭了起來。

お母さんが離れると、子どもは大きい声で泣き出した。

★媽媽一走，孩子就立刻哭了起來，用「泣き出した」。

3 好吃的糖果糕點一旦咬下第一口，就會吃個不停。

おいしいお菓子は、食べ出したら止まらない。

★一吃就停不下來，表達一旦開始吃，用「食べ出した」。

ところだ

track 076

{動詞辭書形} ＋ところだ。【將要】表示將要進行某動作，也就是動作、變化處於開始之前的階段。中文是：「剛要…、正要…」。如例；補充〖用在意圖行為〗不用在預料階段，而是用在有意圖的行為，或很清楚某變化的情況。

生活對話　重點：將要

A　もうすぐ2時(じ)になるところです。

現在快要兩點了。

B　あ、いけない。息子(むすこ)を迎(むか)えに出(で)なくちゃ。

啊，糟了，得出門去接兒子才行！

表示快要兩點之前的時間，就用「ところです」(正要)。

文法應用例句

1　現在正準備爬山。

今(いま)から山(やま)に登(のぼ)るところだ。
（從／攀爬）

★表示準備開始爬山之前的時間，就用「ところだ」(剛要)。

2　現在正要出門。

ちょうど出(で)かけるところです。
（正好／出門）

★表示準備出門之前的時間，就用「ところです」(剛要)。

3　「快點吃藥！」「現在正要吃啦！」

「早(はや)く薬(くすり)を飲(の)みなさい。」「今(いま)、飲(の)むところだよ。」
（快／藥／服用）

★表示正要開始吃藥之前的時間，就用「ところだ」(剛要)。

文法 5 ているところだ

track077

{動詞て形} ＋いるところだ。【時點】表示正在進行某動作，也就是動作、變化處於正在進行的階段。中文是：「正在…、…的時候」。如對話和例句１、２；補充〔連接句子〕如為連接前後兩句子，則可用「ているところに」，如例句３。

生活 對話

A どうしてあんな事故(じこ)が起(お)きたんですか。何(なに)か分(わ)かりましたか。

為什麼會發生那種事故呢？狀況釐清了嗎？

重點　時點

B 警察(けいさつ)は昨日(きのう)の事故(じこ)の原因(げんいん)を調(しら)べているところです。

警方正在調查昨天那起事故的原因。

表示「調查」事故原因的動作正在進行中的時間，就用「ているところです」（正在）。

文法應用例句

1　現在正在收拾。

〔現在〕〔收拾〕

今(いま)、かたづけているところです。

★表示「收拾」的動作現在正在進行中的時間，就用「ているところです」（正在）。

2　那時一回到家，媽媽恰巧在烤蛋糕。

〔一…〕〔媽媽〕〔烤〕

家(いえ)に帰(かえ)ると、母(はは)がケーキを焼(や)いているところだった。

★表示媽媽「烤」蛋糕的動作當時正在進行中的時間，就用過去式「ているところだった」（正在）。

3　正說他，他人就來了。

〔他〕〔到來〕

彼(かれ)の話(はなし)をしているところに、彼(かれ)がやってきた。

★表示「提到」他的動作正在進行中的時間，用「ているところに」（正在），連接這段時間發生了另一件事「他來了」。

文法

6 たところだ

track 078

{動詞た形} ＋ところだ。【時點】表示剛開始做動作沒多久，也就是在「…之後不久」的階段。中文是:「剛…」。表示因果的句子可以用「たところなので」來連接。如對話和例句１、2；補充〘發生後不久〙跟「たばかりだ」比較，「たところだ」強調開始做某事的階段，但「たばかりだ」則是一種從心理上感覺到事情發生後不久的語感，如例句３。

生活 對話

A　木村(きむら)さんはいらっしゃいますか。

請問木村先生在嗎？

重點　時點

B　木村(きむら)さんは今(いま)ちょうど帰(かえ)ったところです。

木村先生現在剛好回來了。

木村先生的動作「帰った」剛發生之後不久的時間，就用「動詞た形＋ところです」(剛…)。

文法應用例句

1　巴士現在才剛發車，所以會稍微誤點。

（剛才）（公車）（誤點）

たった今(いま)バスが出(で)たところなので、少(すこ)し遅(おく)れます。

★巴士的動作「出た」剛發生之後不久的時間，就用「動詞た形＋ところ」(剛…)。

2　我現在不能出門，因為來了客人。

（現在）（出門）（客人）

今(いま)、出(で)かけられません。お客(きゃく)さんが来(き)たところですから。

★客人才剛來，也就是動作剛發生之後不久的時間，就用「動詞た形＋ところです」(剛…)。

3　這件衣服是上週才在網路上買的。

（衣服）（上週）（網路）

この洋服(ようふく)は先週(せんしゅう)ネットで買(か)ったばかりです。

★衣服是上週買的，說話者主觀感受是剛發生後不久，就用「動詞た形＋ばかりです」(剛…)。

文法

7 てしまう

track 079

{動詞て形} ＋しまう。【感慨】表示出現了說話人不願意看到的結果，含有遺憾、惋惜、後悔等語氣，這時候一般接的是無意志的動詞。中文是：「…了」。如對話；【完成】表示動作或狀態的完成，常接「すっかり（全部）、全部（全部）」等副詞、數量詞。如果是動作繼續的動詞，就表示積極地實行並完成其動作。中文是：「…完」。如例句１、２；補充〖口語縮約形－ちゃう〗若是口語縮約形的話，「てしまう」是「ちゃう」，「でしまう」是「じゃう」。如例句３。

生活對話　重點：感慨

A ああ、どうしよう。電車(でんしゃ)に忘(わす)れ物(もの)をしてしまいました。

哎呀，怎麼辦？把東西忘在電車上了！

B 心配(しんぱい)しないで、大丈夫(だいじょうぶ)よ。チャットで忘(わす)れ物(もの)の問(と)い合(あ)わせをすれば、家(いえ)まで送(おく)ってもらえますよ。

別急，沒事的。你可以用即時訊息和失物招領處聯繫，他們會協助把失物送到家喔。

東西丟在電車上了！「てしまいました」，表示對前接的「忘れ物をする」這個動作感到後悔。

文法應用例句

1 因為太好吃了，結果統統吃光了。

（好吃的）（全部）
おいしかったので、全部(ぜんぶ)食(た)べてしまった。

★統統吃光了！「てしまった」表示前接的「食べる」這個動作結束了。

2 會議室已經整理過了。

（會議室）（已經）
会議室(かいぎしつ)の掃除(そうじ)はもうしてしまいました。

★哇！真的好乾淨！「てしまいました」表示前接的「掃除する」這個動作結束了。

3 對不起，昨天那瓶葡萄酒被我喝完了。

（抱歉）（葡萄酒）
ごめん、昨日(きのう)のワイン飲(の)んじゃった。

★整瓶喝光了！「てしまった→じゃった」表示前接的「飲む」這個動作結束了。

文法

8 おわる

track 080

{動詞ます形} ＋おわる。【終點】接在動詞ます形後面，表示事情全部做完了，或動作或作用結束了。動詞主要使用他動詞。中文是：「結束、完了、…完」。

生活 對話　重點 終點

A 今日仕事終わったら、どこへ行きますか。

今天下班後要去哪裡嗎？

B 今日は、彼氏と初めて宅飲みなんです。

今天要和男朋友第一次在家裡一起小酌。

A おうちデートですか。いいなあ～。

在家約會嗎？好羨慕喔……。

表示看書這一有頭有尾的持續性動作完成了，就用「仕事する→仕事＋終わった」。

文法應用例句

1 向圖書館借來的書，現在已經看完了。

「圖書館」「借出了」

図書館で借りた本を、今、読み終わりました。

★表示看書這一有頭有尾的持續性動作完成了，就用「読む→読み＋おわる」。

2 課程結束了。

「教課」

授業し終わりました。

★表示上課這一有頭有尾的持續性動作完成了，就用「授業する→授業＋おわる」。

3 喝完以後，請把空瓶丟進回收籃裡。

「瓶子」「垃圾桶」「丟掉」

飲み終わったら、瓶をごみ箱に捨ててください。

★表示飲用這一有頭有尾的持續性動作完成了，就用「飲む→飲み＋おわる」。

文法

9 つづける

track 081

{動詞ます形} ＋つづける。【意圖行為的持續】表示持續做某動作、習慣，或某作用仍然持續的意思。中文是：「持續…」。如對話和例句１、２；**【繼續】**表示連續做某動作，或還繼續、不斷地處於同樣的狀態。中文是：「連續…、繼續…」。如例句３；補充〘注意時態〙現在的事情用「～つづけている」，過去的事情用「～つづけました」。

生活對話

A 陳(ちん)さん、すっかり日本語(にほんご)が上手(じょうず)になりましたね。

陳同學，日文進步很多喔。

B おかげさまで。先生(せんせい)からいただいた辞書(じしょ)を今(いま)も使(つか)いつづけています。

重點 意圖行為的持續

這要感謝老師的指導。我到現在仍然經常使用老師給我的辭典查閱字義。

「つづけて」前接「使い」，表示持續做「使う」這個動作，也就是「持續使用」。

文法應用例句

1 **即使從日語學校畢業之後，仍然繼續學習日語。**

「學校」「畢業」

日本語学校(にほんごがっこう)を卒業(そつぎょう)しても、日本語(にほんご)を勉強(べんきょう)し続(つづ)けます。

★「続けます」前接「勉強し」，表示持續做「勉強する」這個動作，也就是「一直學習」。

2 **家父工作了40載歲月。**

「家父」「期間」「工作」

父(ちち)は40年間(ねんかん)働(はたら)き続(つづ)けました。

★「続けました」前接「働き」，表示持續做「働く」這個動作，也就是「一直工作」。

3 **明日應是全天有雨。**

「一天」「整」

明日(あす)は一日中(いちにちじゅう)雨(あめ)が降(ふ)り続(つづ)けるでしょう。

★「続ける」前接「降り」，表示持續保持「降る」這個動作，也就是「一直下雨」。

文法 10 まま

track 082

{名詞の；形容詞辭書形；形容動詞詞幹な；動詞た形} ＋まま。【附帶狀況】表示附帶狀況，指一個動作或作用的結果，在這個狀態還持續時，進行了後項的動作，或發生後項的事態。「そのまま」表示就這樣，不要做任何改變。中文是：「…著」。

生活對話

A あら、風邪(かぜ)？

哎呀，感冒了？

B うん。

嗯。

重點 附帶狀況

A 暑(あつ)いからクーラーをつけたままで寝(ね)てしまったんじゃないの。

是不是因為太熱了，吹了一整晚的冷氣？

B うち、クーラーないんだ。だから、あまりに暑(あつ)くて外(そと)で寝(ね)たんだ。

我家沒裝冷氣。就是因為太熱而睡在外面才著涼了。

「クーラーをつけたまま」表示開著冷氣的狀態，一直持續不變下，進行後項動作「寝てしまった」。

文法應用例句

1 開著窗子就這樣出門了。

窗戶 / 打開了 / 出門

窓(まど)を開(あ)けたまま出(で)かけてしまいました。

★「窓を開けたまま」表示開著窗的狀態，一直持續不變下，進行後項動作「出かけてしまいました」。

2 明天還要用，請放著就好。

明天 / 使用

明日(あした)も使(つか)いますから、そのままにしておいてください。

★因為明天還要用，所以用「そのまま」表示維持放著這個現狀。

3 她的皮包還擺在這裡，人卻不知道上哪裡去了。

皮包 / 擱置了

彼女(かのじょ)はバッグを置(お)いたままどこかへ行(い)ってしまった。

★「バッグを置いたまま」表示皮包還在的狀態持續不變，但人卻不知道去哪兒了。

測驗日 ________

小試身手 文法知多少？

請完成以下題目，從選項中，選出正確答案，並完成句子。

1 ビールを冷(ひ)やし（　　）。

1．ておきましょうか　　2．てありましょうか

2 ピアノを習(なら)い（　　）つもりだ。

1．はじめる　　2．だす

3 もうすぐ7時(じ)のニュースが（　　）。

1．始(はじ)まるところだ　　2．始(はじ)まっているところだ

4 先月結婚(せんげつけっこん)（　　）なのに、夫(おっと)が死(し)んでしまった。

1．したところ　　2．したばかり

5 失恋(しつれん)し（　　）。

1．てしまいました　　2．終(お)わりました

6 祭(まつ)りの夜(よる)、人々(ひとびと)は朝(あさ)まで踊(おど)り（　　）。

1．続(つづ)けた　　2．続(つづ)けていた

錯題糾錯 Note

錯題＆錯解

正解＆解析

參考資料

答案：(1) 1　(2) 1　(3) 1　(4) 2
(5) 1　(6) 1

新日檢擬真模擬試題

もんだい1　（　　　）に　何を　入れますか。1・2・3・4から　いちばん　いい　ものを　一つ　えらんで　ください。

1　（電話で）

山田「もしもし。田中君は　今　何を　して　いますか。」

田中「今　お昼ご飯を　食べて　いる（　　　）。」

1　と　思います　2　そうです　3　ところです　4　ままです

2　友だちに　聞いた（　　　）、誰も　彼の　ことを　知らなかった。

1　ところ　2　なら　3　ために　4　から

3　A「あなたが　帰る　前に、部屋の　そうじを　して（　　　）。」

B「ありがとうございます。」

1　おきます　2　いません　3　ほしい　4　ください

もんだい2　[4] から [8] に　何を　入れますか。文章の　意味を　考えて、1・2・3・4から　いちばん　いい　ものを　一つ　えらんで　ください。

下の　文章は、ソンさんが　本田さんに　送った　お礼の　手紙です。

本田様

[4] 暑い　日が　つづいて　いますが、その後、おかわり　ありませんか。

8月の　旅行では　たいへん [5]、ありがとう　ございました。海で　泳いだり、船に [6] して、とても　楽しかったです。わたしの　国では、近くに　海が　なかったので、いろいろな　ことが　みんな　はじめての　経験でした。

わたしの　国の　料理を　いっしょに　作って　みんなで　食べたことを、ときどき [7] います。

みな様と　いっしょに　とった　写真が　できましたので、[8]。

また、いつか　お会(あ)いできる　日(ひ)を　楽(たの)しみに　して　おります。

9月(がつ)10日(とおか)

ソン・ホア

4

1　もう　　2　まだ　　3　まず　　4　もし

5

1　お世話(せわ)をして　　2　お世話(せわ)いたしまして

3　世話(せわ)をもらい　　4　お世話(せわ)になり

6

1　乗(の)せたり　　2　乗(の)ったり　　3　乗(の)るだけ　　4　乗(の)るように

7

1　思(おも)い出(だ)すなら　　2　思(おも)い出(だ)したら

3　思(おも)い出(だ)して　　4　思(おも)い出(だ)されて

8

1　お送(おく)りいただきます　　2　お送(おく)りさせます

3　お送(おく)りします　　4　お送(おく)りして　くれます

▼ 翻譯與詳解請見 P.<212>

9 Chapter

理由、目的と並列

理由、目的及並列

文法速記心智圖

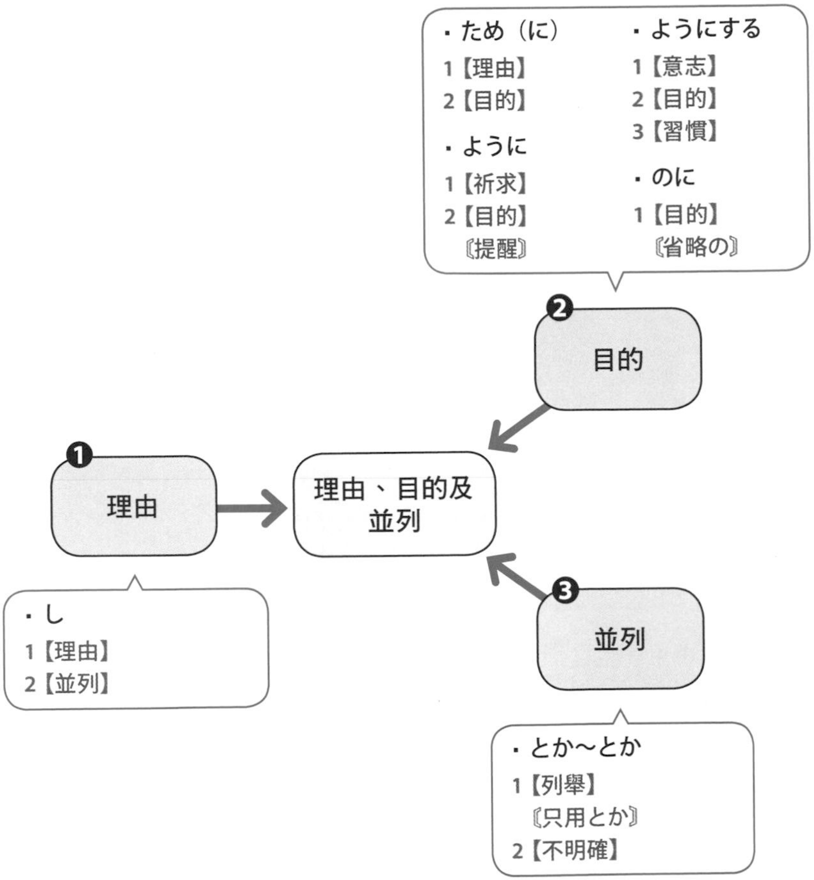

文法 1 し

track 083

{[形容詞・形容動詞・動詞]普通形} ＋し。【理由】表示理由，但暗示還有其他理由。是一種表示因果關係較委婉的說法，但前因後果的關係沒有「から」跟「ので」那麼緊密。中文是：「因為…」。如對話；【並列】用在並列陳述性質相同的複數事物同時存在，或說話人認為兩事物是有相關連的時候。中文是：「既…又…、不僅…而且…」。如例句１、２、３。

生活對話

重點：理由

A もう日本(にほん)の生活(せいかつ)に慣(な)れましたか。

你已經習慣日本的生活了嗎？

B 慣(な)れましたが、日本(にほん)は物価(ぶっか)が高(たか)いし、忙(いそが)しいし、生活(せいかつ)が大変(たいへん)です。

差不多習慣了，但是日本居住大不易，不僅物價高昂，而且人人繁忙。

用兩個「し」並列著兩種相似的狀態，不僅物價高昂，而且繁忙。

文法應用例句

1 田中老師不但幽默風趣，對大家也很和氣。

田中先生(たなかせんせい)は面白(おもしろ)いし、みんなに親切(しんせつ)だ。

（幽默的／大家／親切的）

★用兩個「し」並列著兩種相似的性格，不僅幽默風趣，也很和氣。

2 我的故鄉不僅是個寧靜的小鎮，還有可以盡情賞覽的自然美景。

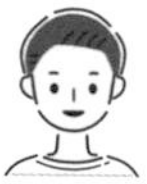

私(わたし)の国(くに)は、静(しず)かだし自然(しぜん)も多(おお)い。

（故鄉／安靜的／自然）

★用兩個「し」並列著兩種同性質的特色，不僅寧靜，還有自然的美景。

3 不只頭痛，還發燒。

頭(あたま)も痛(いた)いし、熱(ねつ)もある。

（頭／痛的／發燒）

★用兩個「し」並列著兩種症狀，不僅頭痛，還發燒了。

文法
2 ため（に）

track 084

【理由】{名詞の；[動詞・形容詞]普通形；形容動詞詞幹な} ＋ため（に）。表示由於前項的原因，引起後項不尋常的結果。中文是：「因為…所以…」。如對話和例句１；【目的】{名詞の；動詞辭書形} ＋ため（に）。表示為了某一目的，而有後面積極努力的動作、行為，前項是後項的目標，如果「ため（に）」前接人物或團體，就表示為其做有益的事。中文是：「以…為目的，做…、為了…」。如例句２、３。

生活對話 重點 理由

A 隣（となり）の駅（えき）の事故（じこ）のために、電車（でんしゃ）が遅（おく）れているそうだよ。
據說由於鄰近的車站發生事故，導致電車延誤。

B そうみたいね。もうツイッターで発信（はっしん）されてるわ。
我也聽說了。相關公告已經在推特上發布了。

「ため」表示因為車站發生事故，導致「電車が遅れている」（電車延誤）。

文法應用例句

1 **由於電腦壞掉了，所以沒辦法製作資料檔。**

パソコンが壊（こわ）れてしまったため、資料（しりょう）が作（つく）れない。
（壞掉／資料／不能製作）

★「ため」表示因為電腦壞掉了，「資料が作れない」（沒辦法製作資料檔）。

2 **為了贏得比賽，正在拚命練習。**

試合（しあい）に勝（か）つために、一生懸命練習（いっしょうけんめいれんしゅう）をしています。
（比賽／贏得／拚命地／練習）

★「ため」表示為了贏得比賽，我正「一生懸命練習をしています」（拚命練習）。

3 **為了考上大學，日以繼夜用功到深夜。**

大学（だいがく）に入（はい）るために、夜遅（よるおそ）くまで勉強（べんきょう）している。
（大學／進入／（夜）深）

★「ため」表為了考上大學，「日夜遅くまで勉強している」（日以繼夜用功到深夜）。

文法

3 ように

track 085

{動詞辭書形；動詞否定形} ＋ように。【祈求】表示祈求、願望、希望、勸告或輕微的命令等。有希望成為某狀態，或希望發生某事態，向神明祈求時，常用「動詞ます形＋ますように」。中文是：「請…、希望…」。如對話和例句１；【目的】表示為了實現「ように」前的某目的，而採取後面的行動或手段，以便達到目的。中文是：「以便…、為了…」。如例句２；補充〖提醒〗用在老師提醒學生時或上司提醒部屬時，如例句３。

生活對話　　重點　祈求

A 今年(ことし)は結婚(けっこん)できますように。

請保佑我能在今年結婚。

B それなら、この婚活(こんかつ)アプリがお薦(すす)めよ。

既然你有結婚的意願，我很推薦這個婚友APP喔。

用「ように」（請保佑）表示期待能夠實現「今年は結婚できます」這個願望，後面省略了「お願いします」等。

文法應用例句

1 祈禱明天是個大晴天。

明日(あした)晴(は)れますように。（晴れ：晴朗）

★用「ように」（請保佑）表示期待能實現「明日晴れます」的願望，後面省略「お願いします」（請）等。

2 為了能夠睡個好覺而喝了牛奶。

よく眠(ねむ)れるように、牛乳(ぎゅうにゅう)を飲(の)んだ。（よく：好好地；牛乳：牛奶）

★用「ように」（為了）表示為了能夠實現「よく眠れる」這個目標，採取了後面的方法「牛乳を飲んだ」。

3 請轉告山田先生稍後過來事務所一趟。

山田(やまだ)さんに、あとで事務所(じむしょ)に来(く)るように言(い)ってください。（事務所：辦公室；言う：說、講）

★用「ように」前接想請對方轉達的內容「あとで事務所に来る」這句話。

文法 4 ようにする

track 086

{動詞辭書形；動詞否定形} ＋ようにする。【意志】表示說話人自己將前項的行為、狀況當作目標而努力，或是說話人建議聽話人採取某動作、行為時。中文是：「爭取做到…」。如對話；【目的】表示對某人或事物，施予某動作，使其起作用。中文是：「使其…」。如例句１；【習慣】如果要表示下決心要把某行為變成習慣，則用「ようにしている」的形式。中文是：「設法使…」。如例句２、３。

生活對話

A ヒロくん、あのおじいちゃんたちに席（せき）を譲（ゆず）ってあげようか。

小宏，我們把位置讓給那幾位老爺爺吧。

B うん。先生（せんせい）も「子（こ）どもは電車（でんしゃ）では立（た）つようにしましょう。」って言（い）ってた。

嗯，老師也教過我們「小朋友搭電車時站著就好喔」。

重點 意志

用「ようにしましょう」表示將「子どもは電車では立つ」這件事，當成目標而努力。

文法應用例句

1 為了避免被小孩弄壞，把眼鏡擺在高處了。

眼鏡（めがね）を高（たか）い所（ところ）に置（お）いて、子（こ）どもが壊（こわ）さないようにします。

（眼鏡／地方／放置／不弄壞）

★用「ようにします」表示說話人抱著「子どもが壊さない」的目的，而把眼鏡放在高處。

2 現在天天寫日記。

毎日（まいにち）、日記（にっき）を書（か）くようにしています。

（每天／日記／書寫）

★用「ようにしています」表示說話人正為了將「日記を書く」這件事，變成習慣而努力。

3 目前每天都自己做飯。

毎日（まいにち）、自分（じぶん）で料理（りょうり）を作（つく）るようにしています。

（自己／做）

★用「ようにしています」表示說話人正為了將「毎日、自分で料理を作る」這件事，變成習慣而努力。

文法 5 （の）に

track 087

{動詞辭書形} ＋のに；{名詞} ＋に。【目的】是表示將前項詞組名詞化的「の」，加上助詞「に」而來的。表示目的、用途、評價及必要性。中文是：「用於…、為了…」。如例句１、2、3；補充〔省略の〕後接助詞「は」時，常會省略掉「の」，如對話。

生活對話

A 私(わたし)はいつ退院(たいいん)できますか。早(はや)く家(いえ)に帰(かえ)りたいです。

請問什麼時候可以出院呢？我想快點回家。

B 病気(びょうき)を治(なお)すには、もう少(すこ)し時間(じかん)が必要(ひつよう)です。焦(あせ)らないで。

還需要一些時間把病治好，請再忍耐一下。

重點 目的（省略の）

看到「に」知道目的是前接的「病気を治す」（把病治好）。

文法應用例句

1 這本書用來學習日文很方便。

この本(ほん)〔書〕は日本語(にほんご)の勉強(べんきょう)をするのに便利(べんり)〔方便的〕です。

★看到「のに」知道使用這本書目的是前接的「日本語の勉強をする」。

2 如果去夏威夷，要花多少錢呢？

ハワイ〔夏威夷〕に行(い)くのに、いくらかかります〔花費〕か。

★看到「のに」知道目的是前接的「ハワイに行く」（去夏威夷）。

3 若要通過N4測驗，需要花多久時間準備呢？

N4に合格(ごうかく)する〔考上〕のに、どれぐらい〔多少〕時間(じかん)がいります〔需要〕か。

★看到「のに」知道目的是前接的「N4に合格する」（通過 N4 測驗）。

文法 6

とか～とか

track 088

{名詞；[形容詞・形容動詞・動詞]辭書形} +とか+ {名詞；[形容詞・形容動詞・動詞]辭書形} +とか。【列舉】「とか」上接同類型人事物的名詞之後，表示從各種同類的人事物中選出幾個例子來說，或羅列一些事物，暗示還有其它，是口語的說法。中文是：「…啦…啦、…或…、及…」。如例句1、2；補充〖只用とか〗有時「～とか」僅出現一次，如對話；【不明確】列舉出相反的詞語時，表示說話人不滿對方態度變來變去，或弄不清楚狀況。中文是：「又…又…」，如例句3。

生活對話

重點 列舉

A 日曜日(にちようび)は家事(かじ)をします。掃除(そうじ)とか。

星期天是我做家事的時間，譬如打掃之類的。

B まあ、奥(おく)さんが羨(うらや)ましいわ。ウチの夫(おっと)なんかゴミ出(だ)ししかしません。

哇，真羨慕你太太。我家老公只負責丟垃圾。

看「とか」前面，原來是舉出「掃除」（打掃）的例子，言外之意是還做了其他家事。

文法應用例句

1 買了麵包啦牛奶啦等等很多東西。

（麵包／牛奶／各種的／東西）

パンとか牛乳(ぎゅうにゅう)とか、いろいろな物(もの)を買(か)いました。

★看「とか」前面，原來是舉出「パン」跟「牛乳」兩例，言外之意是還買了其他東西。

2 建議睡覺前最好不要喝咖啡或是茶之類的飲料。

（之前／茶）

寝(ね)る前(まえ)は、コーヒーとかお茶(ちゃ)とかを、あまり飲(の)まないほうがいいです。

★看「とか」前面，原來是舉出「コーヒー」跟「お茶」兩例，言外之意是還有其他妨礙睡眠的飲料。

3 我兒子跟兒媳婦一會兒說要生小孩啦，一會兒又說不生小孩啦，這樣都過7年了。

（兒子／夫妻／生孩子／大約）

息子夫婦(むすこふうふ)は、子(こ)どもを産(う)むとか産(う)まないとか言(い)って、もう7年(ねん)ぐらいになる。

★看「とか」前面，舉出一下「産む」一下「産まない」兩個相反的決定，表示拿不定主意。

測驗日 ____________

小試身手 文法知多少？

請完成以下題目，從選項中，選出正確答案，並完成句子。

1 のどが痛(いた)い（　　）、鼻水(はなみず)も出(で)る。

1. し　　　　2. から

2 地震(じしん)（　　）、電車(でんしゃ)が止(と)まった。

1. のために　　　　2. なので

3 風邪(かぜ)をひかない（　　）、暖(あたた)かくしたほうがいいよ。

1. ために　　　　2. ように

4 宿題(しゅくだい)をする（　　）5時間(じかん)もかかった。

1. のに　　　　2. ために

5 宿題(しゅくだい)、お兄(にい)ちゃんに（　　）教(おし)えてもらおう。

1. でも　　　　2. とか

錯題糾錯 Note

錯題＆錯解

正解＆解析

參考資料

答案：(1) 1　(2) 1　(3) 2　(4) 1
(5) 1

新日檢擬真模擬試題

もんだい1　（　　）に　何を　入れますか。1・2・3・4から　いちばん　いい　ものを　一つ　えらんで　ください。

1　佐藤さんは　優しい　（　　）、みんなから　好かれて　います。

1　ので　　2　まで　　3　けど　　4　ように

2　大学へ　行く　（　　）、一生懸命　勉強して　います。

1　ところ　　2　けれど　　3　ために　　4　からも

3　おすしも　食べた　（　　）、ケーキも　食べた。

1　し　　2　でも　　3　も　　4　や

4　兄は　どんな　スポーツ　（　　）　できます。

1　にも　　2　でも　　3　だけ　　4　ぐらい

5　赤とか　青　（　　）、いろいろな　色の　服が　あります。

1　とか　　2　でも　　3　から　　4　にも

6　A「ずいぶん　ピアノが　上手ですね。」
B「毎日　練習したから　上手に　（　　）　んです。」

1　弾けるように　なった　　2　弾けるように　した
3　弾ける　かもしれない　　4　弾いて　もらう

もんだい2　＿＿★＿＿に　入る　ものは　どれですか。1・2・3・4から　いちばん　いい　ものを　一つ　えらんで　ください。

7　A「コンサートで　ピアノを　ひきます。聞きに　きて　いただけますか。」
B「すみません。＿＿＿　＿＿＿　＿★＿　＿＿＿　行けません。」

1　が　　2　用　　3　ので　　4　ある

8　「はい、上田です。父は　いま　るすに　して　おります。もどりましたら　こちらから　＿＿＿　＿＿＿　＿★＿　＿＿＿　ます。」

1　ように　　2　つたえて　　3　おき　　4　お電話する

▼ 翻譯與詳解請見 P.<215>

模擬試題 **錯題糾錯＋解題攻略筆記！**

錯題＆錯解

正解＆解析

參考資料

10 条件、順接と逆接

條件、順接及逆接

文法速記心智圖

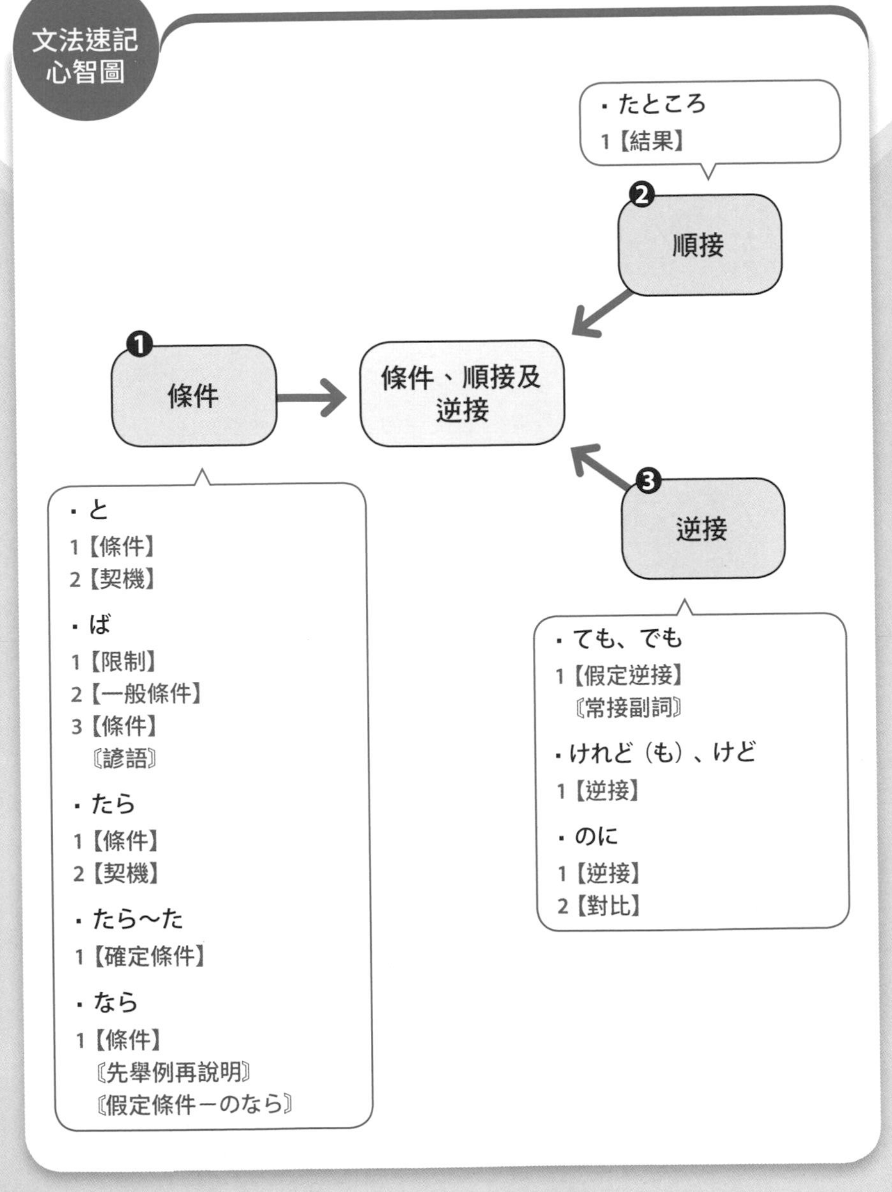

文法

1 と

track 089

{[名詞・形容詞・形容動詞・動詞] 普通形（只能用在現在形及否定形)} ＋と。【條件】表示陳述人和事物的一般條件關係，常用在機械的使用方法、說明路線、自然的現象及反覆的習慣等情況，此時不能使用表示說話人的意志、請求、命令、許可等語句。中文是：「一…就」。如對話和例句１；【契機】表示指引道路。也就是以前項的事情為契機，發生了後項的事情。中文是：「一…竟…」，如例句２、３。

生活 對話

A すみません。いちばん近(ちか)い MRT の駅(えき)はどこですか。

不好意思，請問最近的捷運站在哪裡？

B それならこの道(みち)をまっすぐ行(い)くと、駅(えき)に着(つ)きます。5分(ふん)ぐらいかな。

重點 條件

要去最近的捷運站，請沿著這條路直走就到了。大約５分鐘吧？

用「と」連接前後句，如果前項「まっすぐ行く」成立時，就會出現後項的結果「駅に着きます」。

文法應用例句

1 **春天一到，櫻花就會綻放。**

（春天）（櫻花）（綻放）

春(はる)になると、桜(さくら)が咲(さ)きます。

★用「と」連接前後句，如果前項「春になる」成立時，後項的結果「桜が咲きます」就會成立。

2 **打開盒子一看，裡面裝的是玩具娃娃。**

（盒子）（打開）（玩偶）

箱(はこ)を開(あ)けると、人形(にんぎょう)が入(はい)っていた。

★用「と」表示以前項動作「箱を開ける」為契機，發生了後項「人形が入っていた」。

3 **一走出車站，赫然看見了大批警力。**

（車站）（大批）（警察）

駅(えき)を出(で)ると、大勢(おおぜい)の警察官(けいさつかん)がいました。

★用「と」表示以前項動作「駅を出る」為契機，發生了後項的「大勢の警察官がいました」。

文法

2 ば

track 090

{[形容詞·動詞] 假定形;[名詞·形容動詞] 假定形} +ば。【限制】後接意志或期望等詞，表示後項受到某種條件的限制。中文是：「假如…的話」。如對話；【一般條件】敘述一般客觀事物的條件關係。如果前項成立，後項就一定會成立。中文是：「如果…的話」。如例句１；【條件】後接未實現的事物，表示條件。對特定的人或物，表示對未實現的事物，只要前項成立，後項也當然會成立。前項是焦點，敘述需要的是什麼，後項大多是被期待的事。中文是：「假如…、如果…就…」。如例句２；補充〔諺語〕也用在諺語的表現上，表示一般成立的關係。「よし」為「よい」的古語用法。如例句３。

生活對話　重點　限制

A 時間(じかん)があれば、明日(あした)映画(えいが)に行(い)きましょう。

有空的話，我們明天去看電影吧。

B いいですね。その後(あと)、久(ひさ)しぶりに夜市(よいち)も行(い)きませんか。

好啊。看完電影要不要順便逛夜市？好久沒去了。

詢問對方如果前項「時間があれば」這一限制條件成立，是否進行後句「明日映画に行きましょう」的動作。

文法應用例句

1 若是下大雪，學校就會停課。

大雪(おおゆき)〔大雪〕が降(ふ)れば、学校(がっこう)が休(やす)み〔停課〕になる。

★如果前項「大雪が降れば」這一大自然的一般客觀條件成立，後句「学校が休みになる」就會成立。

2 只要動作快一點，還來得及搭下一班電車。

急(いそ)げば〔加快〕次(つぎ)の電車(でんしゃ)に間(ま)に合(あ)います〔來得及〕。

★如果前項「急げば」這個條件成立，後句「次の電車に間に合います」就會成立。

3 有句話叫做：只要得到好成果，過程如何不重要。

終(お)わりよければ〔結果〕全(すべ)て〔一切〕よし、という言葉(ことば)〔言詞〕があります。

★諺語中表示如果前項「終わりよければ」這一結果成立，就可以得出「全てよし」這個主觀的論點。

文法

3 たら

track 091

{[名詞・形容詞・形容動詞・動詞] た形} ＋ら。【條件】表示假定條件，當實現前面的情況時，後面的情況就會實現，但前項會不會成立，實際上還不知道。中文是：「要是…、如果要是…了、…了的話」。如對話和例句１；【契機】表示確定的未來，知道前項的（將來）一定會成立，以其為契機做後項。中文是：「…之後、…的時候」。如例句２、３。

生活對話

A 大学（だいがく）を卒業（そつぎょう）し<u>たら</u>、しばらくアジアの国々（くにぐに）を回（まわ）りたいなあ。

大學畢業後，打算用一段時間環遊亞洲各國。

B ぼくは大学（だいがく）を卒業（そつぎょう）し<u>たら</u>、すぐ働（はたら）きます。

我大學一畢業會立刻就業。

重點　條件

假定在「大学を卒業したら」（大學畢業後）的條件下，就分別採取後項「環遊亞洲各國」及「立刻就業」的行動。

文法應用例句

1 假如巴士還不來，就搭計程車去。

バス〔巴士〕が来（こ）なかったら、タクシー〔計程車〕で行（い）きます。

★假定在「バスが来なかったら」（巴士還不來）的條件下，就採取後項「タクシーで行きます」的行動。

2 等到病好了以後，可以去上學無妨喔。

病気（びょうき）〔生病〕がなおったら〔痊癒〕、学校（がっこう）〔學校〕へ行（い）ってもいいよ。

★知道前項一定會成立「病気がなおったら」，以其為契機做後項「学校へ行く」。

3 等到年滿20歲後，就可以喝酒了。

二十歳（はたち）になったら〔到了〕、お酒（さけ）が飲（の）める〔可以喝〕。

★知道前項一定會成立「二十歳になったら」，以其為契機做後項「お酒が飲める」。

文法 4 たら～た

track 092

{[名詞・形容詞・形容動詞・動詞] た形} ＋ら～た。【確定條件】表示說話者完成前項動作後，有了新發現，或是發生了後項的事情。中文是：「原來…、發現…、才知道…」。

生活對話　重點　確定條件

A 雪(ゆき)の中(なか)バスを待(ま)っていたら、風邪(かぜ)をひいてしまった。
我冒雪等巴士，結果感冒了。

B 本当(ほんとう)だ。顔(かお)が少(すこ)し赤(あか)いから、熱(ねつ)があるんじゃない。
真的耶！臉也有點紅，是不是發燒了？

在做了前項「雪の中バスを待っていたら」的行為後，才驚覺發生了後項「風邪をひいてしまった」已經存在的事。

文法應用例句

1 去到店家一看，才知道沒有營業。

お店(みせ)〔店家〕へ行(い)った〔到了〕ら、休(やす)み〔沒有營業〕だった。

★在做了前項「お店へ行ったら」的行為後，才驚覺發生了後項「休みだった」已經存在的事。

2 那時一回到家裡，發現朋友正在等我。

家(いえ)に帰(かえ)ったら、友達(ともだち)〔朋友〕が待(ま)っ〔等待〕ていた。

★在做了前項「家に帰ったら」的行為後，才驚覺發生了後項「友達が待っていた」已經存在的事。

3 暴飲暴食的結果是變胖了。

食(た)べすぎたら太(ふと)った〔胖了〕。

★在做了前項「食べすぎたら」的行為後，才驚覺導致了後項「太った」的結果。

文法 5 なら

track 093

{名詞；形容動詞詞幹；[動詞・形容詞] 辭書形} ＋なら。【條件】表示接受了對方所說的事情、狀態、情況後，說話人提出了意見、勸告、意志、請求等。中文是：「如果…就…」。如對話和例句１；補充〖先舉例再說明〗可用於舉出一個事物列為話題，再進行說明。中文是：「…的話」。如例句２；補充〖假定條件－のなら〗以對方發話內容為前提進行發言時，常會在「なら」的前面加「の」，「の」的口語說法為「ん」。中文是：「要是…的話」。如例句３。

生活對話

A これ、デザインがいいでしょう。この時計（とけい）は 3,000 円（えん）ですよ。

你看，很有設計感吧！這支手錶只要3000圓喔。

B えっ、高（たか）そうに見（み）えるけど、そんなに安（やす）いなら、買（か）います。

真的？看起來不像便宜貨呢。既然那麼便宜，我要買一支！

重點 條件

表示如果實際情況是前項「そんなに安いなら」，那就決定做後項「買います」。
¥3000
買います!!

文法應用例句

1 那本書如果不看了就給我。

その本（ほん）、読（よ）まないなら私（わたし）にください。

（書）（不閱讀）

★表示如果實際情況是前項「読まないなら」，那建議做後項「私にください」。

2 如果要吃中國菜，那家餐廳最好吃。

中国料理（ちゅうごくりょうり）なら、あの店（みせ）が一番（いちばん）おいしい。

（中國菜）（最）

★表示如果實際情況是前項「中国料理なら」，那舉出後項的例子「あの店が一番おいしい」。

3 既然那麼睏，趕快去睡覺！

そんなに眠（ねむ）いんなら、早（はや）く寝（ね）なさい。

（那麼）（睏倦）

★表示如果實際情況是前項「そんなに眠いんなら」，就建議做後項「早く寝なさい」。

文法

6 たところ

track 094

{動詞た形} ＋ところ。【結果】順接用法。表示完成前項動作後，偶然得到後面的結果、消息，含有說話者覺得訝異的語感。或是後項出現了預期中的好結果。前項和後項之間沒有絕對的因果關係。中文是：「結果…、果然…」。

生活對話　　重點　結果

A 父(ちち)は、病院(びょういん)に行(い)ったところ、病気(びょうき)が見(み)つかって、手術(しゅじゅつ)することになりました。

家父去了醫院被診斷出罹患疾病，決定要動手術了。

B まあ、そうですか。心配(しんぱい)ですね。どうぞお大事(だいじ)に。

哎呀，怎麼會這樣呢？您一定很擔心。希望令尊早日康復。

動詞た形加「ところ」，表示做了前項動作「家父去了醫院」後，得到後項「診斷出罹患疾病」預料之外的結果！

文法應用例句

1 **打電話給鈴木先生，得知他向公司請假了。**

鈴木(すずき)さんに電話(でんわ)をしたところ、会社(かいしゃ)を休(やす)んでいた。

（電話＝電話；公司＝会社；請假＝休んでいた）

★動詞た形加「ところ」，表示完成前項動作「打電話給鈴木先生」後，偶然得到後項「他向公司請假了」與預期相反的結果！

2 **一打開電視，沒想到比賽已經開始了。**

テレビをつけたところ、試合(しあい)は始(はじ)まっていた。

（電視＝テレビ；打開了＝つけた；開始＝始まって）

★動詞た形加「ところ」，表示完成前項動作「打開電視」後，偶然得到後項「比賽已經開始了」預料之外的結果！

3 **稍微走了一下，不料竟迷路了。**

少(すこ)し歩(ある)いたところ、道(みち)がわからなくなってしまった。

（稍微＝少し；走了＝歩いた）

★動詞た形加「ところ」，表示完成前項動作「稍微走了一下」後，偶然得到後項「迷路了」與預期相反的結果！

文法 7

ても、でも

track 095

{形容詞く形} ＋ても；{動詞て形} ＋も；{名詞；形容動詞詞幹} ＋でも。【假定逆接】表示後項的成立，不受前項的約束，是一種假定逆接表現，後項常用各種意志表現的說法。中文是：「即使…也」。補充〘常接副詞〙表示假定的事情時，常跟「たとえ（比如）、どんなに（無論如何）、もし（假如）、万が一（萬一）」等副詞一起使用。

生活對話　重點：假定逆接

A たとえ熱（ねつ）があっても、明日（あした）の会議（かいぎ）には出（で）ます。

就算發燒，我還是要出席明天的會議。

B だめです、だめです。熱（ねつ）があったら、必（かなら）ず会社（かいしゃ）を休（やす）んでください。

不行不行！如果發燒了，一定要向公司請假。

搭配副詞「たとえ」，表示即使在前項「熱があって」的條件下，也不會改變後項「明日の会議には出ます」的決定。

文法應用例句

1 **那種事情連小學生都知道！**

「事情」「小學生」「知道」

そんな事（こと）は小学生（しょうがくせい）でも知（し）っている。

★即使在前項是「小學生」的條件下，也不會改變後項「知っている」的結果。

2 **即使漢字再困難，我也要努力學習。**

「困難的」「用功學習」

漢字（かんじ）が難（むずか）しくても、私（わたし）は頑張（がんば）って勉強（べんきょう）します。

★即使在前項「漢字が難しい」的條件下，也不會改變後項「私は頑張って勉強します」的意志力。

3 **即使父母再怎麼反對，我依然堅持去日本留學！**

「父母」「反對」

両親（りょうしん）にどんなに反対（はんたい）されても、日本（にほん）に留学（りゅうがく）します。

★搭配「どんなに」，即使在前項「両親に反対される」的條件下，也不會改變後項「日本に留学します」的決心。

文法 8

けれど（も）、けど

track 096

{[形容詞・形容動詞・動詞] 普通形・丁寧形}　＋けれど（も）、けど。【逆接】

逆接用法。表示前項和後項的意思或內容是相反的、對比的。是「が」的口語說法。「けど」語氣上會比「けれど（も）」還來的隨便。中文是：「雖然、可是、但…」。

生活對話　重點　逆接

A たくさん寝(ね)たけれども、まだ眠(ねむ)いよ～。

雖然睡了很久，還是覺得好睏喔。

B それは寝過(ねす)ぎよ。さあ、布団(ふとん)から出(で)て、太陽(たいよう)を浴(あ)びなさい。

那是因為睡太多了啦。好了，趕快鑽出被窩，去曬曬太陽。

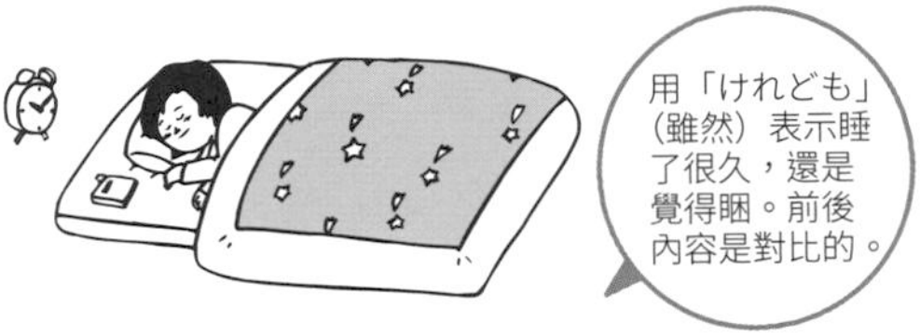

用「けれども」(雖然) 表示睡了很久，還是覺得睏。前後內容是對比的。

文法應用例句

1　儘管天上沒有一絲雲絮，雨仍然下個不停。

空(そら)〔天空〕は(は)晴れているけど、雨(あめ)が降(ふ)〔下（雨）〕っている。

★用「けど」(雖然) 表示天上沒有一絲雲絮，雨卻下個不停。前後內容是對比的。

2　英文已經學10年了，還是說不出口。

英語(えいご)〔英文〕を10年(ねん)〔年〕勉強(べんきょう)したけれど、話(はな)せません〔不會說〕。

★用「けれど」(雖然) 表示學了英文 10 年，但還是說不出口。前後內容是對比的。

3　去了餐廳，結果今日公休。

お店(みせ)に行(い)った〔去了〕けど、今日(きょう)は休(やす)み〔沒營業〕だった。

★用「けど」(雖然) 表示去了餐廳，但今天店休。前後內容是對比的。

文法

9 のに

track 097

{［名詞・形容動詞］な；［動詞・形容詞］普通形｝ ＋のに。【逆接】表示逆接，用於後項結果違反前項的期待，含有說話者驚訝、懷疑、不滿、惋惜等語氣。中文是：「雖然…、可是…」。如對話和例句１；【對比】表示前項和後項呈現對比的關係。中文是：「明明…、卻…、但是…」。如例句２、３。

生活對話　重點：逆接

A 働(はたら)きたいのに、仕事(しごと)がないんだ。どうしたらいい。

我很想做事，卻找不到工作。該怎麼辦呢？

B とりあえず体(からだ)を鍛(きた)えて、金(かね)を使(つか)わない遊(あそ)びをしながら探(さが)そう。

建議你先好好鍛練身體，在找工作之餘也做些不花錢的娛樂吧。

用「のに」表示說話者明明很想做事，卻找不到工作（結果），覺得不滿的語氣。

文法應用例句

1　今天雖然晴朗，但是很冷。

今日(きょう)は、晴(は)れているのに寒(さむ)い。

（今日＝今天；晴れている＝晴朗；寒い＝寒冷的）

★用「のに」表示說話者看到天氣明明非常晴朗，卻很冷（結果），覺得很驚訝。

2　哥哥沉默寡言，然而弟弟喋喋不休。

兄(あに)は静(しず)かなのに、弟(おとうと)はにぎやかだ。

（静か＝文靜的；にぎやか＝活潑開朗的）

★用「のに」，表示說話者看到哥哥很沉默，弟弟卻很開朗。凸顯出兩者的對比關係。

3　天空萬里無雲，卻下著雨。

空(そら)は晴(は)れているのに、雨(あめ)が降(ふ)っている。

（空＝天空；晴れている＝晴朗）

★用「のに」，表示說話者看到明明天氣很晴朗，卻下著雨。覺得很矛盾。

日語小秘方：假定形的表現

假定形用來表示條件，意思是「假如…的話，就會…」。假定形的變化如下：

動詞	辭書形	假定形
五段動詞	行(い)く	行(い)けば
	飲(の)む	飲(の)めば
一段動詞	食(た)べる	食(た)べれば
	受(う)ける	受(う)ければ
カ・サ變動詞	来(く)る	来(く)れば
	する	すれば

形容詞	辭書形	假定形
	白(しろ)い	白(しろ)ければ

形容動詞	辭書形	假定形
	綺麗(きれい)だ	綺麗(きれい)なら

名詞	辭書形	假定形
	学生(がくせい)だ	学生(がくせい)なら

假定形的否定形

▶動詞：～ない　⇒　～なければ

行(い)かない→行(い)かなければ　　しない→しなければ

食(た)べない→食(た)べなければ　　来(こ)ない→来(こ)なければ

▶形容詞：～くない　⇒　～くなければ

白(しろ)くない→白(しろ)くなければ

▶形容動詞及名詞：～ではない　⇒　～でなければ

綺麗(きれい)ではない→綺麗(きれい)でなければ　　学生(がくせい)ではない→学生(がくせい)でなければ

測驗日 ________

小試身手 文法知多少？

請完成以下題目，從選項中，選出正確答案，並完成句子。

1 夏休(なつやす)みが（　　）、海(うみ)に行(い)きたい。

1．来(く)ると　　2．来(き)たら

2 20歳(はたち)に（　　）、お酒(さけ)が飲(の)める。

1．なれば　　2．なるなら

3 疲(つか)れていたので、布団(ふとん)に（　　）すぐ寝(ね)てしまった。

1．入(はい)ったら　　2．入(はい)ると

4 家(いえ)についた（　　）に、電話(でんわ)が来(き)た。

1．ばかり　　2．ところ

5 （　　）、彼(かれ)が好(す)きなんです。

1．夫(おっと)がいても　　2．誰(だれ)がいても

6 高(たか)い店(みせ)（　　）、どうしてこんなにまずいんだろう。

1．なのに　　2．だけど

錯題糾錯 Note	
錯題＆錯解	正解＆解析
	參考資料

答案：(1) 2　(2) 1　(3) 2　(4) 2
(5) 1　(6) 1

新日檢擬真模擬試題

もんだい１　（　　　）に　何を　入れますか。１・２・３・４から　いちばん　いい　ものを　一つ　えらんで　ください。

1　だれでも　練習(れんしゅう)　すれ（　　　）　できるように　なります。

１　や　　２　が　　３　たら　　４　ば

2　かわいい　服(ふく)が　あった（　　　）、高(たか)くて　買(か)えませんでした。

１　のに　　２　から　　３　だけ　　４　ので

3　朝(あさ)　起(お)き　（　　　）、もう　11時(じ)でした。

１　れば　　２　なら　　３　でも　　４　たら

4　ベルが　（　　　）　書(か)くのを　やめてください。

１　鳴(な)ったら　　２　鳴(な)ったと　　３　鳴(な)るたら　　４　鳴(な)ると

5　A「交番(こうばん)は　どこに　ありますか。」

B「そこの　角(かど)を　右(みぎ)に　曲(ま)がる　（　　　）、左側(ひだりがわ)に　あります。」

１　と　　２　が　　３　も　　４　な

もんだい２　＿＿★＿＿に　入る　ものは　どれですか。１・２・３・４から　いちばん　いい　ものを　一つ　えらんで　ください。

6　A「もし　動物(どうぶつ)に　＿＿＿＿　＿＿＿＿　＿＿★＿＿　＿＿＿＿　ですか。」

B「わたしは　ねこが　いいです。」

１　なりたい　　２　なる　　３　何(なに)に　　４　なら

7　(駅(えき)で)

A「新宿(しんじゅく)に　行(い)きたいのですが、どこから　電車(でんしゃ)に　乗(の)れば　よいですか。」

B「　＿＿＿＿　＿＿＿＿　＿＿★＿＿　＿＿＿＿　ください。」

１　３番線(ばんせん)　　２　お乗(の)り　　３　むこうの　　４　から

8　中村(なかむら)「本田(ほんだ)さん、あすの　音楽会(おんがくかい)は　どこに　集(あつ)まりますか。」

本田(ほんだ)「６時(じ)に　＿＿＿＿　＿＿＿＿　＿＿★＿＿　＿＿＿＿　どうでしょう。」

１　うけつけの　　２　集(あつ)まったら　　３　会場(かいじょう)の　　４　ところに

▼ 翻譯與詳解請見 P.<217>

模擬試題 **錯題糾錯＋解題攻略筆記！**

錯題 & 錯解

正解 & 解析

參考資料

11 Chapter

授受表現

授受表現

文法速記心智圖

授受表現

❶ あげる的變化

- あげる
  1【物品受益－給同輩】
- てあげる
  1【行為受益－為同輩】
- さしあげる
  1【物品受益－下給上】
- てさしあげる
  1【行為受益－下為上】
- やる
  1【物品受益－上給下】
- てやる
  1【行為受益－上為下】
  2【意志】

❷ もらう的變化

- もらう
  1【物品受益－同輩、晩輩】
- てもらう
  1【行為受益－同輩、晩輩】
- いただく
  1【物品受益－上給下】
- ていただく
  1【行為受益－上為下】

❸ くださる、くれる的變化

- くださる
  1【物品受益－上給下】
- てくださる
  1【行為受益－上為下】
  〔主語＝給予人；接受方＝說話人〕
- くれる
  1【物品受益－同輩、晩輩】
- てくれる
  1【行為受益－同輩、晩輩】
  〔主語＝給予人；接受方＝說話人〕

文法 1 あげる

track 098

{名詞} + {助詞} +あげる。【物品受益－給同輩】授受物品的表達方式。表示給予人（說話人或說話一方的親友等），給予接受人有利益的事物。句型是「給予人は（が）接受人に～をあげます」。給予人是主語，這時候接受人跟給予人大多是地位、年齡同等的同輩。中文是：「給予…、給…」。

生活對話

重點 物品受益－給同輩

A ねえ、手(て)を出(だ)して。チョコレート<u>あげる</u>。

呃，把手伸出來。巧克力送你！

B え、本当(ほんとう)に、嬉(うれ)しい。わあ、これ、手作(てづく)りチョコ？

啊，真的嗎？太開心了！哇，這是你親手做的巧克力？

給予人是「A」，接受人是「B」，給予物是「チョコレート」。從「あげる」可知兩人是同輩關係。

文法應用例句

1 耶誕老人送了耶誕禮物給孩子們。

（聖誕老人／聖誕／禮物）

サンタクロースは子(こ)どもたちにクリスマスプレゼントをあげた。

★主語給予人是「サンタクロース」，給予物是「クリスマスプレゼント」，接受人是晚輩「子どもたち」，所以用「あげた」。

2 因為去旅行回來，所以送了大家伴手禮。

（旅行／大家）

旅行(りょこう)に行(い)ったので、みんなにお土産(みやげ)をあげました。

★主語給予人是「私」，給予物是「お土産」，接受人是地位相等的「みんあ」，用「あげました」。

3 我計畫在母親節送花。

（母親節／花／準備）

私(わたし)は母(はは)の日(ひ)に花(はな)をあげるつもりです。

★主語的給予人是「私」，給予物是「花」，接受人是關係親近的「母」，所以用「あげる」。

文法

2 てあげる

{動詞て形} ＋あげる。【行為受益－為同輩】表示自己或站在同一方的人，為他人做前項利益的行為。基本句型是「給予人は（が）接受人に～を動詞てあげる」。這時候接受人跟給予人大多是地位、年齡同等的同輩。是「てやる」的客氣說法。中文是：「（為他人）做…」。

生活對話　　重點 行為受益－為同輩

A 友達(ともだち)の買(か)い物(もの)に一緒(いっしょ)に行(い)ってあげたんだ。

我陪朋友一起去逛了街。

B それで自分(じぶん)の方(ほう)がたくさん買(か)ってきたというわけ？

結果你自己買了一堆回來？

給予人是說話人「私」，接受人是「友達」，最後用「行ってあげた」（去了），表示給予人施加恩惠的動作。

文法應用例句

1 為老爺爺指路了。

おじいさんに道(みち)を教(おし)えてあげました。

（おじいさん：老爺爺　道：道路）

★給予人是主詞「私」，接受人是「おじいさん」，最後用「教えてあげました」，表示給予人施加恩惠的動作。

2 為朋友做了故鄉菜。

友達(ともだち)に国(くに)の料理(りょうり)を作(つく)ってあげた。

（料理：菜餚　作る：做）

★給予人是主詞「私」，接受人是「友達」，最後用「作ってあげた」，表示給予人施加恩惠的動作。

3 那輛自行車，要不要幫你修好？

その自転車(じてんしゃ)、なおしてあげようか。

（自転車：腳踏車　なおす：修理）

★給予人是主詞「私」，接受人是聽話者，最後用「なおしてあげようか」，表示詢問是否需要給予幫助。

文法 3 さしあげる

track 100

{名詞} ＋ {助詞} ＋さしあげる。【物品受益－下給上】授受物品的表達方式。表示下面的人給上面的人物品。句型是「給予人は（が）接受人に～をさしあげる」。給予人是主語，這時候接受人的地位、年齡、身分比給予人高。是一種謙虛的說法。中文是：「給予…、給…」。

生活對話

A 金婚式(きんこんしき)のお祝(いわ)いに呼(よ)ばれてるんですが、彼(かれ)のご両親(りょうしん)に何(なに)を差(さ)し上(あ)げたらいいですか。

重點 物品受益－下給上

我受邀參加男友父母的金婚紀念典禮，該送什麼禮物才好呢？

B ペアの食器(しょっき)とかマフラーとかがいいんじゃないですか。

不妨考慮成對的餐具或是圍巾。

主語是給予人「私」，接受人是地位高的「彼のご両親」，所以用「差し上げた」。

文法應用例句

1 致贈了老師國外旅行買的伴手禮。

先生(せんせい)に海外旅行(かいがいりょこう)［國外］のお土産(みやげ)［伴手禮］を差(さ)し上(あ)げました。

★主語是給予人「私」，接受人是地位高的「先生」，所以用「差し上げました」。

2 我想在畢業典禮結束後給校長獻花。

卒業式(そつぎょうしき)［畢業典禮］の後(あと)で、校長先生(こうちょうせんせい)［校長］にお花(はな)を差(さ)し上(あ)げたいです。

★主語是給予人「私」，接受人地位高的「校長先生」，所以用「差し上げたいです」。

3 我每年都送耶誕卡片給老師。

私(わたし)は毎年(まいとし)［每年］先生(せんせい)にクリスマスカード［卡片］を差(さ)し上(あ)げます。

★主語是給予人「私」，接受人地位高的「先生」，所以用「差し上げます」。

文法 4 てさしあげる

track 101

{動詞て形} ＋さしあげる。【行為受益－下為上】表示自己或站在自己一方的人，為他人做前項有益的行為。基本句型是「給予人は（が）接受人に～を動詞てさしあげる」。給予人是主語。這時候接受人的地位、年齡、身分比給予人高。是「てあげる」更謙虛的說法。由於有將善意行為強加於人的感覺，所以直接對上面的人說話時，最好改用「お～します」，但不是直接當面說就沒關係。中文是：「（為他人）做…」。

生活對話

A　もう少（すこ）ししたら、お客様（きゃくさま）にお茶（ちゃ）をいれて差（さ）し上（あ）げてください。

再過一會兒，請為客人送上茶水。

B　はい。果物（くだもの）も一緒（いっしょ）にお出（だ）ししますか。

好的。水果也一起端過去嗎？

重點　行為受益－下為上

給予人是內部職員，接受人是地位高的「お客様」，所以用「て差し上げて」（奉上）。

文法應用例句

1　請為大家詳細說明。

皆様（みなさま）に、丁寧（ていねい）に説明（せつめい）して差（さ）し上（あ）げてください。（詳細地／說明）

★給予人是聽話者，接受人是地位高的客人們「皆様」，所以用「説明して差し上げて」（說明）。

2　酒會結束後，載送總經理回到了府宅。

パーティーの後（あと）、社長（しゃちょう）を家（いえ）まで送（おく）って差（さ）し上（あ）げました。（晚會／接送）

★主語是給予人「私」，接受人是地位高的「社長」，所以用「送って差し上げました」。

3　我想為老師導覽故鄉的各處寺院。

先生（せんせい）を私（わたし）の国（くに）のいろいろなお寺（てら）に、案内（あんない）して差（さ）し上（あ）げたいです。（各種的／寺廟／導遊）

★主語是給予人「私」，接受人是地位高的「先生」，所以用「案内して差し上げたいです」。

やる

track 102

{名詞} ＋ {助詞} ＋やる。【物品受益－上給下】授受物品的表達方式。表示給予同輩以下的人，或小孩、動植物有利益的事物。句型是「給予人は（が）接受人に～をやる」。這時候接受人大多為關係親密，且年齡、地位比給予人低。或接受人是動植物。中文是：「給予…、給…」。

生活對話　重點 物品受益－上給下

A 後(うし)ろの車両(しゃりょう)に赤(あか)ちゃんにミルクをやる部屋(へや)があります。

後面的車廂設置了餵小寶寶喝奶的房間。

B まあ、そうですか。子(こ)どもやお母(かあ)さんに優(やさ)しい電車(でんしゃ)ですね。

喔，這樣呀。這輛電車的母嬰親善設施相當齊全呢。

給予的對象是「赤ちゃん」用「に」，由於是長輩對晚輩的關係，所以用「やる」。

文法應用例句

1 每天餵狗。

毎日(まいにち)犬(いぬ)にえさをやります。

「狗」「飼料」

★給予的對象是「犬」用「に」，由於是人對動物的上對下關係，所以用「やります」。

2 請幫院子裡的花草樹木澆水。

庭(にわ)の花(はな)や木(き)に水(みず)をやってください。

「庭院」「樹木」

★給予的對象是「花や木」用「に」，由於是人對植物的上對下關係，所以用「やって」。

3 請問可以餵猴子吃零食點心嗎？

猿(さる)にお菓子(かし)をやってもいいですか。

「猴子」「零食點心」

★給予的對象是「猿」用「に」，由於是人對動物的上對下關係，所以用「やって」。

文法

6 てやる

track 103

{動詞て形} ＋やる。【行為受益－上為下】表示以施恩或給予利益的心情，為下級或晚輩（或動、植物）做有益的事。中文是：「給…（做…）」。如對話和例句１；【意志】由於說話人的憤怒、憎恨或不服氣等心情，而做讓對方有些困擾的事，或說話人展現積極意志時使用。中文是：「一定…」，如例句２、３。

生活對話

A 修学旅行（しゅうがくりょこう）でハワイに行（い）くので、娘（むすめ）に英語（えいご）を教（おし）えてやりました。

因為畢業旅行要去夏威夷，所以教了女兒幾句英語。

B へえ、最近（さいきん）の高校生（こうこうせい）は贅沢（ぜいたく）ですね。

是哦，這年頭的高中生還真享受呢。

重點 行為受益－上為下

表示說話人「父親或母親」，主動幫關係親密的「娘」，進行「英語を教える」的行為。

文法應用例句

1 由於孩子已經升上中學了，所以給他買了辭典。

子（こ）どもが中学校（ちゅうがっこう）に入学（にゅうがく）したので、辞書（じしょ）を買（か）ってやりました。

（中学校＝國中；入学した＝入學了；辞書＝辭典）

★表示說話人「父親或母親」，主動幫關係親密的「子ども」，進行「辞書を買う」的行為。

2 今年一定要考上大學！

今年（ことし）は大学（だいがく）に合格（ごうかく）してやる。

（大学＝大學；合格＝考上）

★說話人想表達今年一定要「大学に合格する」的決心，可知說話人可能有失敗經驗。

3 今天晚上一定要把整篇報告寫完！

今晩中（こんばんちゅう）にレポートを全部（ぜんぶ）書（か）いてやる。

（今晩＝今晚；レポート＝報告；全部＝全部）

★說話人想表達今年一定要「レポートを全部書く」的決心，可知報告可能已經拖延了一段時間。

文法

7 もらう

track 104

{名詞} ＋ {助詞} ＋もらう。【物品受益－同輩、晚輩】表示接受別人給的東西。這是以說話人是接受人，且接受人是主語的形式，或說話人是站在接受人的角度來表現。句型是「接受人は（が）給予人に～をもらう」。這時候接受人跟給予人大多是地位、年齡相當的同輩。或給予人也可以是晚輩。中文是：「接受…、取得…、從…那兒得到…」。

生活對話

重點 物品受益－同輩

A 妹(いもうと)は友達(ともだち)にお菓子(かし)をもらいました。

妹妹的朋友給了她零食。

B わかりました。そのお菓子(かし)を妹(いもうと)さんが私(わたし)にくれたんです。

原來如此。然後你妹妹又把那零食轉送給我了。

主語「妹」是接受人，而關係親密「友達」是給予人，所以用「もらいました」。

文法應用例句

1 我從媽媽那裡收到了黑色的皮包。

黑色的 皮包

私(わたし)は母(はは)に黒(くろ)いかばんをもらいました。

★主語「私」是接受人，而關係親密的「母」是給予人，所以用「もらいました」。

2 中田小姐收下了村山小姐的衣服。

衣服

中田(なかた)さんは村山(むらやま)さんに服(ふく)をもらった。

★主語「中田さん」是接受人，而「村山さん」是地位相同的給予人，所以用「もらった」。

3 你想要什麼生日禮物呢？

生日 什麼

誕生日(たんじょうび)に何(なに)をもらいたいですか。

★聽話人是接受人，而說話人是給予人。說話人問對方希望收到「何」（什麼），由於雙方地位相同，所以用「もらいたいですか」。

文法

8 てもらう

track 105

{動詞て形} ＋もらう。【行為受益ー同輩、晚輩】表示請求別人做某行為，且對那一行為帶著感謝的心情。也就是接受人由於給予人的行為，而得到恩惠、利益。一般是接受人請求給予人採取某種行為的。這時候接受人跟給予人大多是地位、年齡同等的同輩。句型是「接受人は（が）給予人に（から）～を動詞てもらう」。或給予人也可以是晚輩。中文是：「（我）請（某人為我做）…」。

生活對話

重點　行為受益ー同輩

A 太田（おおた）さんにリモートでできる仕事（しごと）を紹介（しょうかい）し<u>てもらいました</u>。

我央託太田女士幫忙找到了遠距上班的工作。

B 太田（おおた）さんは顔（かお）が広（ひろ）いですから。頼（たよ）りになりますね。

太田女士人面廣，可說是有求必應呢。

接受人是說話人「私」，給予人是地位相同的「太田さん」，所以用「てもらいました」。

文法應用例句

1 **弟弟讓我的朋友給他買了果汁。**

弟（おとうと）は私（わたし）の友達（ともだち）にジュースを買（か）ってもらった。

［弟弟］［果汁］

★接受人是「弟」，給予人是地位相同的「私の友達」，所以用「てもらった」。

2 **請留學生教我英文。**

留学生（りゅうがくせい）に英語（えいご）を教（おし）えてもらいます。

［留學生］［英文］

★主語是接受人的「私」，給予人是地位相同的「留学生」，所以用「てもらいます」。

3 **今天在學校向小林同學借用了鉛筆。**

今日学校（きょうがっこう）で小林（こばやし）さんに鉛筆（えんぴつ）を貸（か）してもらった。

［鉛筆］［借給］

★主語是接受人的「私」，給予人是地位相同的「小林さん」，所以用「てもらった」。

文法

9 いただく

track 106

{名詞} ＋ {助詞} ＋いただく。【物品受益－上給下】表示從地位、年齡高的人那裡得到東西。這是以說話人是接受人，且接受人是主語的形式，或說話人站在接受人的角度來表現。句型是「接受人は（が）給予人に～をいただく」。用在給予人身分、地位、年齡比接受人高的時候。比「もらう」說法更謙虛，是「もらう」的謙讓語。中文是：「承蒙…、拜領…」。

生活對話

A 結婚祝(けっこんいわ)いにと、先生(せんせい)の奥様(おくさま)にすてきなセーターをいただきました。

我收到了師母送的漂亮毛衣，說是結婚賀禮。

重點 物品受益－上給下

B じゃあ、新婚旅行(しんこんりょこう)に着(き)て行(い)けばいいわね。

既然如此，那就穿去蜜月旅行吧。

送毛衣的是助詞「に」前面的「先生の奥様」。由於師母是長輩，所以用謙虛的說法「いただきました」，表示尊敬。

文法應用例句

1 **我從老師那裡收到了漂亮的插畫明信片。**

私(わたし)は先生(せんせい)にきれいな絵(え)はがきをいただきました。

〔漂亮的〕〔插畫明信片〕

★送明信片的是助詞「に」前面的長輩「先生」，所以用謙虛的說法「いただきました」，表示尊敬。

2 **總經理送的那把傘，被我忘在電車上了。**

社長(しゃちょう)にいただいた傘(かさ)を、電車(でんしゃ)に忘(わす)れてしまった。

〔總經理〕〔雨傘〕〔忘記〕

★送傘的是助詞「に」前面位較高的「社長」。所以用謙虛的說法「いただいた」，表示尊敬。

3 **小森經理送了我旅行袋。**

小森部長(こもりぶちょう)から旅行用(りょこうよう)のかばんをいただきました。

〔部長〕〔皮包〕

★送旅行袋的是助詞「から」前面地位較高的「小森部長」，所以用謙虛的說法「いただきました」，表示尊敬。

文法

10 ていただく

track 107

{動詞て形} ＋いただく。【行為受益－上為下】表示接受人請求給予人做某行為，且對那一行為帶著感謝的心情。這是以說話人站在接受人的角度來表現。用在給予人身分、地位、年齡都比接受人高的時候。句型是「接受人は（が）給予人に（から）～を動詞ていただく」。這是「てもらう」的自謙形式。中文是：「承蒙…」。

生活對話　重點 行為受益－上為下

A 私(わたし)は田中(たなか)さんに京都(きょうと)へつれて行(い)っていただきました。

田中先生帶我去了京都。

B 京都(きょうと)は田中(たなか)さんの第(だい)２の故郷(こきょう)だから、よく知(し)っていたでしょ。

京都是田中先生的第２故鄉，想必十分熟門熟路吧。

主語是「私」，「田中さん」是給予人，了對田中先生尊敬，所以用謙虛的說法「ていただきました」。

文法應用例句

1 **我當初是向王先生的母親學習了日語。**

王(ワン)さんのお母様(かあさま)〔(他人的)令堂〕に、日本語(にほんご)〔日語〕を教(おし)えていただきました。

★主語是「私」，地位高的「王さんのお母様」是給予人，所以用謙虛的說法「ていただきました」。

2 **下星期大學學長要帶我們認識校園。**

来週(らいしゅう)先輩(せんぱい)〔學長〕に大学(だいがく)を案内(あんない)〔陪同遊覽〕していただきます。

★主語是「私たち」，「先輩」是給予人，為了對學長尊敬，所以用謙虛的說法「ていただきます」。

3 **我練了幾支曲子，希望能為各位帶來歡笑。**

皆(みな)さん〔各位〕に喜(よろこ)〔高興〕んでいただきたいと思(おも)って、歌(うた)の練習(れんしゅう)〔練習〕をしました。

★主語是「私」，「皆さん」是給予人，為了對觀眾尊敬，所以用謙虛的說法「ていただきたい」。

Chapter11 授受表現

文法

11 くださる

track 108

{名詞} ＋ {助詞} ＋くださる。【物品受益－上給下】對上級或長輩給自己（或自己一方）東西的恭敬說法。這時候給予人的身分、地位、年齡要比接受人高。句型是「給予人は（が）接受人に～をくださる」。給予人是主語，而接受人是說話人，或說話人一方的人（家人）。中文是：「給…、贈…」。

生活對話

A あら、あなたは日本（にほん）の古典（こてん）を勉強（べんきょう）しているの。

哇，你在讀日本的經典文學？

B これ、先生（せんせい）がご自分（じぶん）の書（か）かれた本（ほん）をくださったんです。

這是老師送給我的，他親自撰寫的大作。

重點 物品受益－上給下

給予人是地位高的「先生」，接受人是「私」，所以用表恭敬的「くださった」。

文法應用例句

1 店長送書給我作為畢業賀禮。

店長（てんちょう）が卒業祝（そつぎょういわ）いに本（ほん）をくださった。

［店長］［畢業］［賀禮］

★給予人是地位高的「店長」，接受人是「私」，所以用表恭敬「くださった」。

2 出院時，隔壁床的患者送了禮物給我。

退院（たいいん）のとき、隣（となり）のベッドの方（かた）がプレゼントをくださった。

［出院］［隔壁］［床］

★給予人是「隣のベッドの方」，接受人是「私」，用「くださった」表感謝之情。

3 隔壁鄰居的酒井太太時常送我女兒餅乾糖果。

隣（となり）の酒井（さかい）さんはいつも娘（むすめ）にお菓子（かし）をくださいます。

［經常］［女兒］

★給予人「隣の酒井さん」，接受人是「娘」，用「くださいます」，表示感謝之情。

文法 12 てくださる

track 109

{動詞て形} ＋くださる。【行為受益－上為下】是「～てくれる」的尊敬說法。表示他人為我，或為我方的人做前項有益的事，用在帶著感謝的心情，接受別人的行為時，此時給予人的身分、地位、年齡要比接受人高。中文是：「(為我)做…」。如例句１、２；補充〘主語＝給予人；接受方＝說話人〙常用「給予人は（が）接受人に（を・の…）～を動詞てくださる」之句型，此時給予人是主語，而接受人是說話人，或說話人一方的人，如對話和例句３。

生活對話　重點 行為受益－上為下

A 結婚式(けっこんしき)で、社長(しゃちょう)が私(わたし)たちに歌(うた)を歌(うた)っ<u>てくださいました</u>。

總經理在結婚典禮上為我們唱了一首歌。

B ああ、「北国(きたぐに)の春(はる)」でしょ。社長(しゃちょう)の十八番(おはこ)よ。

喔，他唱的是〈北國之春〉吧。那可是總經理最拿手的歌曲呢。

給予人是地位高的「社長」，接受人是說話人「私たち」，所以用「てくださいました」。

文法應用例句

1 老師教導了我們寫信的方式。

先生(せんせい)が手紙(てがみ)〔信〕の書(か)き方(かた)〔寫法〕を教(おし)えてくださいました。

★給予人是長輩「先生」，接受人是「私」，所以用「てくださいました」。

2 老師，可以請您批改我的作文嗎？

先生(せんせい)、私(わたし)の作文(さくぶん)〔作文〕を見(み)〔批改〕てくださいませんか。

★給予人是長輩「先生」，接受人是「私」，所以用「くださいませんか」表示恭敬地尋求同意。

3 田中先生對我講述了日本很久以前的事。

田中(たなか)さんが私(わたし)に昔(むかし)〔以前〕の日本(にほん)のこと〔事情〕を話(はな)してくださった。

★給予人是長輩「田中さん」，接受人是說話人「私」，所以用「てくださった」。

文法

13 くれる

track 110

{名詞} ＋ {助詞} ＋くれる。【物品受益－同輩、晚輩】表示他人給說話人（或說話一方）物品。這時候接受人跟給予人大多是地位、年齡相當的同輩。句型是「給予人は（が）接受人に～をくれる」。給予人是主語，而接受人是說話人，或說話人一方的人（家人）。給予人也可以是晚輩。中文是：「給…」。

生活對話

重點 物品受益－晚輩

A わあ、素敵（すてき）な財布（さいふ）ね。

哇，好漂亮的錢包！

B うん、昨日（きのう）、誕生日（たんじょうび）でね、娘（むすめ）がくれたんだ。

嗯，昨天是我的生日，女兒送的。

A あっ、そうなの。羨（うらや）ましいわ。

喔，這樣呀？真令人羨慕。

給予人「娘」，接受人是生日的「私」，由於給予人是晚輩，所以用「くれた」。

文法應用例句

1 **姊姊送了我畢業禮物。**

姉（あね）が私（わたし）に卒業祝（そつぎょういわ）いをくれた。

「姊姊」「畢業」「禮物」

★給予人「姉」，接受人是畢業的「私」，由於兩人地位相等，所以用「くれた」。

2 **爸爸在我生日時送了手錶。**

父（ちち）が私（わたし）の誕生日（たんじょうび）に時計（とけい）をくれました。

「生日」「手錶」

★給予人「父」，接受人是過生日的「私」，由於兩人關係親近，所以用「くれた」。

3 **中村先生把書給了我妹妹。**

中村（なかむら）さんが私（わたし）の妹（いもうと）に本（ほん）をくれました。

「妹妹」「書籍」

★給予人是地位相等「中村さん」，接受人是「私の妹」，所以用「くれた」。

文法

14 てくれる

track 111

{動詞て形} ＋くれる。【行為受益－同輩、晚輩】表示他人為我，或為我方的人做前項有益的事，用在帶著感謝的心情，接受別人的行為，此時接受人跟給予人大多是地位、年齡同等的同輩，給予人也可能是晚輩。中文是：「（為我）做…」。如對話和例句１、２；補充〘主語＝給予人；接受方＝說話人〙常用「給予人は（が）接受人に～を動詞てくれる」之句型，此時給予人是主語，而接受人是說話人，或說話人一方的人，如例句３。

重點　行為受益－同輩

生活對話

A 留学生交流会(りゅうがくせいこうりゅうかい)で、小林(こばやし)さんが日本料理(にほんりょうり)を作(つく)ってくれました。

小林先生在留學生聯誼會上為我們做了日本料理。

B 小林(こばやし)さん、いつもカップラーメン食(た)べてるけど、料理(りょうり)ができるんですね。

我常看到小林先生吃泡麵，原來他會做菜啊。

給予人是地位相等的「小林さん」，接受人是「私たち」，所以用「てくれました」。

文法應用例句

1 山本小姐幫我付了錢。

山本(やまもと)さんがお金(かね)〔錢〕を払(はら)〔支付〕ってくれた。

★給予人地位相等的「山本さん」，接受人是「私」，所以用「てくれた」。

2 孩子們稱讚了我做的菜「很好吃」。

子(こ)どもたちも、私(わたし)の作(つく)〔烹煮了〕った料理(りょうり)〔料理〕は「おいしい」と言(い)ってくれました。

★給予人是晚輩「子どもたち」，接受人是「私」，所以用「てくれました」。

3 林小姐把腳踏車借給了我。

林(はやし)さんは私(わたし)に自転車(じてんしゃ)〔腳踏車〕を貸(か)〔借給〕してくれました。

★給予人是同輩「林さん」，接受人是說話人「私」，所以用「てくれました」。

日語小秘方：授受的表現

日語中，授受動詞是表達物品的授受，以及恩惠的授受。因為主語（給予人、接受人）的不同，所用的動詞也會不同。遇到此類題型時，一定要先弄清楚動作的方向詞，才不會混淆了喔！

授受的表現一覽

給予的人是主語	やる	給予的人＞接受的人 接受的人的地位、年紀、身分比給予的人低（特別是給予一方的親戚）、或者接受者是動植物
	さしあげる	給予的人＜接受的人 接受的人的地位、年紀、身分比給予的人高
	あげる	給予的人≧接受的人 給予的人和接受的人，地位、年紀、身分相當，或比接受的人高
	くれる	給予的人＝接受的人 接受的人是說話者（或屬說話者一方的），且給予的人和接受的人的地位、年紀、身分相當
	くださる	給予的人＞接受的人 接受的人是說話者（或屬說話者一方的），且給予的人比接受的人的地位、年紀、身分高
接受的人是主語	もらう	給予的人＝接受的人 給予的人和接受的人的地位、年紀、身分相當
	いただく	給予的人＞接受的人 給予的人的地位、年紀、身分比接受的人高

補充：親子或祖孫之間的授受表現，因關係較親密所以大多以同等地位來表現。

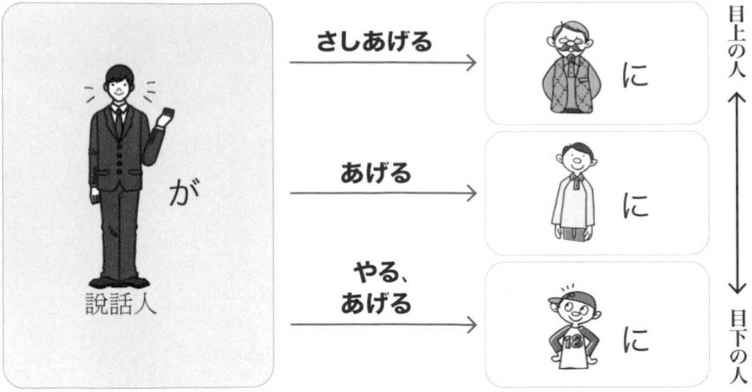
説話人
が
さしあげる
あげる
やる、
あげる
に
に
に
目上の人
目下の人

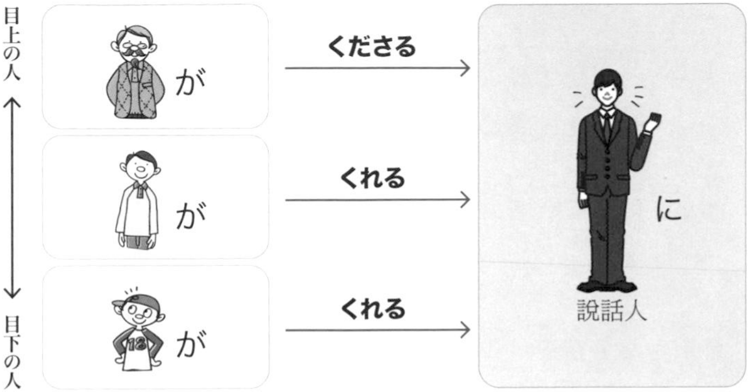
目上の人
目下の人
が
が
が
くださる
くれる
くれる
に
説話人

説話人
が
いただく
もらう
もらう
に／から
に／から
に／から
目上の人
目下の人

測驗日＿＿＿＿＿＿

小試身手 文法知多少？

請完成以下題目，從選項中，選出正確答案，並完成句子。

1 私はカレに手編みのマフラーを（　　）。

1．あげました　　2．やりました

2 私はカレに肉じゃがを作っ（　　）。

1．てあげました　　2．てやりました

3 私は先生から、役に立ちそうな本を（　　）。

1．差し上げました　　2．いただきました

4 先生に分からない問題を教え（　　）。

1．て差し上げました　　2．ていただきました

5 浦島太郎は乙姫様から玉手箱を（　　）。

1．もらいました　　2．くれました

6 倉田さんが見舞いに（　　）。

1．来てもらった　　2．来てくれた

7 あなたにこれを（　　）。

1．くださいましょう　　2．差し上げましょう

8 この手袋は姉が買って（　　）。

1．くださいました　　2．くれました

答案：(1) 1　(2) 1　(3) 2　(4) 2
(5) 1　(6) 2　(7) 2　(8) 2

新日検擬真模擬試題

もんだい１　（　　　）に　何を　入れますか。１・２・３・４から　いちばん　いい　ものを　一つ　えらんで　ください。

1　先生に　分からない　問題を　教えて　（　　　）。

1　くださいました　　2　いただきました
3　いたしました　　4　さしあげました

2　佐藤君（　　　）かさを　貸して　くれました。

1　で　　2　と　　3　や　　4　が

3　先生が　作文の　書き方を　教えて　（　　　）。

1　いただきました　　2　さしあげました
3　くださいました　　4　なさいました

4　私は　李さんに　いらなく　なった　本を　（　　　）。

1　くれました　　2　くださいました
3　あげました　　4　いたしました

5　宿題が　終わったので、弟と　遊んで（　　　）。

1　やりました　　2　くれました
3　させました　　4　もらいなさい

6　彼女から　プレゼントを　（　　　）。

1　くれました　　2　くだされます
3　やりました　　4　もらいました

7　おじに　京都の　おみやげを　（　　　）。

1　あげさせました　　2　くださいました
3　さしあげました　　4　ございました

もんだい2　＿＿★＿＿に　入る　ものは　どれですか。1・2・3・4から　いちばん　いい　ものを　一つ　えらんで　ください。

8　小川（おがわ）「らいしゅうの　月曜日（げつようび）に　ひっこす　予定（よてい）です。」
竹田（たけだ）「月曜日（げつようび）は　じゅぎょうが　ないので、＿＿＿　＿＿＿　＿★＿　＿＿＿　。」

1　が　　2　てつだって
3　わたし　　4　あげましょう

9　A「コンサートで　ピアノを　ひきます。＿＿＿　＿＿＿　＿★＿　＿＿＿　。」
B「すみません。用（よう）があるので行（い）けません。」

1　きて　　2　聞（き）き
3　いただけますか　　4　に

▼ 翻譯與詳解請見 P.<220>

12 Chapter

受身、使役、使役受身と敬語

被動、使役、使役被動及敬語

文法速記心智圖

被動、使役、使役被動及敬語

❶ 被動

- （ら）れる
  1【直接被動】
  2【客觀說明】
  3【間接被動】

❷ 使役、使役被動

- （さ）せる
  1【強制】
  2【誘發】
  3【許可】
- （さ）せられる
  1【被迫】

❸ 敬語表現

- 名詞＋でございます
  1【斷定】
  〔あります的鄭重表現〕
- （ら）れる
  1【尊敬】
- お／ご＋名詞
  1【尊敬】
  〔ご＋中國漢語〕
  〔例外〕
- お／ご～になる
  1【尊敬】
  〔ご＋サ変動詞＋になる〕
- お／ご～する
  1【謙譲】
  〔ご＋サ変動詞＋する〕
- お／ご～いたす
  1【謙讓】
  〔ご＋サ変動詞＋いたす〕
- お／ご～ください
  1【尊敬】
  〔ご＋サ変動詞＋ください〕
  〔無法使用〕
- （さ）せてください
  1【謙讓－請求允許】

文法 1

（ら）れる

track 112

{[一段動詞・カ變動詞]被動形}＋られる；{五段動詞被動形；サ變動詞被動形さ}＋れる。

【直接被動】表示某人直接承受到別人的動作。中文是：「被…」。如對話和例1；【客觀說明】表示社會活動等普遍為大家知道的事，是種客觀的事實描述。中文是：「在…」。如例句2；【間接被動】由於某人的行為或天氣等自然現象的作用，而間接受到麻煩（受害或被打擾）。中文是：「被…」。如例句3。

生活對話

A 昨日(きのう)夜(よる)遅(おそ)く歩(ある)いていたら、警官(けいかん)に住所(じゅうしょ)と名前(なまえ)を聞(き)かれました。

昨天深夜走在路上，結果被警察攔下問了住址和姓名。

B 在留(ざいりゅう)カードを持(も)っていましたか。持(も)っていないと、うるさく聞(き)かれますよね。

有隨身攜帶居留證嗎？萬一沒帶，可是會被再三盤問的呢。

重點 直接被動

被詢問的說話人是主語，問人的警察是動作實施者用「に」。這是直接被動的表現。

文法應用例句

1 **弟弟挨了哥哥的罵。**

弟(おとうと)が兄(あに)にしかられた。（兄：哥哥；しかられ：斥罵）

★被罵的弟弟是主語用「が」，罵人的哥哥是動作實施者用「に」。這是直接被動的表現。

2 **畢業典禮將於3月舉行。**

卒業式(そつぎょうしき)は3月(がつ)に行(おこな)われます。（卒業式：畢業典禮；行われ：舉行）

★即將舉行的典禮是主語用「は」，3月是動作實施時間「に」。這是陳述客觀事實的表現。

3 **在電車上被某個人踩了腳。**

電車(でんしゃ)で誰(だれ)かに足(あし)をふまれました。（足：腳；ふまれ：踩踏）

★被踩了腳的我是主語，不知道是誰的動作實施者用「に」。這是間接受到影響的間接被動表現。

文法

2 （さ）せる

track 113

{[一段動詞・カ變動詞]使役形；サ變動詞詞幹} ＋させる；{五段動詞使役形} ＋せる。【強制】表示某人強迫他人做某事，由於具有強迫性，只適用於長輩對晚輩或同輩之間。中文是：「讓…、叫…、令…」。如對話；【誘發】表示某人用言行促使他人自然地做某種行為，常搭配「泣く（哭）、笑う（笑）、怒る（生氣）」等當事人難以控制的情緒動詞。中文是：「把…給」。如例句１；【許可】以「～させておく」形式，表示允許或放任。中文是：「讓…、隨…、請允許…」。如例句２。也表示婉轉地請求承認，如例句３。

生活對話　重點　強制

A 母(はは)は子(こ)どもに毎日(まいにち)10種類(しゅるい)の野菜(やさい)を食(た)べさせました。

小時候，媽媽每天都給我們吃10種蔬菜。

B えらいお母(かあ)さんですね。作(つく)るのも大変(たいへん)だったでしょう。

您的母親真偉大。每天要做那麼多料理想必很辛苦。

地位較高命令人的父母用「が／は」，實行吃的動作、地位低的小孩用「に」表示。

文法應用例句

1 **爸爸總是逗得全家人哈哈大笑。**

父(ちち)はいつも家族(かぞく)みんなを笑(わら)わせる。（家人／全體）

★主語是爸爸用「が／は」，他動詞「笑わせる」的對象是「家族みんな」，用「を」表示。

2 **搭乘巴士之前請先讓我去洗手間。**

バスに乗(の)る前(まえ)にトイレに行(い)かせてください。（搭乘／廁所）

★委婉的請求，用「行かせてください」，請對方讓自己在搭車前事先去過洗手間。

3 **請讓我跟令嬡結婚吧。**

お嬢(じょう)さんと結婚(けっこん)させてください。（令嬡／結婚）

★請求許可用「結婚させてください」，請求對方父母的允許。

文法

3 （さ）せられる

track 114

{動詞使役形} ＋（さ）せられる。【被迫】表示被迫。被某人或某事物強迫做某動作，且不得不做。含有不情願、感到受害的心情。這是從使役句的「X が Y に N を V- させる」變成為「Y が X に N を V- させられる」來的，表示 Y 被 X 強迫做某動作。中文是：「被迫…、不得已…」。

生活對話

A 忘年会(ぼうねんかい)に遅(おく)れちゃって、社長(しゃちょう)に、ビールを飲(の)ませられました。

我參加尾牙遲到，被總經理罰喝啤酒了。

B えーっ、それってパワハラじゃありませんか。

什麼？那樣難道不算職場霸凌嗎？

重點 被迫

被懲罰的「私」是主語，命令人總經理用「に」，被命令不得不喝的內容「ビール」用「を」表示。

文法應用例句

1 媽媽要我打掃房間了。

母(はは)に、部屋(へや)〔房間〕の掃除(そうじ)〔打掃〕をさせられた。

★被命令的「私」是主語，命令人媽媽用「に」，被命令不得不做的內容「部屋の掃除」用「を」表示。

2 新進員工被公司要求做了年終大掃除。

新入社員(しんにゅうしゃいん)〔新進員工〕は年末(ねんまつ)〔年終〕に会社(かいしゃ)の大掃除(おおそうじ)〔大掃除〕をさせられた。

★被命令的「新入社員」是主語用「は」，被命令不得不做的內容「会社の大掃除」用「を」表示，時間年終則用「に」。

3 那時外頭正下著雨，我還是被媽媽派去跑腿買東西了。

雨(あめ)〔下雨〕なのに、母(はは)に買(か)い物(もの)〔買東西〕へ行(い)〔去〕かせられた。

★被命令的「私」是主語，命令人媽媽用「に」，被命令不得不做的內容「買い物」用「へ」表示。

文法

4 名詞＋でございます

track 115

{名詞} ＋でございます。【斷定】「です」是「だ」的鄭重語，而「でございます」是比「です」更鄭重的表達方式。日語除了尊敬語跟謙讓語之外，還有一種叫鄭重語。鄭重語用於和長輩或不熟的對象交談時，也可用在車站、百貨公司等公共場合。相較於尊敬語用於對動作的行為者表示尊敬，鄭重語則是對聽話人表示尊敬。中文是：「是…」。如對話和例句１；補充〔あります的鄭重表現〕除了是「です」的鄭重表達方式之外，「ございます」也是「あります」的鄭重表達方式，如例句２、３。

生活對話

A もしもし、山田様（やまださま）はいらっしゃいますか。

喂，請問山田先生在嗎？

重點 斷定

B はい、山田（やまだ）でございます。

您好，我就是山田。

「でございます」（是）是在介紹自己時，通過自謙表達敬意的說法。

文法應用例句

1 關於那件事，目前正在確認中。

それに関（かん）しては、現在確認中（げんざいかくにんちゅう）でございます。

（関して：關於；現在：目前；確認：確認）

★「でございます」（是）是在說明目前情況時，通過自謙表達敬意的說法。

2 請檢查有無遺忘的隨身物品。

お忘（わす）れ物（もの）はございませんか。

（お忘れ物：遺失物品）

★「ございませんか」（有嗎？）是確認有無遺失物品時，通過自謙表達敬意的說法。

3 兒童服飾專櫃位於４樓。

子（こ）ども服（ふく）売（う）り場（ば）は、４階（かい）にございます。

（子ども服：兒童服飾；売り場：專櫃；階：樓）

★「にございます」（是）是跟顧客介紹專櫃位置時，通過自謙表達敬意的說法。

文法 5 （ら）れる

track 116

{［一段動詞・カ變動詞］被動形} ＋られる；{五段動詞被動形；サ變動詞被動形さ} ＋れる。【尊敬】表示對對方或話題人物的尊敬，就是在表敬意之對象的動作上用尊敬助動詞。尊敬程度低於「お～になる」。

生活對話　重點　尊敬

A 急(きゅう)に暖(あたた)かくなりましたね。今年(ことし)はもう花見(はなみ)に行(い)かれましたか。
天氣突然變暖和了。您今年去賞過櫻花了嗎？

B それがまだなんだ。そうだ、この週末(しゅうまつ)、一緒(いっしょ)に行(い)かないか。
還沒呢。您問得正好，這個週末要不要一起去賞櫻呢？

來自「行く」的「行かれる」是尊敬動詞，表示對話題中人物的敬意。

文法應用例句

1 請問議員大約什麼時候回來呢？

什麼時候　回來
先生(せんせい)は何時(いつ)ごろ戻(もど)られますか。

★來自「戻ります」的「戻られます」是尊敬動詞，表示對話題中人物的敬意。

2 請問明天的會議預定討論什麼議題呢？

討論　預定
明日(あす)の会議(かいぎ)で何(なに)について話(はな)される予定(よてい)ですか。

★來自「話す」的「話される」是尊敬動詞，表示對話題中人物的敬意。

3 請問您先生平常都做些什麼運動呢？

您先生　運動
ご主人(しゅじん)は、どんなスポーツをされますか。

★來自「します」的「されます」是尊敬動詞，表示對話題中人物的敬意。

文法 6 お／ご＋名詞

track 117

お＋｛名詞｝；ご＋｛名詞｝。【尊敬】後接名詞（跟對方有關的行為、狀態或所有物），表示尊敬、鄭重、親愛，另外，還有習慣用法等意思。基本上，名詞如果是日本原有的和語就接「お」，如「お仕事（您的工作）、お名前（您的姓名）」。中文是：「您…、貴…」。如對話；補充〘ご＋中國漢語〙如果是中國漢語則接「ご」如「ご住所（您的住址）、ご兄弟（您的兄弟姊妹）」，如例句１、２；補充〘例外〙但是接中國漢語也有例外情況，如例句３。

生活對話

A 投資(とうし)セミナーの受付(うけつ)けはこちらですか。

請問這裡是投資講座的報到處嗎？

B さようでございます。こちらにお名前(なまえ)をお書(か)きください。

是的。請在這裡簽上大名。

重點 尊敬

Reception
「お」接在「名前」前，表示對對方的尊敬。

文法應用例句

1 **田中總經理身體不適，目前正在靜養。**

田中社長(たなかしゃちょう)はご病気(びょうき)で、お休(やす)みです。

（生病：病気；缺勤：休み）

★「ご」接在「病気」前，「お」接在「休み」前，表示對對方的尊敬。

2 **下回由我陪同導覽。**

今度(こんど)私(わたくし)がご案内(あんない)します。

（下次：今度；導覽：案内します）

★「ご」接在我方動作「案内します」前，表示對對方的尊敬。

3 **建議每天喝個2000cc的水！**

１日(にち)に２リットルのお水(みず)を飲(の)みましょう。

（公升：リットル；水：水）

★「お」接在「水」前，表示對對方的尊敬。

文法 7 お／ご～になる

track 118

お＋｛動詞ます形｝＋になる；ご＋｛サ變動詞詞幹｝＋になる。【尊敬】動詞尊敬語的形式，比「(ら) れる」的尊敬程度要高。表示對對方或話題中提到的人物的尊敬，這是為了表示敬意而抬高對方行為的表現方式，所以「お～になる」中間接的就是對方的動作，如例句１、２；補充〖ご＋サ変動詞＋になる〗當動詞為サ行變格動詞時，用「ご～になる」的形式，如對話和例句３。

生活對話　重點：尊敬

A　部長(ぶちょう)、今朝(けさ)のニュースはごらんになりましたか。

經理，今天早上播報的新聞您看到了嗎？

B　ああ、関西(かんさい)デパートが **AA** ファンドに買収(ばいしゅう)されるらしいね。

我知道，看來關西百貨要被AA投資公司併購了。

「ごらんになりました」是詢問經理的動作「見る」(看) 的尊敬語，表示對經理的尊敬。

文法應用例句

1　總經理似乎已經回去了。

社長(しゃちょう)は、もう〔已經〕お帰(かえ)り〔回去〕になったそうです。

★「お～になった」中間接的是總經理的動作「帰る」(回去)，來表示對總經理的尊敬。

2　老師已購買了一台新電腦。

先生(せんせい)は、新(あたら)しい〔新的〕パソコン〔電腦〕をお買(か)いになりました。

★「お～になりました」中間接的是老師的動作「買う」(買)，來表示對老師的尊敬。

3　第一次使用前，請務必閱讀說明書。

初(はじ)めて〔初次〕ご使用(しよう)になるときは、かならず〔務必〕説明書(せつめいしょ)〔說明書〕をお読(よ)みください。

★「ご～になる」中間接的是對方的動作「使用する」(使用)，來表示對對方的尊敬。

文法

8 お／ご～する

track 119

お＋｛動詞ます形｝＋する；ご＋｛サ變動詞詞幹｝＋する。【謙讓】表示動詞的謙讓形式。對要表示尊敬的人，透過降低自己或自己這一邊的人，以提高對方地位，來向對方表示尊敬。中文是：「我為您（們）做…」。如例句１、２；補充〖ご＋サ変動詞＋する〗當動詞為サ行變格動詞時，用「ご～する」的形式，如對話和例句３。

生活對話

A お客様の中にアメリカと中国の方がいらっしゃるんですが。

現場也有來自美國或中國的貴賓喔。

B わかりました。じゃ、日本語の後で、英語と中国語でご説明します。

重點 謙讓

好的。那麼，先以日文講解之後，將用英文和中文為您再次說明。

謙讓形式「ご～する」中間接自己的動作「説明する」（說明），是通過自謙，以顯示對對方的敬意。

文法應用例句

1 可以採用郵寄的方式嗎？

郵便でお送りしてもいいですか。

★謙讓形式「お～する」中間接自己的動作「送る」，是通過自謙，表示對對方的敬意。

2 行李請交給我代為搬運。

私が荷物をお持ちします。

★謙讓形式「お～する」中間接自己的動作「持つ」，是通過自謙，表示對對方的敬意。

3 請問可以由我們為您準備餐點嗎？

こちらで食事をご用意してもいいですか。

★謙讓形式「ご～する」中間接自己的動作「用意する」，是通過自謙，表示對對方的敬意。

文法 9

お／ご～いたす

track 120

お＋｛動詞ます形｝＋いたす；ご＋｛サ變動詞詞幹｝＋いたす。【謙讓】這是比「お～する」語氣上更謙和的謙讓形式。對要表示尊敬的人，透過降低自己或自己這一邊的人的說法，以提高對方地位，來向對方表示尊敬。中文是：「我為您（們）做…」。如對話和例句１；補充〘ご＋サ変動詞＋いたす〙當動詞為サ行變格動詞時，用「ご～いたす」的形式，如例句２、３。

生活對話

A 退職後(たいしょくご)はパートでお世話(せわ)になります。これからもよろしくお願(ねが)いいたします。 重點 謙讓

我在辦理離職之後仍會兼職，敬請關照。往後還請多多指教。

B いいえ、お世話(せわ)になるのはこちらです。引(ひ)き続(つづ)きよろしくお願(ねが)いいたします。 重點 謙讓

哪裡的話，我們才要請您繼續關照。往後也請一如往常多多指教。

謙讓形式「お～いたす」中間接自己的動作「願う」（懇求），是通過自謙，表達對客戶的敬意。

文法應用例句

1 稍後將再次致電。

「之後」
後(あと)からお電話(でんわ)いたします。

★謙讓形式「お～いたす」中間接自己的動作「電話する」（致電），是通過自謙，表達對客戶的敬意。

2 會議資料將由我方妥善準備。

「資料」「我方」「準備」
会議(かいぎ)の資料(しりょう)は、こちらでご用意(ようい)いたします。

★謙讓形式「ご～いたす」中間接自己的動作「用意する」（準備），是通過自謙，表達對客戶的敬意。

3 日後將再次聯絡。

「再次」「聯繫」
あらためてご連絡(れんらく)いたします。

★謙讓形式「ご～いたす」中間接自己的動作「連絡する」（聯絡），是通過自謙，表達對客戶的敬意。

文法 10

お／ご～ください

track 121

お＋｛動詞ます形｝＋ください；ご＋｛サ變動詞詞幹｝＋ください。【尊敬】尊敬程度比「～てください」要高。「ください」是「くださる」的命令形「くだされ」演變而來的。用在對客人、屬下對上司的請求，表示敬意而抬高對方行為的表現方式。中文是：「請…」。如對話和例句1；補充〘ご＋サ変動詞＋ください〙當動詞為サ行變格動詞時，用「ご～ください」的形式，如例句2、3；補充〘無法使用〙「する（上面無接漢字，單獨使用的時候）」跟「来る」無法使用這個文法。

生活對話

A 暑(あつ)い中(なか)お越(こ)しいただき、ありがとうございました。どうぞ、こちらにおかけください。

重點　尊敬

天氣這麼炎熱承蒙大駕光臨，非常感激。請這邊坐。

B あ、すみません。じゃ、お言葉(ことば)に甘(あま)えて、ちょっと失礼(しつれい)します。

啊，不好意思。那就恭敬不如從命，打擾一下了。

「お＋かける＋ください」可以提高對方身分，表示有禮貌的對客人進行勸誘。

文法應用例句

1 不好意思，請從右手邊開始排隊。

すみませんが、右側(みぎがわ)にお並(なら)びください。
（すみませんが：不好意思；右側：右邊）

★「お＋並ぶ＋ください」可以提高對方身分，表示有禮貌的對客人進行勸誘。

2 就是這份文件，敬請過目。

この書類(しょるい)です。ご確認(かくにん)ください。
（書類：文件；確認：確認）

★「ご＋確認する＋ください」可以提高對方身分，表示有禮貌的對客人進行勸誘。

3 接著，請各位翻到下一頁。

では次(つぎ)のページをごらんください。
（次：下一；ページ：頁）

★「ご覧ください」是請對方過目之意，可以提高對方身分，表示有禮貌的對客人進行勸誘。

文法 11

（さ）せてください

track 122

{動詞使役形；サ變動詞詞幹} ＋（さ）せてください。【謙讓－請求允許】表示「我請對方允許我做前項」之意，是客氣地請求對方允許、承認的說法。用在當說話人想做某事，而那一動作一般跟對方有關的時候。中文是：「請允許…、請讓…做…」。

生活對話

A 卒業式(そつぎょうしき)で着物(きもの)を着(き)たんですが、成人式以来(せいじんしきいらい)です。

畢業典禮時我穿的是和服，前一次是在參加成人禮的時候穿的。

B へえ、見(み)たかったなあ。今度(こんど)、卒業式(そつぎょうしき)の写真(しゃしん)を見(み)せてください。

是哦，好想看看是什麼模樣。下回請讓我看畢業照。

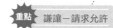

重點 謙讓－請求允許

恭敬地請求對方允許說話人欣賞照片。用動詞使役形「見る→見せる」＋「ください」＝「見せてください」。

文法應用例句

1 請容許我解釋一下。

少(すこ)し私(わたし)に説明(せつめい)させてください。

★恭敬地請求對方允許說話人解釋。用動詞使役形「説明する→説明させる」＋「ください」＝「説明させてください」。

2 會議結束後，請他過來一趟。

会議(かいぎ)の後(あと)で、彼(かれ)をここに来(こ)させてください。

★恭敬地請求對方傳話。用動詞使役形「来る→来させる」＋「ください」＝「来させてください」。

3 我累了，請讓我在這裡稍微休息一下。

疲(つか)れました。ここで少(すこ)し休(やす)ませてください。

★恭敬地請求對方允許自己休息。用動詞使役形「休む→休ませる」＋「ください」＝「休ませてください」。

日語小秘方：被動形

動詞的被動形變化

❶ 第一類（五段動詞）

將動詞辭書形變成“ない”形，然後將否定形的“ない”去掉，最後加上“れる”就可以了。

例如：

洗(あら)う → 洗(あら)わない → 洗(あら)わ → 洗(あら)われる

触(さわ)る → 触(さわ)らない → 触(さわ)ら → 触(さわ)られる

作(つく)る → 作(つく)らない → 作(つく)ら → 作(つく)られる

❷ 第二類（一段動詞）

去掉動詞辭書形辭尾“る”，再加上“られる”就可以了。

例如：

調(しら)べる → 調(しら)べ → 調(しら)べられる

開(あ)ける → 開(あ)け → 開(あ)けられる

忘(わす)れる → 忘(わす)れ → 忘(わす)れられる

❸ 第三類（カ・サ変動詞）

將来(く)る變成“来(こ)られる”；將する變成“される”。

例如：

来(く)る → 来(こ)られる　　する → される　　電話(でんわ)する → 電話(でんわ)される

動詞的被動形的意思

表示被動。日語的被動態，一般可分為「直接被動」和「間接被動」。

❶ 直接被動

表示某人直接承受到別人的動作。被別人怎樣的人做主語，句型是「主語が／は（だれか）に～（さ）れる」。但是實行動作的人是以感情、語言為出發點時，「に」可以改用「から」；又表達社會活動等，普遍為大家知道的事（主語），這時候由於動作主體沒辦法特定，所以一般文中不顯示；又動詞用「作る（做）、書く（寫）、建てる（蓋）、発明する（發明）、設計する（設計）」等，表達社會對作品、建築等的接受方式，大多用在事實的描寫文。

❷ 間接被動

由於別人的動作，而使得身體的一部分或所有物等，間接地承受了某人的動作。接受動作的人為主語，但常被省略，實行動作的人用「に」表示。句型是「主語が／は（だれか）に（主語の所有物など）を～（さ）れる」。另外，由於天氣等自然現象的作用，而間接受到某些影響時。這時一般為自動詞。「間接被動」一般用在作為主語的人，因為發生某事態，而間接地受到麻煩或災難。中文的意思是「被…」。

日語小秘方：敬語

特別形

特別形動詞	尊敬語	謙譲語
します	なさいます	いたします
来(き)ます	いらっしゃいます	まいります
行(い)きます	いらっしゃいます	まいります
います	いらっしゃいます	おります
見(み)ます	ご覧(らん)になります	拝見(はいけん)します
言(い)います	おっしゃいます	申(もう)します
寝(ね)ます	お休(やす)みになります	
死(し)にます	お亡(な)くなりになります	
飲(の)みます	召(め)し上(あ)がります	いただきます
食(た)べます	召(め)し上(あ)がります	いただきます
会(あ)います		お目(め)にかかります
着(き)ます	お召(め)しになります	
もらいます		いただきます
聞(き)きます		伺(うかが)います
訪問(ほうもん)します		伺(うかが)います
知(し)っています	ご存(ぞん)じです	存(ぞん)じております
～ています	～ていらっしゃいます	～ております
～てください	お～ください	

動詞的使役形變化

1 第一類（五段動詞）

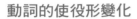

把動詞辭書形變成“ない”形。然後去掉“ない”，最後加上“せる”就可以了。

例如：

洗（あら）う → 洗（あら）わない → 洗（あら）わ → 洗（あら）わせる

待（ま）つ → 待（ま）たない → 待（ま）た → 待（ま）たせる

笑（わら）う → 笑（わら）わない → 笑（わら）わ → 笑（わら）わせる

2 第二類（一段動詞）

去掉動詞辭書形辭尾“る”再加上“させる”就可以了。

例如：

浴（あ）びる → 浴（あ）び → 浴（あ）びさせる

入（い）れる → 入（い）れ → 入（い）れさせる

変（か）える → 変（か）え → 変（か）えさせる

3 第三類（カ・サ変動詞）

將来（く）る變成“来（こ）させる”；將する變成“させる”就可以了。

例如：

来（く）る → 来（こ）させる

する → させる

散歩（さんぽ）する → 散歩（さんぽ）させる

日語小秘方：使役被動形

動詞的使役被動形變化

1 第一類（五段動詞）

將動詞辭書形變成“ない”形，然後去掉“ない”，最後加上“せられる”或“される”就可以了。（五段動詞時常把「せられる」縮短成「される」。也就是「せら（sera）」中的（er）去掉成為「さ（sa）」）。

例如：

会(あ)う → 会(あ)わない → 会(あ)わ → 会(あ)わせられる → 会(あ)わされる

弾(ひ)く → 弾(ひ)かない → 弾(ひ)か → 弾(ひ)かせられる → 弾(ひ)かされる

帰(かえ)る → 帰(かえ)らない → 帰(かえ)ら → 帰(かえ)らせられる → 帰(かえ)らされる

另外，サ行動詞的變化比較特別。同樣地，把動詞辭書形變成“ない”形，然後去掉“ない”，最後加上“せられる”就可以了。

返(かえ)す → 返(かえ)さない → 返(かえ)さ → 返(かえ)させられる

話(はな)す → 話(はな)さない → 話(はな)さ → 話(はな)させられる

2 第二類（一段動詞）

將動詞辭書形變成“ない”形，然後去掉“ない”，最後加上“させられる”就可以了。

例如：

疲(つか)れる → 疲(つか)れない → 疲(つか)れ → 疲(つか)れさせられる

付(つ)ける → 付(つ)けない → 付(つ)け → 付(つ)けさせられる

止(や)める → 止(や)めない → 止(や)め → 止(や)めさせられる

❸ 第三類（カ・サ変動詞）

將来る變成“来させられる”；將する變成“させられる”就可以了。

例如：

来る → 来させられる　　　　する → させられる

電話する → 電話させられる

祕方習題 ▸ 請寫出下列表中動詞的使役被動形

❶ 作る ▸		⓫ 走る ▸	
❷ かける ▸		⓬ なる ▸	
❸ 食べる ▸		⓭ 呼ぶ ▸	
❹ 見る ▸		⓮ 始める ▸	
❺ 食事する ▸		⓯ 払う ▸	
❻ 届ける ▸		⓰ する ▸	
❼ 吸う ▸		⓱ 閉める ▸	
❽ 驚く ▸		⓲ 負ける ▸	
❾ 降りる ▸		⓳ 勝つ ▸	
❿ やめる ▸		⓴ 忘れる ▸	

答案：❶作らせられる　❷かけさせられる　❸食べさせられる　❹見させられる　❺食事させられる
❻届けさせられる　❼吸わせられる　❽驚かせられる　❾降りさせられる　❿やめさせられる
⓫走らせられる　⓬ならせられる　⓭呼ばせられる　⓮始めさせられる　⓯払わせられる
⓰させられる　⓱閉めさせられる　⓲負けさせられる　⓳勝たせられる　⓴忘れさせられる

測驗日＿＿＿＿＿＿

小試身手 文法知多少？

請完成以下題目，從選項中，選出正確答案，並完成句子。

1 財布(さいふ)を泥棒(どろぼう)に（　　）。

1．盗(ぬす)まれた　　2．盗(ぬす)ませた

2 帽子(ぼうし)が風(かぜ)に（　　）。

1．飛(と)ばせた　　2．飛(と)ばされた

3 （同僚(どうりょう)に）これ、今日(きょう)の会議(かいぎ)で使(つか)う資料(しりょう)（　　）。

1．でございます　　2．です

4 この問題(もんだい)、（　　）。

1．できられますか　　2．おできになりますか

5 明日(あした)、こちらから（　　）。

1．ご電話(でんわ)します　　2．お電話(でんわ)いたします

6 こちらに（　　）ください。

1．お来(き)て　　2．来(き)て

7 お父(とう)さん。結婚(けっこん)する相手(あいて)は、自分(じぶん)で決(き)め（　　）。

1．させてください　　2．てください

答案：(1) 1　(2) 2　(3) 2　(4) 2
(5) 2　(6) 2　(7) 1

新日檢擬真模擬試題

もんだい１　（　　　）に　何を　入れますか。１・２・３・４から　いちばん　いい　ものを　一つ　えらんで　ください。

1　明日(あした)、学校(がっこう)で　試験(しけん)が　（　　　）　ます。

1　行(おこな)い　　2　行(おこな)われ　　3　行(おこな)った　　4　行(おこな)う

2　母(はは)が　子(こ)どもに　部屋(へや)の　そうじを　（　　　）。

1　しました　　2　させました

3　されました　　4　して　いました

3　先生(せんせい)が　（　　　）　本(ほん)を　読(よ)ませて　ください。

1　お書(か)きした　　2　お書(か)きに　しない

3　お書(か)きに　する　　4　お書(か)きに　なった

4　校長先生(こうちょうせんせい)が　あいさつを　（　　　）　ので　静(しず)かに　しましょう。

1　した　　2　しよう　　3　される　　4　すれば

5　どうぞ　こちらに　お座(すわ)り　（　　　）。

1　に　なる　　2　いたす　　3　します　　4　ください

6　私(わたし)が　パソコンの　使(つか)い方(かた)に　ついて　ご説明(せつめい)　（　　　）。

1　ございます　　2　なさいます

3　いたします　　4　くださいます

もんだい２　＿＿★＿＿に　入る　ものは　どれですか。１・２・３・４から　いちばん　いい　ものを　一つ　えらんで　ください。

7　(デパートで)

「お客(きゃく)さま、この　シャツは　少(すこ)し　小(ちい)さいようですので、もう少(すこ)し

＿＿＿＿　＿＿＿＿　＿＿★＿＿　＿＿＿＿　か。」

1　しましょう　　2　お持(も)ち　　3　大(おお)きい　　4　ものを

8　学生(がくせい)「日本(にほん)の　お米(こめ)は　＿＿＿＿　＿＿＿＿　＿＿★＿＿　＿＿＿＿　いるのですか。」

先生(せんせい)「九州(きゅうしゅう)から　北海道(ほっかいどう)まで、どこでも　生産(せいさん)して　います。」

1　て　　2　どこ　　3　作(つく)られ　　4　で

▼ 翻譯與詳解請見 P.<223>

答案＆解題

[こたえ ＆ かいとうヒント]

01 助詞

問題 1

＊1. 答案 2

A：「你今天去了哪裡（呢）？」
B：「和姊姊一起去公園了哦。」
1 向　2 呢　3 但　4 因為

▲疑問句「～行きましたか／去了呢」是丁寧體（禮貌形），其普通體（普通形）是「～行ったの。／去了…呢」。

＊2. 答案 3

5 點（之前）把作業完成吧！
1 即使到了　2 直到
3 之前　4 到了（程度）

▲「までに／在…之前」是表現期限或截止時間的用法。例如：

・レポートは金曜までに出してください。
報告請在星期五前交出來。（星期三星期四都可以。最晚星期五要交的意思）

・大学卒業までに資格を取りたい。
我想在大學畢業前考到證照。

→請順便記住「まで／到…為止」和「までに／在…之前」的差別吧。

▲「まで」表示範圍。例如：

・毎晩 7 時から 10 時まで勉強します。
每晚從 7 點用功到 10 點。（不是 9 點而是 10 點）

・駅から家まで 10 分です。
從車站到我家需要 10 分鐘。

・雨が止むまで待ちます。
等到雨停。

▲選項 2 的「までは／到…為止」是「まで／到…為止」的強調形。

＊3. 答案 3

別（光是）看漫畫，快去念書！
1 即使　2 也　3 光是　4 直到

▲「ばかり／光是」是指「淨是做某事，其他都不做」的意思。例如：

・妹はお菓子ばかり食べている。
妹妹總是愛吃零食。

・今日は失敗ばかりだ。
今天總是把事情搞砸。

・遊んでばかりいないで、働きなさい。
不要整天遊手好閒，快去工作。

＊4. 答案 3

A：「你爸的工作是（啥）？」
B：「卡車司機啦！」
1 之類　2 也是　3 啥　4 因為

▲「何だい。／是啥」是「何ですか／什麼呢」的普通體、口語形式。「何ですか」的普通體是「何？／什麼」，但是「（疑問詞）＋だい／啥」更強調質問的意味，通常只有成年男性使用，也屬於比較老派的用法。例如：

・今、何時だい。
現在幾點啦？

・なんで分かったんだい。
怎麼知道的呢？

＊5. 答案 4

請說清楚，你到底喜歡他（與否）。
1 是哪一個　　2 什麼
3 為什麼　　4 與否

▲「～かどうか～／與否…」是在句子中插入疑問句的用法。題目的意思是「彼のことが好きですか、それとも好きじゃありませんか、はっきりしてください／你喜歡他，還是不喜歡他，請明確的說出來」。例如：

・吉田さんが来るかどうか分かりません。
吉田先生究竟來還是不來，我也不清楚。

・あの店が今日休みかどうか知っていますか。
你知道那家店今天有沒有營業嗎？

※ 當在句中插入含有疑問詞的疑問句時，要用「（疑問詞）か～／…嗎」的形式。例如：

・あの店がいつ休みか知っていますか。
那家店什麼時候休息你知道嗎？

＊6. 答案 1

A：「派對玩得開心（嗎）？」
B：「是的，玩得很開心。」
1 嗎　　2 之類　　3 即使　　4 因為

▲「～かい。／…嗎」是「～ですか」、「～ますか」的普通體、口語形。一般來說「楽しかったですか／高興嗎？」的普通體是「楽しかった？」，但「～かい。」主要是成人男性使用，用在上司對下屬、長輩對晚輩說的話。例如：

・君は大学生かい。
你是大學生嗎？

・僕の言うことが分かるかい。
我說的話你聽懂了嗎？

＊7. 答案 2

「既然書都唸完了，要不要看電視（之類的）呢？」
「說的也是，來看電視吧。」
1 都　　2 之類的　　3 即使　　4 直到

▲「（名詞）でも／之類的」是舉例的用法。用於表達心中另有選項或其他選項亦可的想法。例如：

・もう３時ですね。お茶でも飲みませんか。
已經３點了！要不要喝杯茶或什麼的呢？

・A：パーティーに何か持って行きましょうか。
要不要帶點什麼去派對呢？
B：じゃあ、ワインでも買ってきてください。
那就買些葡萄酒來吧！

▲「勉強も終わったし／書都念完了」的「し／因為」表示原因、理由。例如：

・もう遅いし、帰ろう。
已經很晚了，我們回家吧。（因為很晚所以回家）

《其他選項》

▲ 選項１：「も／都」雖然表示附加，但題目中唸書和看電視對說話者來說是兩件性質不同的事，因此無法以並列形式來表達。以下的例子，對說話者而言，唱歌跟跳舞是相同性質的事（今天做過的事）。例如：

・今日は歌も歌ったし、ダンスもしました。
今天既唱了歌也跳了舞。（「歌ったし」的「し／既」表示並列用法）

＊8. 答案 3

A：「這裡（可以）吸菸（嗎）？」
B：「不好意思，這裡是禁菸區。」
1 給我嗎　　2 應該嗎
3 可以嗎　　4 是那樣的嗎

▲「(動詞て形)てもいいですか／可以嗎」表示徵求對方許可的用法。例如：

・もう帰ってもいいですか。
　我可以回去了嗎？

・A：この資料、頂いてもいいですか。
　　這份資料可以給我嗎？
　B：はい、どうぞお持ちください。
　　可以的，請拿去。

02 指示詞、句子的名詞化及縮約形

問題 1

＊1. 答案 1

京都(炎熱的程度)超乎我的想像。

1 炎熱的程度　　2 熱
3 熱得簡直…　　4 因為熱

▲「(形容詞語幹)さ／的程度」可將表示程度的形容詞予以名詞化。例如：

・箱の大きさを測ります。
　測量箱子的大小。

・これは人の強さと優しさを描いた映画です。
　這是一部講述人類堅強又溫厚的電影。

▲ 由於題目是「京都の(　)は、～／京都的(　)」，(　)之中應填入名詞。所以選項2、3、4都無法填入。

※「(形容動詞語幹)さ／的程度」也同樣是將表示程度的形容詞予以名詞化。例如：

・命の大切さを知ろう。
　你要了解生命的可貴！

＊2. 答案 1

把放在冰箱裡的蛋糕吃掉(的是)由美小姐。

1 的是　　2 ×　　3 ×　　4 分明

▲「のは／的是」的「の／的」用於代替名詞。如此一來，不必重複前面出現過的名詞，只要用「の」替換即可。本題可參考下列對話的B。例如：

・A：ケーキを食べた人は誰ですか。
　　是哪個人把蛋糕吃掉了？
　B：ケーキを食べたのは由美さんです。
　　吃掉蛋糕的是由美小姐。(「の」指的是吃掉蛋糕的「那個人」)

・この靴が欲しいんですが、もっと小さいのはありますか。
　我想要這雙鞋，請問有更小號的嗎？(「の」指的是鞋子)

＊3. 答案 4

我的興趣是聽音樂(　　)。

1 東西　　2 的時候　　3 直到　　4 ×

▲「趣味は／興趣是」之後應該是「趣味は(名詞)です／興趣是(名詞)」，或是「趣味は(動詞辭書形)ことです／興趣是(動詞辭書形)」。例如：

・私の趣味はスキーです。
　我的興趣是滑雪。

・私の趣味は走ることです。
　我的興趣是跑步。

問題 2

以下文章是介紹朋友的作文。

> 　吉田同學是我的朋友。吉田同學從高中開始就最喜歡跑步。下課後，他總是一個人在學校附近跑步好幾圈。這樣的吉田同學現在已經成為大學生了。聽說他現在也每天都會在住家附近跑步。
>
> 　要去稍微遠一點的超市時，吉田同學也不會搭公車，而是用跑的過去。

因此我試著問他「吉田同學為什麼不搭公車？」於是他回答「我可以比公車更快到達超市。因為公車會在公車站停好幾次，但我中途不會停下」。

＊公車站：為了能讓乘客上下車，公車停靠的地方。

＊4. 答案 3

1 但　2 似乎是　3 名叫　4 稱做

▲「（名詞一）という（名詞二）／叫作（名詞一）的（名詞二）」用於說明知名度不高的人、物或地點。也可以用在當說話者或對方不熟悉談論對象時。例如：

・「となりのトトロ」というアニメをしっていますか。
你知道「龍貓」這部卡通嗎？

・「すみません。SK ビルという建物はどこにありますか。」
「不好意思，請問有一棟叫作 SK 大廈的建築物在哪裡呢？」

＊5. 答案 3

1 無論是什麼樣的　2 那麼的
3 那樣的（意指「如此熱愛跑步的」）
4 似乎是

▲ 承接前面的說明，連接下一個話題時的說法。「そんな／那樣的」指的是前面介紹到的吉田同學的兩句話。例如：

・A：あなたなんて嫌い。
我討厭你！
B：そんなこと言わないで。
求你別說那種話！

・私は毎日泣いていました。彼に出会ったのはそんなときでした。
當時我天天以淚洗面。就在那個時候，我遇到他了。

《其他選項》

▲ 選項１：「どんな（名詞）も／無論（名詞）都」表示（該名詞）全部的意思，不適合用於本題。例如：

・私はどんな仕事もきちんとやります。
無論什麼工作我都會兢兢業業地完成。

▲ 選項２：「あんな／那麼的」用於表達比「そんな／這樣」更遠的事。例如：

・昨日友達とけんかして、嫌いと言ってしまった。あんなこと、言わなければよかった。
昨天和朋友吵架，脫口說了「我討厭你」。當時如果沒說那句話就好了。

＊6. 答案 1

1 不搭乘　2 要是搭了
3 即使搭乘　4 如果要搭的話

▲ 因為題目出現了「走って行きます／用跑的過去」的句子，由此可知並沒有搭乘巴士，所以要選擇和「乗らないで／不搭乘」意思相同的「乗らずに／不搭乘而…」。例如：

・昨夜は寝ずに勉強した。
昨晚沒睡，苦讀了一整個晚上。

・大学には進学せずに、就職するつもりです。
我不打算繼續念大學，想去工作。

＊7. 答案 4

1 被問了　2 打算詢問
3 讓對方問　4 試著問過

▲ 我向吉田提出問題。「（動詞て形）てみます／試著」表示嘗試做某事。例如：

・その子どもに、名前を聞いてみたが、泣いてばかりで答えなかった。
雖然試著尋問那孩子的名字，但孩子只是一昧哭著沒有回答。

・駅前に新しくできた店に行ってみた。
車站前有家新開張的商店，我去看了一下。

《其他選項》

▲ 選項１：「聞かれました／被問了」是被動形，意思是吉田同學問了我，所以不是正確答案。

▲ 選項２：「（動詞辭書形）つもりです／打算」表示未來的預定計畫。

▲ 選項３：「（動詞て形）あげます／給…」的語氣是我為你著想而做某事，是上位者對下位者的用法。由於提問人並不是為了吉田同學著想才問了這句話，所以不是正確答案。

※ 即使是為了對方著想，這種用法仍然失禮，一般很少使用。除非有從屬關係，或是彼此的關係很親近，才能使用。例如：

・直してあげるから、レポートができたら持ってきなさい。
我會幫你改報告，完成後拿過來。

・できないなら、私がやってあげようか。
你要是做不到的話，讓我來幫你做吧。

＊8. 答案 2

1 必須到達　　2 可以到達
3 好像到達也可以　4 不可能到達

▲ 題目提到「バスは何回も～止まるけど、ぼくは～止まらないからね／巴士得停靠…好幾次，但我…不會停下」，而「～から／因為…」表示理由。由「ぼくは～止まらないから」這句話可知是在說明理由，所以後面應該接「バスより早くスーパーに着くことができる／可以比巴士更快到達超市」。

《其他選項》

▲ 其他選項１、３、４從文意上考量，都無法說明「ぼくは～止まらないから」的理由。

▲ 選項１：「（動詞ない形）なければならない／必須」表示必須或義務。

▲ 選項３：「（動詞て形）てもいい／也可以」表示許可，「らしい／好像」則表示推測。

▲ 選項４：「（動詞辭書形）はずがない／不可能」表示推測沒有這個可能性。

03 許可、禁止、義務及命令

問題 1

＊1. 答案 2

「快點（起床啦）！上學要遲到了哦！」
1 起床　2 起床啦　3 起床了　4 不起床

▲ 由於對話中是向對方說「学校に遅れるよ／上學要遲到了哦」，所以應該選擇能夠表達嚴厲指示的「起きろ／起床」。「起きろ」是第２類動詞（一段活用動詞）「起きる」的命令形。例如：

・君に用はない。帰れ。
沒你的事，快滾！

・危ない、逃げろ！
危險，快逃！

・この絵は、止まれという意味です。
這個圖案是指「停止」的意思。

※「遅れるよ／要遲到了哦」的「よ／哦」用於表達說話者要提醒對方、給對方忠告。例如：

・煙草は体によくないよ。
抽菸有害身體健康哦！

・お母さんに謝ったほうがいいよ。
最好向媽媽道個歉哦！

＊2. 答案 2

上課中（要）保持安靜！
1 似乎　　2 要　　3 想做　　4 繼續做

▲「（動詞ます形）なさい／要」是命令形的丁寧形（禮貌形）。例如：

・次の質問に答えなさい。
請回答以下的問題。

・たかし、早く起きなさい。
小隆，快起床了！

＊3. 答案 4

開始上課後（不可以從）座位上（站起來）。（亦即：開始上課後不可以離開座位。）
1 曾經站立過　　2 持續站立
3 就在站立的時候　4 不可以站起來

▲ 句型「（動詞①た形）たら、動詞②文／一（動詞①），就（動詞②）」，表示在動詞①（未來的事）完成之後，從事動詞②的行為。這種句型沒有「もし／假如」的假設意思。例如：

・家に着いたら、電話します。
一回到家就給你打電話。

・５時になったら帰っていいですよ。
５點一到就可以回家了喔。

▲ 題目要表達的是，現在可以站著，但是開始上課後就不可以站起來離開座位。

《其他選項》

▲ 選項１：「（動詞た形）ことがあります／曾經」表示過去的經驗。例如：

・私は香港へ行ったことがあります。
我去過香港。

▲ 選項２：「席を立ち続ける／持續站起在座位上」的語意並不通順（「席を立つ／站起」是一瞬間的動作，沒辦法持續）。如果是「授業が始まったら、席を立ちます／開始上課後從座位起身」則為正確的敘述方式。

▲ 選項３：「（動詞辭書形）ところです／就在…的時候」表示正準備開始進行某個動作之前。例如：

・私は今、お風呂に入るところです。
我現在正準備洗澡。

問題 2

下方的文章是松本先生在新年時寄給留學生祁先生的信。

> 祁先生，新年快樂。
>
> 今年也請多多指教。
>
> 這是您在日本度過的第一個新年呢！您去了哪裡嗎？我和家人一起來到了奶奶住的鄉下。昨天正是一整年的最後一天呢。
>
> 在日本，這一天被稱作「除夕」，每個人都非常忙碌。上午，全家人都必須從一大早打掃房子。然後，到了下午就開始烹煮很多道年菜。我每年也都和妹妹一起幫忙做菜，可是今年享用的是奶奶已經做好的年菜。
>
> 那麼，我們學校見囉！。
>
> 松本

＊4. 答案 2

1 就是　　2 的　　3 在　　4 不許

▲ 本題在說明對祁先生而言，這個新年具有什麼樣的意義。這是他「日本で初めて迎えるお正月／在日本過的第一個新年」。「初めて／第一次」是副詞。例如：

・初めての海外旅行は、シンガポールに行きました。
第一次出國旅遊去了新加坡。

＊5. 答案 2

1 就是　2 正是　3 似乎　4 是

▲ 因為是在講述昨天的事，所以答案要選過去式。

＊6. 答案 3

1 被迫　2 即使不做也
3 不做不行　4 做

▲ 由於後面接的是「なりません／不」，所以答案應該選「しなくては／不做」，也就是「なくてはならない／必須」的句型。

《其他選項》

▲ 選項1：「させられて／被迫做」是「して／做」的使役被動形。

▲ 選項2：「しなくても／即使不做也」後面應該接「いいです／沒關係」。

▲ 選項4：「いたして／做」是「して」的謙讓語。「して」的後面不能接「なりません」。

※ 使役被動的例子：

・私は母に掃除をさせられました。
我被媽媽叫去打掃了。

→打掃的人是我，而指示我「去打掃」的人是媽媽。這句話隱含的意思是我其實並不想打掃。

＊7. 答案 1

1 幫忙　2 因為幫忙
3 不幫忙不行　4 或者幫忙

▲ 請思考「私は毎年、料理を作るのを手伝います／我每年都會幫忙做菜」和「今年は祖母が作った料理をいただきました／可是今年享用的是奶奶已經做好的年菜」這兩句話的關係。也就是把「毎年／每年」和「今年／今年」拿來做比較，由此聯想到「毎年（は）～が、今年は～／每年都是…，但今年則是…」的句型。

※「～は～が、～は～／是…但是…」句型的例子：

・犬は好きですが、猫は好きじゃありません。
我喜歡狗，但不喜歡貓。

＊8. 答案 4

1 其後　2 然後　3 即使如此　4 那麼

▲ 這是在說出道別語之前的用詞。其他還有「それでは／那麼」、「では／那麼」、「じゃ／那」等等的用法。例如：

・それでは、さようなら。
那麼，再見囉。

・じゃあ、また明日。
那麼，我們明天見囉。

04 意志及希望

問題 1

＊1. 答案 2

（在餐廳裡）
小林：「鈴木先生要（點什麼）？」
鈴木：「我點三明治吧。」

1 那可怎麼好　2 點什麼
3 做了什麼　4 究竟是什麼

▲「（名詞）にする／決定」用於從多個選項挑出其中一個選項的時候。例如：

・店員：こちらのかばんは軽くて使い易いですよ。
店員：這個包包既輕巧又方便喔！
客：じゃ、これにします。
客人：那，我買這個。

・「どれにしようかな。どれもおいしそうだな。」
「選哪道好呢？每道菜看起來都是那麼美味可口。」

※ 鈴木的答句「私はサンドイッチにしよう／我點三明治」，句中的「しよう／點吧」是「する／做」的意向形，而「しようと思います／我想做（點）」的「と思います／想」被省略了。

＊2. 答案 2

A：「在下個路口左轉，或許比較近。」
B：「那麼，就左轉（看看）吧！」

1 完了　　2 （嘗試）看看
3 的樣子　　4 就這樣吧

▲「（動詞て形）てみる／嘗試…看看」表示嘗試做某事。例如：

・日本に行ったら、温泉に入ってみたいです。
如果去了日本，想去試一試泡溫泉。

・（靴屋で）
（在鞋店）
客：この靴を履いてみてもいいですか。
客人：我可以試穿一下這雙鞋子嗎？
店員：はい、どうぞ。
店員：可以的，您試穿一下。

《其他選項》

▲ 選項 1：「（動詞て形）てしまう／…（動詞）了」表示完結或失敗。例如：

・その本はもう読んでしまいました。
那本書已經讀完了。

・財布を忘れてしまいました。
忘了帶錢包出門。

▲ 選項 4：「（動詞て形）ておく／預先…好、（做）…好」表示準備。例如：

・ビールは冷蔵庫に入れておきます。
啤酒要先放進冰箱裡。

・はさみは引き出しにしまっておいてください。
剪刀請收進抽屜裡。

＊3. 答案 2

他不（想）去醫院。

1 想　　2 ×　　3 想　　4 ×

▲ 在表達願望的句型「（動詞ます形）たい／想」後面加上「～がる／覺得」，以表達他人的情感。例如：

・「私」が主語→私は先生に会いたいです。
當「私／我」是主語時→我想和老師見面。

・「彼」が主語→彼は先生に会いたがっています。
當「彼／他」是主語時→他想和老師見面。

▲ 題目是「～たがる／想…」的否定形「～たがらない／不想…」。例如：

・うちの子どもは薬を飲みたがらない。
我家的孩子不願意吃藥。

・彼は誰もやりたがらない仕事を進んでやる人です。
他是一個能將別人不願做的事做好的人。

＊4. 答案 3

天色暗下來了，差不多（該回去了）。

1 已經回去了　　2 正在回去的路上
3 該回去了　　4 不回去

▲「そろそろ／差不多要…」表示與某個時間點很接近，而表達的內容則是未來的事。例如：

・そろそろお父さんが帰ってくる時間だよ。
該是爸爸快回來的時候了。

・雨も止んだようだし、そろそろ出かけようか。
雨好像也停了，差不多該出門了吧。

《其他選項》

▲「そろそろ」用在接下來要做的事，或接下來要發生的事上。選項 1 是過去式，選項 2 是現在進行式，選項 3 是否定式，所以都不是正確答案。

＊5. 答案 3

A：「怎麼了嗎？」
B：「好像（　）有股很香的味道。」
1 的　　2 ×　　3 ×　　4 於

▲ 人聞到味道時可用「匂いがする／聞到味道」的形容方式。「音がする／聽到聲音」、「味がする／嚐到味道」等等都是用來表示感受。例如：

・コーヒーの匂(にお)いがしますね。
聞到一股咖啡香呢！

・このスープは懐(なつ)かしい味(あじ)がします。
這道湯有著令人懷念的味道。

・頭痛(ずつう)がするので、帰(かえ)ってもいいですか。
我頭痛，可以回去了嗎？

問題 2

＊6. 答案 2

A：「星期天要不要去打高爾夫球呢？」
B：「說的也是。那麼就決定去打高爾夫球了。」
1 ×　　2 去　　3 高爾夫球　　4 決定

▲ 正確語順：それでは<u>ゴルフに行(い)くこと</u>にしましょう。

▲「（動詞辭書形）ことにします／決定」用於表達希望依照自己的意志做決定。例如：

・今日(きょう)から煙草(たばこ)を止(や)めることにします。
決定從今天開始戒菸。

・読(よ)まない本(ほん)は全部(ぜんぶ)売(う)ることにしました。
已經決定把家裡不再閱讀的舊書全部賣掉。

▲「～行くことにしましょう／就決定去…吧」中「～」的部分應填入「ゴルフに／打高爾夫球」，所以正確的順序是「3→1→2→4」，而★的部分應填入選項 2「行く／去」。

※A 說「ゴルフにでも／打高爾夫球」的「でも」是舉出主要選項的說法。例如：

・A：疲(つか)れましたね。ちょっとお茶(ちゃ)でも飲(の)みませんか。
有點累了耶。要不要喝杯茶或什麼呢？
B：いいですね。じゃ、私(わたし)がコーヒーをいれましょう。
好啊，那我來泡杯咖啡吧。

＊7. 答案 3

小川：「竹田先生，你打工存下來的錢打算怎麼使用呢？」
竹田：「我想去環遊世界。」
1 怎麼（用於何處）　2 打算
3 使用　　　　　　　4 錢

▲ 正確語順：アルバイトでためた<u>お金(かね)を何(なに)に使(つか)うつもり</u>ですか。

▲「ためた／存（錢）了」是「ためる／存（錢）」的過去式。在「アルバイトでためた／打工所存的」之後應填入「お金を／錢」。由於句尾的「ですか／呢」前面無法接「何に／怎麼」或「使う／使用」，所以只能填「つもりですか／打算…呢」。至於「何に使う／怎麼使用」則填在「つもり／打算」的前面。「何に使う／怎麼用」用於詢問對方使用目的或對象。所以正確的順序是「4→1→3→2」，而★的部分應填入選項 3「使う／使用」。

＊8. 答案 1

町田：「石川小姐，妳什麼時候要去聽音樂會？」
石川：「我打算下週日去。」
1 打算　　2 ×　　3 去　　4 ×

▲ 正確語順：来週(らいしゅう)の日曜日(にちようび)に<u>行(い)こうと思(おも)ってい</u>ます。

▲ 詢問的是「いつ行くのですか／什麼時候去呢」，因此可以預測回答是「来週の日曜日に行きます／下週日去」。「（動詞意向形）（よ）うと思っています／打算」是向對方表達自己的意志與計畫時的說法。例如：

・将来は外国で働こうと思っています。
我將來打算到國外工作。

・来年結婚しようと思っています。
我打算明年結婚。

▲ 正確的順序是「３→２→１→４」，問題★的部分應填入選項１「思って／打算」。

※「（動詞意向形）（よ）うと思っています／打算」表達從以前就一直（持續）有的想法。相對的「（動詞意向形）（よ）うと思います／我想…」則強調現在的想法。例如：

・１時間待ちましたが、誰も来ないので、もう帰ろうと思います。
已經等了１個小時了，因為人都沒來所以想要回去了。

05 判斷及推測

問題 1

＊1. 答案 3

（在教室裡）
A：「田中同學今天向學校請假了呢。」
B：「（聽說）他感冒了喔。」
1 因為　2 說是　3 聽說　4 老是

▲ 應該選擇根據看見或聽到的訊息作出判斷的「らしい／聽說」。依照題目的敘述，B是從田中同學或其他人那裡直接或間接得知田中同學感冒了。例如：

・駅前で人が騒いでいる。事故があったらしい。
車站前擠著一群人鬧哄哄的，好像發生意外了。

・A：酷い雨ですね。
好大的雨呀！
B：台風が来ているらしいですよ。
聽說有颱風來了喔。

《其他選項》

▲ 選項１：雖然「ので／因為」是用來表示理由，但是「ので」後面不會接「よ／喔」。如果是「風邪をひいているので／因為得了感冒」則為正確的敘述方式，但這是在確切知道理由並向對方說明的時候使用。

▲ 選項２：「とか／說是」就像「らしい／聽說」，也是轉述從別人那裡聽到的訊息，但「とか」後面不會接「よ」，如果是「風邪をひいているとか／說是感冒了」則為正確的敘述方式。

▲ 選項３：「風邪をひいてばかりいる／老是感冒」的意思是時常感冒，表示頻率的用法。但是「ひいているばかり」的敘述方式並不通順。

＊2. 答案 2

A：「山本同學還沒來呢。」
B：「他說要來，所以（應該）會來的。」
1 正要…的時候　2 應該
3 是那樣嗎　4 那就好了

▲ 由於對話中提到「来ると言っていた／說要來」與「必ず／一定」。所以表達有所根據（做出某判斷的理由），且說話者也深信此根據並想借此傳達時，則用「～はずです／應該…」。例如：

・荷物は昨日送りましたから、今日そちらに着くはずです。
包裹已於昨天寄出了，今天應該就會送達那裡。

・高(たか)いワインですから、おいしいはずですよ。
這紅酒十分昂貴，應該很好喝喔。

▲「必ず」表示可能性非常高。

《其他選項》

▲ 選項１：「(動詞辭書形) ところです／正要…的時候」表示馬上要做的動作前的樣子。因為是用於傳達事實，所以後面不會接「必ず／一定」。

▲ 選項３：「でしょうか／是那樣嗎」用於表示疑問。而「必ず」是表示深信某事，所以不正確。如果改用表示推測的「でしょう／…吧」則正確。

▲ 選項４：「来るといいです／來那就好了」用於表示願望，也是因為和表示深信某事的「必ず」語意不合，所以不正確。

＊3. 答案 3

請看那片雲！（好像）狗的形狀耶！
1 就像　2 好像　3 好像　4 應該是

▲「(名詞) のような／好像」表示舉例的意思。例如：

・その果物(くだもの)はお菓子(かし)のような味(あじ)がした。
那種水果嚐起來像糖果。

・屋上(おくじょう)から見(み)る町(まち)は、おもちゃのようだ。
從屋頂上俯瞰整座城鎮，猶如玩具模型一般。

《其他選項》

▲ 選項１：如果是「犬みたいな／像狗一樣」則為正確的敘述方式。雖然「～みたいな／好像…」與「～のような」意思相同，但「～みたいな」較為口語。

▲ 選項２：「～そう（な）／好像」前接動詞或形容詞，表示動作發生稍前的狀況或現在所見所聞的狀態。例如：

・強(つよ)い風(かぜ)で木(き)が倒(たお)れそうです。
在強風吹襲下，樹木都快倒了。

・おいしそうなスープですね。
這湯看起來很美味喔。

▲ 選項３：「はず／應該」用在說話者有所依據（某判斷的理由）並且深信該依據時。

問題 2

下方的文章是以「日本的秋天」為主題所寫的文章。

〈颱風〉

艾咪・羅賓森

　去年秋天，颱風侵襲了我居住的城鎮。電視上的氣象預報說這是一個威力非常強大的颱風。

　當時，公寓的鄰居告訴我：「放在屋外的東西說不定會飛走，最好先把東西搬進屋裡吧。」為了不讓東西飛走，我把放在外面的東西搬到了屋內。

　到了晚上，強風不斷吹襲。窗戶的玻璃簡直快裂開了，我非常害怕。

　天亮後到外面一看，晴朗的天空彷彿什麼事都沒發生過似的。滿地掉的都是被風吹落的樹葉。

＊4. 答案 2

1 就好了　2 說不定　3 不可能　4 決定

▲ 文中提到由於颱風而導致「～ものが飛んでいく（　）／東西（　）會飛走」，所以應該選擇具有「可能」含意的選項「かもしれない／可能、也許」。

《其他選項》

▲ 選項１：「東西飛走」應該往「不好」的方向思考，但是選項１「といい／…就好了」與文意相反，所以不是正確答案。

▲ 選項３：「はずがない／不可能」表示不具有可能性，與本文文意不符，所以不是正確答案。

▲ 選項４：「ことになる／決定」表示這件事已經（於非出自本人意願的情況下）是既成事實了。例如：

・来月から大阪にある工場で働くことになりました。
從下個月起要到大阪的工廠上班了。

▲ 但是颱風來襲，並不是一定就會把東西吹跑，所以不是正確答案。

＊5. 答案 4

1 試著放進去	2 或許搬進去
3 應該搬進去了	4 最好先搬進去

▲「5 よ／喔」的語尾助詞「よ」可用於告知對方某些訊息的時候。因為颱風要來了，所以公寓的鄰居建議並教我，「部屋の外に置いてあるものを、部屋の中に入れる／把在外面的東西搬到屋內」。

※「（動詞た形）ほうがいい／最好」用於向對方提議或建議的時候。例如：

・朝ご飯はちゃんと食べたほうがいいですよ。
早餐最好吃得營養。

※「（動詞て形）おきます／（事先）做好」用於準備或整理的時候。例如：

・ビールを冷蔵庫に入れておいてください。
請事先把啤酒放進冰箱裡。

・使ったコップは洗っておきます。
把用過的杯子清洗乾淨。

＊6. 答案 3

1 都要飛走了	2 因為似乎會飛走
3 不讓東西飛走	4 讓東西飛走

▲「（動詞辭書形／ない形）ように／為了不…」用於表達目的。根據文章的意思，希望「外に出してあるものが飛んでいかない／不讓放在外面的東西飛走」，所以正確答案是選項３。例如：

・子どもにも読めるように、ひらがなで書きます。
為了讓孩童易於閱讀，標上平假名。

・風邪をひかないように、部屋を暖かくします。
為了預防感冒，把房間弄暖和。

＊7. 答案 1

1 簡直快裂開了	2 不讓玻璃裂開
3 好像要裂了	4 為了讓玻璃裂開

▲「（動詞ます形）そうだ／簡直…似的」用於表達狀態，形容看到一個情境，覺得好像快要變成某一種狀態了。正確答案是「ガラスが割れそうで／窗戶的玻璃簡直快裂開了」，意思是「（我）覺得窗戶的玻璃好像就要裂開了」，而並非真的裂開了。例如：

・西の空が暗いですね。雨が降りそうです。
西邊天色昏暗，看起來可能會下雨。

・シャツのボタンがとれそうですよ。
襯衫的鈕扣好像要脫落了。

・おなかがすいて、死にそうです。
肚子好餓，簡直就快餓死了。

《其他選項》

▲ 選項２：因為文章裡寫的是「とてもこわかった／我非常害怕」，所以不能選「割れないで／不讓玻璃裂開」。

▲ 選項３：「～らしい／好像…」是表示根據看到或聽到的事實下判斷的用法。例如：

・裕子さんが泣いている。彼氏とけんかしたらしい。
裕子小姐在哭。好像是和男朋友吵架了。

▲ 另外，「～らしい」也可以用於表示傳聞。例如：

・天気予報によると、明日は雨らしい。
根據氣象預報，明天可能會下雨。

▲ 兩種解釋都與題目的文意不符，所以不是正確答案。

▲ 選項 4：「（動詞辭書形）ように／為了」用於表達目的。

＊8. 答案 4

1 吹　2 吹　3 讓風吹　4 被風吹

▲ 基本句是「木の葉が道に落ちていました／滿地掉的都是被風吹落的樹葉」，而「風に 8 飛んだ／被風吹落」是修飾「木の葉／樹葉」的句子，兩個句子組合起來變成「木の葉が風に 8 飛んだ／樹葉被風吹落」。由於「木の葉」是主語，所以答案應該選「ふく／吹落」的被動形「ふかれる／被吹落」。

→能動形的句子：

・風がふいて、木の葉を飛ばした。
風吹過，把樹的葉子吹走。（「飛ばす／吹」是「飛ぶ」的他動詞）

06 可能、難易、程度、引用及對象

問題 1

＊1. 答案 3

你知道有個（叫做）《桃太郎》的故事嗎？
1 和　2 就好了　3 叫做　4 我覺得

▲「（名詞）という～／叫做…」用於當說話者或對方不太清楚名稱或者姓名的時候。例如：

・こちらの会社に下田さんという方はいらっしゃいますか。
貴公司是否有一位姓下田的先生？

・『昔の遊び』という本を借りたいのですが。
我想借一本書，書名是《往昔的消遣》。

＊2. 答案 4

請將蔬菜切成（容易）入口的大小。
1 正在　2 好像　3 困難　4 容易

▲「（動詞ます形）やすい／容易」表示做動詞的動作很簡單。⇔「（動詞ます形）にくい／困難」表示做動詞的動作很困難。例如：

・この本は字が大きくて、読みやすい。
這本書字體較大，易於閱讀。

・佐藤先生の授業は、分かりやすいので人気だ。
佐藤老師的講課清楚易懂，所以很受歡迎。

・このお皿は薄くて割れやすいので、気をつけてください。
這枚盤子很薄，容易碎裂，請小心。

《其他選項》

▲ 選項 1：「（動詞ます形）ている／正在」表示進行式。

▲ 選項 2：「（動詞ます形）そうだ／好像」表示樣態。例如：

・風で木が倒れそうです。
樹木快被風吹倒了。

▲ 選項 3：「（動詞ます形）にくい／困難」表示做動詞的動作很困難。例如：

・この靴は、重くて歩きにくい。
這雙鞋太重了，不好走。

▲ 由題目的意思判斷，正確答案是選項 4。

＊3. 答案 3

（在書店裡）
顧客：「請問有（關於）日本歷史的書嗎？」
店員：「那類書籍陳列在這邊的書架。」
1 為了　2 關於的　3 關於　4 帶上

▲「（名詞）について／關於」表示敘述的對象。例如：

・家族について、作文を書きます。
寫一篇關於家人的作文。

・韓国の文化について調べています。
蒐集關於韓國文化的資訊。

▲ 題目的句子是以「日本の歴史について書かれた／記載了關於日本歷史的」來修飾「本／書」。「書かれた／（被）記載了」是被動形。

《其他選項》

▲ 選項2：如果是「日本の歴史についての本／關於日本歷史的書」則為正確的敘述方式。

＊4. 答案 4

走（太久），腳開始痛了。
1 讓　2 容易　3 起來　4 太久（過度）

▲ 本題要從後半段的「腳開始痛」去推測前句的意思。「（動詞ます形）過ぎる／太…」表示程度超過一般水平，達到負面的狀態。例如：

・お酒を飲み過ぎて、頭が痛いです。
由於喝酒過量，而頭痛。

・この問題は中学生には難し過ぎる。
這道題對國中生而言實在太難了。

《其他選項》

▲ 選項1：「歩き／走」（動詞ます形）後面不接「させる／讓…」（動詞「する／做」的使役形）。

※ 如果是用「歩く」的使役被動形「歩かされて／被迫走」則正確。

▲ 選項2：「（動詞ます形）やすい／容易」表示某個行為、動作很容易做。從意思判斷不正確。例如：

・この靴は軽くて、歩きやすい。
這雙鞋很輕，走起來健步如飛。

▲ 選項3：「（動詞ます形）出す／起來」表示開始某個行為。例如：

・犬を見て、子どもは泣き出した。
小孩一看到狗就哭了起來。

▲ 雖然走不到幾步路雙腳便感到疼痛的可能性是有的，但最合適的還是選項4的「歩き過ぎて／走太久」。

＊5. 答案 2

（聽）老師（說），高木同學的媽媽是護士。
1 變成　2 聽說　3 光是　4 聽說

▲「～によると／聽說…」表示傳聞（由他人口中聽說）的資訊來源（從誰那裡聽到的）的用法。表示傳聞的句子，句尾應該是「～そうだ／聽說…」。「看護師／護士」為名詞，因此以「看護師です／是護士」的普通形「看護師だ」連接「そうだ」。

※ 表示傳聞的「そうだ」如何接續，請順便學習一下吧！

・天気予報によると台風が来る／来ない／来た／来なかったそうだ…動詞
根據氣象預報，颱風即將登陸／不會登陸／已登陸／並未登陸…動詞

・明日は寒いそうだ…形容詞
據說明天可能會很冷…形容詞

・外出は危険だそうだ…形容動詞
聽說外出會很危險…形容動詞

・午後の天気は晴れだそうだ…名詞
據說下午可能會放晴…名詞

問題 2

＊6. 答案 4

> 「請容我說明關於曾在電話裡提到的那件事。」
> 1 提到　2 關於　3 曾　4 的那件事

▲ 正確語順：お電話でお話したことについてご説明いたします。

▲「ついて／關於」的用法是「(名詞)について」，表示對話中談論的對象，因此順序應為「ことについてご説明いたします／來說明關於」。例如：

・この町の歴史について調べます。
調查了這個城鎮的相關歷史。

・アメリカに留学することについて、両親と話しました。
向父母報告了關於赴美留學的事。

▲ 由於句子一開始提到了「お電話で／在電話裡」，因此緊接著應該填入「お話した／提到的那件事」。至於「(名詞)について」的(名詞)的部分則是「お電話でお話したこと／您在電話中提到的那件事」。所以正確的順序是「1→3→4→2」，而★的部分應填入選項4「ことに／的那件事」。

＊7. 答案 2

> (在百貨公司裡)
> 店員：「請問您在找什麼樣的衣服呢？」
> 顧客：「我在找可以在家洗的棉質衣服。」
> 1 洗　2 ×　3 可以　4 ×

▲ 正確語順：家で洗濯することができるもめんの服を探しています。

▲ 第一個考慮的排列組合是「洗濯＋できる／洗＋可以」，但這樣其他選項就會剩下「ことが」和「する」。考慮到「洗濯する／洗衣」是個する動詞，應該是表示可能形的用法「(動詞)ことができる／可以」。「家で洗濯することができる／可以在家洗的」的後面應填入「(もめんの)服／(棉質)衣服」。所以正確的順序是「1→4→2→3」，而★的部分應填入選項2「ことが」。

＊8. 答案 1

> A：「你覺得日語的什麼部分學起來很難？」
> B：「因為有些詞語對外國人而言不容易發音，我覺得那個部分最難。」
> 1 詞語　2 發音　3 有些　4 不容易

▲ 正確語順：外国人には発音しにくい言葉があるので、そこがいちばんむずかしいです。

▲「しにくい／不容易」是「する／做」的ます形連接「～にくい」的用法，表示難以做到的事。可以接「する」的詞是「発音／發音」(沒有「言葉がする」的用法)，「発音」後應填入「しにくい」。這裡也可以說「発音がしにくい／不容易發音」，但是在「あるので／因為有些」前需要「が」，因此使用する動詞形式「発音する」，再變化成「発音しにくい」。正確的順序是「2→4→1→3」，問題★的部分應填入選項1「言葉が／詞語」。

※「(動詞ます形)にくい」之例。例如：

・新聞の字は小さくて読みにくいです。
報紙的字太小難以閱讀。

・あなたのことはちょっと親に紹介しにくいなあ。
把你介紹給家人對我而言有些為難。

07 變化、比較、經驗及附帶狀況

問題 1

＊1. 答案 2

王先生不如林先生跑得（那樣地）快。
1 直到　2 那樣地　3 如果　4 因為

▲「A は B ほど～ない／Ａ不如Ｂ…」表示比較，意思是在「A は～ない／Ａ不…」的前提下，將主語Ａ和Ｂ做比較。

▲ 從題目中得知的訊息是林先生跑得快，以及王先生跑得比林先生慢（與林先生速度不同）。例如：

・私は兄ほど勉強ができない。
我不像哥哥那麼會唸書。

・私の育った町は、東京ほど便利じゃありません。
我成長的城鎮沒有東京那麼方便。

＊2. 答案 4

一到傍晚，天空的顏色就會（出現變化）。
1 請改變　2 請變化
3 做出改變　4 出現變化

▲ 由於「空の色／天空的顏色」是主語，因此述語應該選擇自動詞的「変わる／變化」。

▲ 請留意自動詞「変わる」與他動詞「変える／改變」的使用方法。例如：

・彼の言葉を聞いて、彼女の顔色が変わった。
聽完他的話，她臉色都變了。（主語是「彼女の顔色／她的臉色」）

・彼の言葉を聞いて、彼女は顔色を変えた。
聽完他的話，她變了臉色。（主語是「彼女／她」）

▲「～ていきます／…下去」表示繼續。例如：

・雪がどんどん積もっていきます。
雪越積越多。

・これからも研究を続けていきます。
往後仍將持續進行研究。

＊3. 答案 2

A：「你認識鈴木先生嗎？」
B：「認識。偶爾在電車裡（遇到他）。」
1 不見面也無所謂　2 （偶爾）遇到
3 我覺得會見面　4 試著見面

▲「（動詞辭書形）ことがある／偶爾」表示「不是每次都會這樣，但偶爾會這樣」的情況。例如：

・大阪へは新幹線で行きますが、急ぐときは飛行機に乗ることがあります。
去大阪通常乘坐新幹線，但趕時間的時候也偶爾會搭飛機。

・バスは急に止まることがありますから、気をつけてください。
公車有時會緊急煞車，請多加小心。

▲ 選項３：「会うと思います／我覺得會見面」是表示推測、預想的用法，所以不正確。

※「（動詞た形）ことがある／曾經」表示經驗，和「（動詞辭書形）ことがある」的意思不一樣，要多注意！例如：

・私は飛行機に乗ったことがあります。
搭乘過飛機。

＊4. 答案 2

還亮著燈（就這樣）睡著了。
1 只有　2 就這樣　3 到　4 才剛

▲「（動詞た形）まま／就這樣」表示持續同一個狀態。例如：

・くつを履いたまま、家に入らないでください。
請不要穿著鞋子走進家門。

・その日、父は家を出たまま、帰らなかった。
那一天，父親離開家，就再也沒回來了。

《其他選項》

▲ 選項１：「だけ／只有」是表示限定的用法。例如：

・休みは日曜日だけです。
只有星期天休假。

▲ 選項３：「まで／到」表示範圍和目的地。例如：

・東京から大阪まで
從東京到大阪

・朝 10 時まで
到早上 10 點為止

・死ぬまで
到死為止

▲ 選項４：「（動詞た形）ばかり／才剛…」表示時間沒過多久。例如：

・さっき来たばかりです。
我才剛到。

・買ったばかりなのに、もう壊れた。
才剛買就壞了。

▲ 如果是「（勉強しようと）電気をつけたばかりなのに、（もう）寝てしまった／（正打算唸書）才剛打開燈，卻（已經）睡著了」則為正確的敘述方式。

＊5. 答案 4

弟弟什麼都（沒吃）就去玩了。
1 吃了的話　2 吃下　3 不吃　4 沒吃

▲「何も／什麼都」後面接否定形。例如：

・私は何も知りません。
我什麼都不知道。

・何も持って来なくていいですよ。
什麼都不用帶，直接來就可以了。

▲ 選項中屬於否定形的有選項３「食べない／不吃」以及選項４「食べずに／沒吃」，但可以連接「遊びに行きました／就去玩了」的只有選項４。選項３如果是「食べないで／沒吃」則為正確的敘述方式。

▲「（動詞ない形）ないで／不…」和「（動詞ない形）ずに／不…」語意相同，後面接動詞句，意思是「～しない状態で、～する／不做…的狀態下，做…」。「～ずに／沒…」是書面用語，比「～ないで／沒…」更為拘謹的用法。例如：

・高かったから、何も買わないで帰ってきたよ。
太貴了，所以什麼都沒買就回來了。

・彼女は誰にも相談せずに留学を決めた。
她沒和任何人商量就決定去留學了。

＊6. 答案 4

咖啡和紅茶，你喜歡（哪一種）？
1 非常　2 全部　3 必定　4 哪一種

▲ 由於句尾是「か」因此可知此句是疑問句。「AとBと、どちらが～か／Ａ跟Ｂ哪一種呢」是在兩個選項中選出一項的用法。與「Aですか、それともBですか／是Ａ呢？還是Ｂ呢？」意思相同。例如：

・連絡は電話とメールと、どちらがいいですか。
聯繫方式你希望透過電話還是電子信件呢？

・山と海と、どちらに行きたいですか。
山上跟海邊，你想去哪裡呢？

《其他選項》

▲ 選項１：「とても／非常」用於疑問句顯得不夠通順。如果是「私はコーヒーも紅茶もとても好きです／我不管是咖啡還是紅茶都非常喜歡」則為正確表達方式。

▲ 選項２：如題目的「コーヒーと紅茶／咖啡和紅茶」，有兩個選項時，不用「全部／全部」而用「両方／兩邊」或「ど

ちらも／兩個都」。

▲ 選項３：「必ず／必定」用於表達形成某個結果的樣子，無法修飾「好きです／喜歡」。例如：

・先生は毎日必ず宿題を出します。
老師每天都會出家庭作業。

・次は必ず来てくださいね。
下次請務必賞光喔。

問題 2

＊7. 答案 3

A：「你曾看過這個人演出的電影嗎？」
B：「10 年前看過一次。」
1 ×　2 ×　3 看過　4 電影

▲ 正確語順：この人が出た映画を見たことがありますか。

▲ 因為Ｂ說「見ました／看過」，由此可知「えいが」即為「映画／電影」。因為「(動詞た形)ことがあります／曾經」表示經驗，所以「あります／有」前面應填入「見たことが／曾看過」。例如：

・A：外国に行ったことがありますか。
你出過國嗎？
B：はい、アメリカとドイツに行ったことがあります。
有，我曾經去過美國和德國。

▲「見たことがあります／曾看過」的目的語(何を／什麼)是「映画を／電影」。「この人が出た／這個人出演」是修飾「映画／電影」的詞句。

▲ 正確的順序是「４→２→３→１」，所以★的部分應填入選項３「見た／看過」。

＊8. 答案 3

A：「你午餐通常怎麼解決？」
B：「平常都在附近的餐廳吃，不過今天在家做好便當帶來。」
1 做好　2 家　3 在　4 ×

▲ 正確語順：今日は、お弁当を家で作ってきました。

▲「おべんとう／便當」後面應該接表示目的語的「を」，「家／家」後面應該接表示場所的「で／在」。「きました／來了」的前面應填入「作って／做」。「(動詞て形)てきます／(去)…來」表示完成某個動作之後再來這裡之意。例如：

・ちょっとジュースを買ってきます。
我去買個飲料回來。

・誰か来たようですね。外を見てきます。
好像有人來了，我去外面看一下。

▲ 正確的順序是「４→２→３→１」，而問題★的部分應填入選項３「で／在」。

08 行為的開始與結束等

問題 1

＊1. 答案 3

(在電話中)
山田：「喂？你現在在做什麼？」
田中：「我現在(正在)吃午餐。」
1 我認為　2 據說　3 正在　4 照那樣

▲「(動詞て形)ている＋ところです／正在」表示進行中的動作。例如：

・A：もしもし、今どこですか。
喂，你現在在哪裡？
B：今、車でそちらに向かっているところです。
現在正開車去你那邊。

・来月結婚するので、今アパートを探しているところです。
下個月就要結婚了，所以目前正在找房子。

《其他選項》

▲ 選項１：「と思います／我認為」表示推測，選項２「（辭書形）そうです／據說」表示傳聞。題目的對話因為田中先生是回答自身的事，所以用推測或傳聞的形式回答顯然不合理。

▲ 選項４：「まま／照那樣」則連接た形表示狀態沒有改變。例如：

・スーツを着たまま、寝てしまった。
還穿著西裝就睡著了。

※「（動詞辭書形）ところです／正要」表示馬上要做的動作。例如：

・A：もしもし、今どこですか。
喂，現在在哪裡？
B：まだ家にいます。今、家を出るところです。
還在家裡。現在正要出門。

※「（動詞た形）ところです／才剛」表示剛做完的動作。例如：

・A：もしもし、今どこですか。
喂，你現在在哪裡？
B：まだ家にいます。今、起きたところです。
還在家裡。剛剛才起床。

＊2. 答案 1

問了朋友後（得知），沒有任何人認識他。
1 結果　2 既然　3 為了　4 因為

▲「（動詞た形）ところ、～／結果…」表示做了某個動作之後，得到了某個結果的偶然契機。例如：

・ホテルに電話したところ、週末は予約でいっぱいだと言われた。
打了電話到飯店，結果櫃檯說週末已經預約額滿了。

・急いで部屋に入ったところ、もう全員集まっていた。
我急著衝進房間一看，大家已經全部到齊了。

▲ 動作和結果並沒有直接的因果關係，變成這種狀態純屬偶然。

《其他選項》

▲ 選項２：「なら／既然…」表示條件。例如：

・説明を聞いたなら、答えは分かりますね。
既然聽過說明，就該知道答案了吧！

▲ 選項３、４：選項３「ために／為了」和選項４「から／因為」都是表示原因和理由。例如：

・電車が遅れたために、間に合わなかった。
由於電車誤點，所以沒能趕上。

・あなたが呼んだから来たんですよ。
是你叫我來，我才來的耶！

＊3. 答案 1

A：「在你回來前，我（會先）打掃（完）房間。」
B：「謝謝。」
1 會先（做）完　2 沒有　3 想要　4 請

▲ 從B的回答「ありがとうございます／謝謝」，來思考A所說的內容。「（動詞て形）ておきます／（事先）做好」表示事先做準備。例如：

・授業の前に、新しいことばを調べておきます。
在上課之前先查好新的生字。

・飲み物は冷蔵庫に入れておきました。
飲料已經放進冰箱裡了。

問題 2

> 本田先生：
>
> 暑熱尚未遠離，闊別後是否一切如昔？
>
> 8 月那趟旅行承蒙照顧，非常感謝。您帶我到海裡游泳，還帶我搭船，玩得非常開心。由於我家鄉並不靠海，所以您帶我做了各種體驗都是我從來不曾嘗試過的。
>
> 我仍然不時回憶起和您一起做我的家鄉菜，並和大家一起享用的情景。
>
> 和大家一起拍的紀念照已經洗好了，謹隨信附上。
>
> 等待重逢之日的到來。
>
> 9 月 10 日
>
> 宋・和雅

＊4. 答案 2

1 已經　2 尚未　3 首先　4 如果

▲由於後文有「（　）〜続いています／（　）持續下去」，所以應該填入表示持續的「まだ／還」。例如：

・午後は晴れると言っていたのに、まだ降っているね。
不是說下午就會放晴，怎麼還在下雨啊！

・まだ食べているの。早く食べなさい。
你還在吃啊？快點吃。

＊5. 答案 4

1 照顧	2 照顧了
3 得到照顧	4 承蒙照顧

▲「お世話になりました／承蒙關照」是固定的說法。意思為「わたしはあなたの世話になった／我承蒙您的關照了」。

▲「世話をする／照顧，照料」的例子：

・毎朝、犬の世話をしてから学校へ行きます。
每天早上都先照料好小狗才去上學。

＊6. 答案 2

1 讓我搭乘	2 搭乘或者
3 只有搭乘	4 為了搭乘

▲這裡使用「〜たり、〜たり（して）／又是…又是…」這一句型。因此與「海で泳いだり／又是在海裡游泳」相呼應的是「船に乗ったり／又是坐船」。表達「わたしは、楽しかったです／我很開心」開心相關的內容則用句型「〜たり、〜たり（して）」進行說明。

＊7. 答案 3

1 如果回憶起	2 若是回憶起
3 回憶起	4 被回憶起

▲前後文為「ときどき〜います／不時…」，因此從語意考量應該使用表示狀態的「〜ています／表狀態」。即選項 3 的「思い出して／回憶起」或選項 4 的「思い出されて／被回憶起」。由於前文提到「〜みんなで食べたことを／大家一起享用」，因此主動語態的「思い出して」為正確答案。

《其他選項》

▲選項 1 、2：選項 1 的「思い出すなら／如果回憶起」與選項 2 的「思い出したら／想到的話」無法連接「います」。

▲選項 4 ：若是「みんなで食べたことが思い出されます／想起大家一起享用的往事」則正確。

＊8. 答案 3

1 × 2 請讓我附上 3 附上 4 請附上

▲ 句型「お（動詞ます形）します／我為您做…」。「お送りします／附上」是「送ります」的尊敬表現。例如：

・お荷物(にもつ)をお持(も)ちします。
讓我來幫您提行李。

・A：これはいくらですか。
這要多少錢？
B：ただいま、お調(しら)べしますので、お待(ま)ちください。
現在立刻為您查詢，敬請稍候。

09 理由、目的及並列

問題 1

＊1. 答案 1

（因為）佐藤小姐很親切，所以被大家喜愛。
1 因為 2 之前 3 雖然 4 為了

▲ 應填入表示原因或理由的助詞「ので／因為」。

《其他選項》

▲ 選項３：「けど／雖然」是表達反論的口語說法。

▲ 選項４：「ように／為了」的使用方法：

・みんなに聞(き)こえるように大(おお)きな声(こえ)で話(はな)します。
提高聲量以便讓大家聽清楚。（表目的）

・日本語(にほんご)が話(はな)せるようになりました。
日語已經講得很流利了。（表狀況的變化）

・健康(けんこう)のために野菜(やさい)を食(た)べるようにしています。
為了健康而盡量多吃蔬菜。（表習慣、努力）

＊2. 答案 3

（為了）上大學而拚命用功讀書。
1 正當…的時候 2 可是
3 為了 4 由…來判斷

▲ 本題要選表示目的「ために／為了」。「ために」的前面要用表示意志的動詞。例如：

・大会(たいかい)で優勝(ゆうしょう)するために、毎日練習(まいにちれんしゅう)しています。
為了在大賽中獲勝，每天勤於練習。

・論文(ろんぶん)を書(か)くために、資料(しりょう)を集(あつ)めます。
為了寫論文而蒐集資料。

《其他選項》

▲ 選項１：「（今(いま)、大学(だいがく)へ行(い)く）ところ（です）／（現在）正在（去大學的路上）。」

▲ 選項２：「けれど／可是」是逆接的口語用法。例如：

・私(わたし)は行(い)ったけれど、彼(かれ)は来(こ)なかった。
雖然我去了，他卻沒來。

▲ 選項４：「から／因為」用於表示理由。

＊3. 答案 1

（又）吃了壽司，（又）吃了蛋糕。
1 又 2 即使 3 也 4 或

▲ 以表示並列的「～し／又…又…」為正確答案。要將如「Aです。そしてBです／是Ａ。而且是Ｂ」兩個句子，結合成一個句子時，要用「A（だ）し、B／又Ａ又Ｂ」的形式。例如：

・あの店(みせ)はおいしいし、安(やす)い。
那家店不但餐點美味，價格也便宜。

▲ 題目中的「（名詞）も～し、（名詞）も／（名詞）又…，（名詞）又…」句型，用於並列相同性質的事物時。例如：

・お金(かね)もないし、おなかもすいた。
不但沒錢，而且肚子也餓了。

《其他選項》

▲ 選項 3：「も／也」，以及選項 4 的「や／或」都要連接名詞。例如：

・おすしもケーキも食べた。
不僅吃了壽司，還吃了蛋糕。（用在表示吃了許多之時）

→和題目意思幾乎相同。例如：

・おすしやケーキを食べた。
吃了壽司和蛋糕等。（用在說明吃了些什麼之時）

＊4. 答案 2

任何運動哥哥（都）會。
1 都　2 無論　3 只有　4 大約

▲「どんな（名詞）でもＡ／無論什麼（名詞）都Ａ」表示「全部の（名詞）がＡである／全部的（名詞）都是Ａ」的意思。例如：

・彼女は、どんな時でも笑っている。
她無論任何時候總是笑臉迎人。

・どんな客でも大切な客だ。
無論是什麼樣的客人都是我們重要的顧客。

※「疑問詞＋でも／無論」表示「全部的…」的意思。例如：

・希望者は誰でも入会できます。
志願參加的人，不管是誰都可以入會。

・ドラえもんの「どこでもドア」を知っていますか。
你知道哆啦Ａ夢的「任意門」嗎？

＊5. 答案 1

有紅的啦、綠的（啦）等等各種顏色的衣服。
1 …啦　2 無論　3 因為　4 在…也

▲「～とか～とか／…啦…啦」是表示列舉的用法。意指雖然還有其他，但在此舉出主要的事物。和「～や～など／…或…等」意思相同，而「～とか～とか」是較口語的說法。例如：

・この学校には、アメリカとかフランスとか、いろんな国の留学生がいる。
這所學校有來自美國啦、法國啦等世界各國的留學生。

・この街には、果物とか魚とか、おいしいものがたくさんありますよ。
這條街上賣著許多水果啦、魚啦等等美食喔。

＊6. 答案 1

Ａ：「你鋼琴彈得真好呀！」
Ｂ：「因為每天練習，（才能練到現在）得心應手（的彈奏程度）。」
1 才能練到現在…的彈奏程度　2 ×
3 也許會彈　4 幫我彈

▲「（動詞・可能動詞辭書形）ようになる／變得…」，表示狀況、能力、習慣等的變化。例如：

・女の子は病気が治って、よく笑うようになった。
女孩的病痊癒之後，笑容變得比以往多了。

・日本に来て、刺身が食べられるようになりました。
來到日本之後，變得敢吃生魚片了。

※「（動詞ない形）なくなる／變得不…」也是一樣的用法。例如：

・女の子は病気になってから、笑わなくなった。
自從女孩生病之後，臉上就失去了笑容。

・最近、年のせいか、あまり食べられなくなった。
大概是年齡的關係，最近食慾變得比較差了。

《其他選項》

▲ 選項 2：「（動詞・可能動詞辭書形／ない形）ようにする／儘量…」表示謹慎小心，努力養成習慣的用法。例如：

・毎朝1時間くらい歩くようにしています。
我現在每天早上固定走1個小時左右的路。

・お酒は飲み過ぎないようにしましょう。
請勿飲酒過量。

問題 2

＊7. 答案 4

A：「我將在音樂會演奏鋼琴，你願意來聽嗎？」
B：「不好意思，我有事所以沒辦法去。」
1 ×　　2 事情　　3 所以　　4 有

▲ 正確語順：すみません。<u>用があるので</u>行けません。

▲ B 回答「すみません／不好意思」，所以這之後應説明無法去演唱會的理由。表示理由的助詞「ので／所以」應填入「行けません／沒辦法去」之前，變成「〜ので、行けません／因為…所以沒辦法去」。「〜」的部分則填入理由「用がある（ので）／（因為）有事」，所以正確的順序是「2→1→4→3」，而★的部分應填入選項4「ある／有」。

＊8. 答案 2

「您好，敝姓上田。家父目前外出，回來以後必定轉告他回電。」
1 必定　　2 轉告　　3 做好　　4 回電

▲ 正確語順：もどりましたらこちらから<u>お電話するように伝えておき</u>ます。

▲ 從父親不在家，有人致電給父親，這時該如何回應來看。可以得知問題部分的內容是「（こちらから）電話することを（父に）伝える／轉告（父親）（從這邊）打電話過去」。「（動詞辭書形・ない形）ように（言います・伝えます等）／（動詞辭書形・否定形）要，會（告知，轉達）」用在表達指示、命令時。例如：

・木村さんに、明日はゆっくり休むように伝えてください。
請轉告木村先生，明天在家裡好好休息。

・医者は佐藤さんに、お酒を飲まないように言いました。
醫生叫佐藤先生盡量別再喝酒了。

▲ 排列完「お電話するようにつたえて／必定轉告他回電」這些選項之後，再將「おきます／（事先）做好…」接在「つたえて／轉告」後面。

▲「（動詞て形）ておきます／（事先）做好…」表示事先準備。例如：

・使ったお皿は洗っておきます。
使用過的盤子先洗乾淨。

・明日までにこれを20部印刷しておいてください。
這份資料明天之前先拷貝好20份。

▲ 正確的順序是「4→1→2→3」，而問題★的部分應填入選項2「つたえて／轉告」。

10　條件、順接及逆接

問題 1

＊1. 答案 4

無論是誰（只要）練習就可以做到。
1 才剛　　2 但是　　3 如果　　4 只要

▲ 表示條件的助詞用「ば／只要…的話」。「Aば、B／如果A的話，B」，表示A是B成立的必要條件。題目中「練習する／練習」和「できるようになる／可以做到」兩句的關係是「為了可以做到，練習是必須的」。例如：

・春になれば、桜が咲きます。
只要到了春天，櫻花就會盛開。

・雨が降れば、旅行は中止です。
假如下雨，就取消旅行。

・このボタンを押せば、おつりが出ますよ。
只要按下這顆按鈕，找零就會掉出來喔。

※「だれでも／無論是誰」指的是任何人全部都是。「疑問詞＋でも／無論」用於表示統統包括在內，沒有例外。例如：

・いつでも遊びにきてください。
歡迎隨時來玩。

・父は、妹の言うことは何でもきく。
爸爸對妹妹所說的話一向言聽計從。

＊2. 答案 1

（明明）有可愛的衣服，卻因為太貴了而沒有買。
1 明明　2 因為　3 只有　4 由於

▲ 因為「かわいい服がありました／有可愛的衣服」與「買えませんでした／沒有買」這兩句話的意思是相互對立的，所以應該選逆接助詞「のに／明明」。例如：

・薬を飲んだのに、熱が下がりません。
藥都已經吃了，高燒還是沒退。

・タクシーで行ったのに、パーティーに間に合いませんでした。
我都已經搭計程車去了，還是趕不上派對。

※ 當後半段的句子是「買いました／買了」的時候，則用順接助詞「ので／因為」來表示原因或理由。例如：

・かわいい服があったので、買いました。
看到可愛的衣服就買了。

・薬を飲んだので、熱が下がりました。
吃了藥以後，高燒就退了。

＊3. 答案 4

早上起床（一看），已經 11 點了。
1 若是　2 如果　3 即使　4 一看

▲「（動詞た形）たら、～た／一…，才發現」的句型可用於表達做了前項動詞的行為之後，發現了「～」這件事的意思。通常用來表示驚訝的意思。例如：

・カーテンを開けたら、外は雪だった。
一拉開窗簾，原來外面下雪了。

・会場に着いたら、コンサートはもう始まっていました。
一抵達會場，發現音樂會已經開始了。

※「（動詞辭書形）と、～た／一…就」也是相同的意思。

＊4. 答案 1

鈴聲（一響）請停筆。
1 一響　2 響了就
3 如果正在響的話　4 一響就

▲「ベルが鳴る／鈴聲一響」→「書くのをやめる／停筆」是表示條件的句子。

▲ 選項中表示條件的用法有選項 1「鳴ったら／一響」和選項 4「鳴ると／一響就」，但是「～と／一…就」無法表現説話者的意志或請託。例如：

・春になったら、旅行しよう。
要是到了春天，就去旅行吧。
（× 春になると、旅行しよう。）
（× 一到春天就去旅行。）

・疲れたら、休んでください。
如果累了的話，就休息吧。
（× 疲れると、休んでください。）
（× 一累就休息。）

▲ 也請學習「と／一…就」的使用方法。例如：

・春になると、桜が咲きます。
每逢春天，櫻花盛開。

・疲れると、頭が痛くなります。
一疲勞頭就痛。

＊5. 答案 1

Ａ：「請問派出所在哪裡呢？」
Ｂ：「在那個轉角右轉（後），派出所（就）在左側。」
1 後…就（完成…之後，即可…）
2 ×　　3 也　　4 ×

▲ 句型「（動詞①辭書形）と、動詞②／只要、一旦（動詞①），就會（動詞②）」，表示在動詞①之後，必定會發生動詞②的情況。例如：

・春になると、桜が咲きます。
每逢春天，櫻花就會盛開。

・このボタンを押すと、お釣りが出ます。
只要按下這顆按鈕，找零就會掉出來。

問題 2

＊6. 答案 3

Ａ：「如果要變成動物，你希望變成什麼呢？」
Ｂ：「我想變成貓。」
1 希望　2 變成　3 變成什麼　4 要

▲ 正確語順：もし動物になるなら何になりたいですか。

▲ 因為句子一開始有「もし／如果」，可以想見應該是「もし～なら／如果…的話」的條件句型。由於沒有「なる＋ですか」的用法，所以句末的「ですか／嗎」之前應填入「なりたい＋ですか／想變成＋嗎」。「もし動物に～なら／如果…動物的話」的「～」應填入「なる／變成」成為「もし動物になるなら／如果變成動物的話」，而之後則填入疑問詞「何に／哪種」變成「何になりたいですか／想變成哪種呢」。所以正確的順序是「２→４→３→１」，而★的部分應填入選項３「何に／什麼」。

＊7. 答案 4

（在車站內）
Ａ：「我想去新宿，該從哪裡搭車才好呢？」
Ｂ：「請從對面的３號月台搭乘。」
1 3號月台　2 搭乘　3 對面的　4 從

▲ 正確語順：むこうの３番線からお乗りください。

▲ 因為被詢問「どこから電車に乗ればよいですか／該從哪裡搭車才好呢」，所以可以推測回答應該是「（場所）から乗ります／從（場所）搭乘」或「（場所）から乗ってください／請從（場所）搭乘」。由於句尾是「ください／請」，因此可知要用敬語的「お乗りください／請搭乘」。「から／從」前應填入表示場所的名詞，所以是「むこうの３番線から／從對面的三號月台」。因此正確的順序是「３→１→４→２」，而★的部分應填入選項４「から／從」。

＊8. 答案 4

中村：「本田先生，明天的音樂會要在哪裡集合呢？」
本田：「６點在會場的櫃臺處集合如何？」
1 櫃臺　　2 集合的話
3 會場的　4 在…處

▲ 正確語順：６時に会場の受付けのところに集まったらどうでしょう。

▲ 本題要回答「どこに集まりますか／在哪裡集合」，而述語也已經確定是「どうでしょう／如何」了。另外，可以用

「(動詞た形)たらどうですか/如何呢」的句子表示提議。例如:

・今日は雨ですよ。買い物は明日にしたらどうですか。
今天下雨喔,東西要不要明天再買呢?

▲ 而本題的句尾使用的是「〜たらどうですか/…如何呢」意思相同的「〜たらどうでしょう/…如何呢」。

▲「(場所)に集まる/在(場所)集合」用來表示場所,所以是「〜ところに集まったら/在…集合的話呢」。而剩下的選項「うけつけの/櫃臺」和「会場の/會場的」,可知會場中有一個櫃臺(會場>櫃臺),因此變成「会場のうけつけのところに/在會場的櫃臺處」。所以正確的順序是「3→1→4→2」,而★的部分應填入選項4「ところに/在…處」。

11 授受表現

問題 1

＊1. 答案 2

(承蒙)老師指導了我不懂的問題。
1 給了　2 承蒙　3 做了　4 獻給了

▲ 主語「私は/我」被省略了。完整的句子是「私は先生に〜を教えてもらいました/請老師教我…」。「もらいます/接受」的謙讓語是「いただきます/接受」。

《其他選項》

▲ 選項1:「くださいます/為我(做)」是「くれます/為我(做)」的尊敬語。例如:

・先生は私に漢字を教えてくださいました。
承蒙老師教了我漢字。

▲ 選項2:「いたします/做」是「します/做」的謙讓語。例如:

・試験結果は明日発表いたします。
考試的結果將於明天公布。

▲ 選項3:「差し上げます/獻給」是「あげます/給」的謙讓語。例如:

・先生にお茶を差し上げました。
為老師送上一杯茶了。

＊2. 答案 4

佐藤同學(　)將傘借給了我。
1 在　2 和　3 或　4 ×

▲ 因為述語是「〜てくれました/(為我)做…」,由此可知主語不是「私/我」而是「佐藤君/佐藤同學」。表示主語的助詞是「が」。而題目中的目的語(私に/為我)則被省略了。

→請順便學習「〜てくれる/給」和「〜てもらう/得到」的用法吧。例如:

・父が(私に)時計を買ってくれました。
爸爸買了手錶(給我)。

・(私は)父に時計を買ってもらいました。
(我)請爸爸(幫我)買了手錶。

＊3. 答案 3

老師教(給了我)寫作文的方法。
1 承蒙　2 獻給了　3 給了　4 做了

▲ 選項1:「いただきました/承蒙」是「もらいました/接受了」的謙讓語。

選項2:「さしあげました/獻給了」是「あげました/給了」的謙讓語。

選項3:「くださいました/給了」是「くれました/給了」的謙讓語。

選項4:「なさいました/做了」是「しました/做了」的尊敬語。

▲ 題目的主語是「先生/老師」,所以選擇

選項3的「くださいました」。

《其他選項的用法》

▲ 選項1：「（私は先生に～教えて）いただきました／（老師教我…）承蒙。」

▲ 選項2：「（私は先生に私の国のことばを教えて）さしあげました／（我告訴老師關於我的國家的事情）給了。」

▲ 選項4：「（先生は私たちに挨拶（あいさつ）を）なさいました／（老師向我打了招呼）做了。」

＊4. 答案 3

我把不需要的書（給了）李先生。
1 給我了　2 給我了　3 給了　4 做了

▲ 接在「私は李さんに／我把…李先生」之後接的應該是「あげました／給了」。

《其他選項》

▲ 選項1：「（李さんは私に）くれました／（李先生）給了（我）。」

▲ 選項2：「くださいました／給我了」是「くれました／給我了」的謙讓用法。

▲ 選項4：「いたしました／做了」是「しました／做了」的謙讓用法。「本をしました／做了書」的語意並不通順。

＊5. 答案 1

做完作業了，所以（陪了）弟弟一起玩。
1 陪了　2 給了我　3 讓他做了　4 接受

▲ 主語「私は／我」被省略了。「私は弟と遊んで（　）／我跟弟弟一起玩」後面應該接「やりました／陪了」。例如：

・弟（おとうと）の入学祝（にゅうがくいわ）いにかばんを買（か）ってやりました。
我買了包包送給弟弟作為入學賀禮。

《其他選項》

▲ 選項2：句型「くれました／給了我」的主語是其他人而不是自己。例如：

・父（ちち）は私（わたし）に時計（とけい）を買（か）ってくれました。
爸爸買了手錶給我。

▲ 選項3：「させました／讓他做了」是「しました／做了」的使役形。例如：

・お母（かあ）さんは子（こ）どもに掃除（そうじ）をさせました。
媽媽囑咐了孩子幫忙打掃。

▲ 選項4：「もらいなさい／接受」是「もらいます／收下」的命令形。父母告訴孩子「勉強が分からないときは、先生に教えてもらいなさい／課業有不懂的地方，就去請教老師」，這句話裡教導的人是老師，而得到指導的是孩子。

＊6. 答案 4

（收到）她送的禮物。
1 給了我　2 給我　3 做了　4 收到了

▲「彼女から／從她那裡」前面省略了主語「私は／我」。而禮物則是以「彼女から私へ／從她到我」的方向移動。由此可知是我收到了禮物。

＊7. 答案 3

（送給了）叔叔京都的土產。
1 讓對方給了　2 給了　3 獻給了　4 是

▲「おじに／給叔叔」前面省略了主語「私は／我」。在授受表現中以「私」為主語的有「あげます／給」或「もらいます／接受」。

▲ 選項3的「さしあげました／獻給了」是「あげました」的謙讓語。

《其他選項》

▲ 選項1：「あげさせます／讓…給」可以假設是「あげます／給」的使役形，但不成文章，無此用法。

▲ 選項2：「くださいます／給」是「くれ

ます／給」的敬語説法。「くれます」的主語不是「私／我」而是他人。例如：

・先生は私に本をくださいました。
老師給了我書。

▲ 選項４：「ございます／有，是」是「あります／有」或「です／是」的鄭重説法。

※「おじ」的漢字是「伯父」或「叔父」。

※「彼女からプレゼントをもらいました／從她那裡收到了禮物」中的「から／從」是「ＡからＢへ／從Ａ到Ｂ」的用法，由此可知東西是以「她→我」的方向移動。因此，「彼女からプレゼントを」的後面一定是接「もらう／收到」。對此，「おじに／給叔叔」的「に」可能是「ＡはＢにもらう／Ａ從Ｂ處得到」也可能是「ＡはＢにあげる／Ａ送給Ｂ」，兩者皆無法確定東西的移動方向。

問題２

＊8. 答案 2

小川：「我準備下週一搬家。」
竹田：「星期一沒課，我去幫忙吧！」
１×　２幫忙　３我　４給…吧

▲ 正確語順：月曜日は授業がないので、<u>わたしが手伝ってあげましょう</u>。

▲ 主語「わたし／我」的助詞要用「が」。從選項可知句尾是「あげましょう／給…吧」，因此在這之前應填入「てつだって／幫忙」。「（動詞て形）てあげます／（為他人）做…」用於表達自己想為對方做某件事。例如：

・友達と仲良く遊べたら、お菓子を買ってあげよう。
如果你可以和朋友相親相愛一起玩耍，就給你買糖果喔。

▲ 正確的順序是「３→１→２→４」，所以★的部分應填入選項２「てつだって／幫忙」。

※「～てあげます／（為他人）做…」是上位者對下位者的表述方式，聽起來讓人感到失禮。

・×「先生、私がかばんを持ってあげます。」
「老師，我給你拿公事包吧。」
○「先生、私がかばんをお持ちします。」
「老師，讓我來為您拿公事包。」

＊9. 答案 1

Ａ：「我將在音樂會演奏鋼琴。您可以來聽嗎？」
Ｂ：「不好意思。因為有事所以我無法前往。」
１前來　２聽　３能否請您…呢　４×

▲ 正確語順：コンサートでピアノをひきます。<u>聞きにきていただけますか</u>。

▲ 從選項可以知道句尾是「いただけますか／能否…呢」，因此在這之前應填入「きて／前來」。「聞き／聽」後面應該接表示目的的助詞「に」，因此，「きていただけますか／能否來呢」之前應填入「聞き／聽」。

▲ 正確的順序是「２→４→１→３」，所以★的部分應填入選項１「きて」。

▲「（動詞て形）いただけますか／能否請您…呢」用在請求身分、地位、年齡都高的對方為自己做某事的時候。

※ 跟用在肯定句中表示意志的「いただきます」（承蒙、拜領）比較，「いただけますか」是用在疑問句中表示能否。

12 被動、使役、使役被動及敬語

問題 1

＊1. 答案 2

明天，考試將在學校（被舉行）。（亦即：明天將有考試在學校舉行）

1 舉行　2 被舉行　3 舉行了　4 舉行

▲ 正確答案是「行う／舉行」的被動形「行われる／被舉行」。題目的主語是「試験／考試」。以這一題來說，舉行考試的雖然是「先生／老師」，但由於這項訊息並不重要，因此將「試験」視為主語，而動詞則用被動形來表示。例如：

・東京で国際会議が開かれます。
將在東京舉行國際會議。

・関東地方で大雨注意報が出されました。
關東地區發佈大雨特報。

・このお寺は、今から 1300 年前に建てられました。
這座寺院是距今 1300 年前落成的。

《其他選項》

▲ 選項 1：若題目不是「試験が」而是「試験を」，「行います／舉行」則為正確答案。此時的主語是「私／我」或「先生／老師」等舉行考試的人。這種情形的主語通常也會被省略。

※ 請參照下面的解説。
寫被動形的句子時，請注意助詞的變化！例如：

・明日、先生は試験を行います。
明天老師將要舉行考試。

→明日、試験が行われます。（受身形）
明天考試將會被舉行。（被動形）

・学者は新しい星を発見しました。
研究學家發現了新的星球。

→新しい星が発見されました。
新的星球被發現了。

＊2. 答案 2

媽媽（要求了）孩子打掃房間。

1 做了　2 要求了
3 被做了　4 已經在做了

▲ 由於句中提到「母が子どもに／媽媽要求了孩子」，應該想到使役形的句子，所以選擇「します／做」的使役形「させます／要求做」。

■使役形的句子

使役形的句子用於表達使別人動作的人（下述例子中的媽媽）和實際動作的人（下述例子中的小孩）的行動。

請注意使役形的句子所使用助詞的不同。

他動詞的例子：

・母は子に掃除をさせます。
媽媽叫孩子打掃。（「します／做」是他動詞）

自動詞的例子：

・母は子を学校へ行かせます。
媽媽讓孩子去上學。（「行きます／去」是自動詞）

＊3. 答案 4

請讓我拜讀老師（所撰寫）的書。

1 撰寫了　2 不撰寫　3 撰寫　4 所撰寫

▲ 用「お（動詞ます形）になる／您做…」表示尊敬。例如：

・先生はもうお帰りになりました。
老師已經回家了。

・何時にお出かけになりますか。
您何時出門呢？

＊4. 答案 3

校長正要致詞，所以請保持安靜。
1 做了　2 做吧　3 您做　4 做的話

▲「される／您做」是「する／做」的尊敬形。

《其他選項》

▲ 選項１：從「静かにしましょう／保持安靜」知道要求學生注意的時間點是在「現在」，由此可知校長的演講現在才正要開始。但「した／做了」為過去式所以不正確。

▲ 選項２、４：選項２「しよう／做吧」跟選項４「すれば／做的話」的後面都不能接「ので／所以」。

＊5. 答案 4

（請）坐在這裡。
1 您做　2 做　3 做　4 請

▲「お（動詞ます形）ください／請」是「（動詞て形）てください／請…」的尊敬表現。

▲ 因為題目有「どうぞ／請」，由此可知是用於向對方搭話的時候。例如：

・どうぞお入りください。
請進。（表達「請進入房間裡」時）

・楽しい夏休みをお過ごしください。
祝您有個愉快的暑假！

《其他選項》

▲ 選項１：「お（動詞ます形）になる／您做…」是動詞的尊敬用法。例如：

・これは先生がお書きになった本です。
這是老師所撰寫的書。

▲ 選項２：「いたす／做」是「する／做」的謙讓語。

▲ 選項３：「お（動詞ます形）します／我為您做…」是動詞的謙讓用法。例如：

・お荷物は私がお持ちします。
讓我來幫您提行李。

＊6. 答案 3

（請由）我來為您説明關於電腦的使用方式。
1 是　2 請做　3 請由　4 給

▲「ご（する動詞的語幹）いたします／我為您做…」是謙遜用法，比「ご（する動詞的語幹）します／我為你做」的語氣更為謙卑。例如：

・私が館内をご案内いたします。
我來帶您參觀館內。

・資料はこちらでご用意いたします。
我來幫您準備資料。

《其他選項》

▲ 選項１：「ございます／是」為「です／是」的丁寧語。主語是「私が／我」述語是「説明です／説明」的句子，並不適用這種變化。

▲ 選項２：「なさいます／請做」是「します／做」的尊敬形。由於主語是「私」，所以不能用尊敬形。

▲ 選項４：「くださいます／給」是「くれます／給」的尊敬形。

問題 2

＊7. 答案 2

（在百貨公司裡）
「先生，這件襯衫似乎有點小，要不要我另外拿一件大一點的給您呢？」
1 要不要　2 拿　3 大　4 的（襯衫）

▲ 正確語順：もう少し大きいものをお持ちしましょうか。

▲「お（動詞ます形）します」是謙讓用法。

「お持ちしましょう／幫您拿來」為「持ってきましょう」的謙讓形。

▲ 要拿來的是「（もう少し）大きいもの／（稍微）大一點的」，因此可知「もの／東西」意指「シャツ／襯衫」。正確的順序是「３→４→２→１」，問題★的部分應填入選項２「お持ち／拿」。

※「お持ちします」一般是當「持ちます」的謙讓形使用，但在本題是「持ってきます／拿來」的意思。以下例句為「持って行きます／拿過去」的意思。例如：

・資料は明日、私がそちらにお持ちします。
資料我明天會幫您拿過去。

＊8. 答案 3

學生：「日本的米是在哪裡種出來的呢？」
老師：「從九州到北海道，到處都產米。」
１× ２哪裡 ３種出來的 ４在

▲ 正確語順：日本のお米はどこで作られているのですか。

▲ 從老師的回答可以得知對方是在詢問稻米的產地。句首是疑問詞「どこ／哪裡」，後面要接上表示場所的助詞「で／在」，而述語是被動形的「作られて／中出來的」。所以正確的順序是「２→４→３→１」，而★的部分應填入選項３「作られ／種出來的」。

※ 當主語是非生物時需用被動語態的例句：

・このビールは北海道で作られています。
這是北海道所釀製的啤酒。

・このお寺は 400 年前に建てられました。
這座寺院是距今 400 年前建造而成的。

自學必背 N4 單字

[かならずあんしょうーN4 たんご]

主題❶ 過去、現在、未來

❶	さっき		剛剛，剛才
❷	夕べ	ゆう	昨晚
❸	この間	あいだ	最近；前幾天
❹	最近	さいきん	最近
❺	最後	さいご	最後
❻	最初	さいしょ	最初，首先
❼	昔	むかし	以前
❽	唯今・只今	ただいま・ただいま	現在；馬上；我回來了
❾	今夜	こんや	今晚
❿	明日	あす	明天
⓫	今度	こんど	這次；下次
⓬	再来週	さらいしゅう	下下星期
⓭	再来月	さらいげつ	下下個月
⓮	将来	しょうらい	將來

主題❷ 時間、時刻、時段

❶	時	とき	…時，時候
❷	日	ひ	天，日子
❸	年	とし	年齡；年
❹	始める	はじ	開始；開創
❺	終わり	お	結束，最後
❻	急ぐ	いそ	快，急忙
❼	直ぐに	す	馬上
❽	間に合う	ま・あ	來得及；夠用
❾	朝寝坊	あさねぼう	賴床；愛賴床的人
❿	起こす	お	叫醒；發生
⓫	昼間	ひるま	白天
⓬	暮れる	く	天黑；到了尾聲
⓭	此の頃	こ・ごろ	最近
⓮	時代	じだい	時代；潮流

主題❸ 男女

❶	男性（だんせい）	男性
❷	女性（じょせい）	女性
❸	彼女（かのじょ）	她；女朋友
❹	彼（かれ）	他；男朋友
❺	彼氏（かれし）	男朋友；他
❻	彼等（かれら）	他們
❼	人口（じんこう）	人口
❽	皆（みな）	大家；所有的
❾	集（あつ）まる	聚集，集合
❿	集（あつ）める	集合；收集
⓫	連（つ）れる	帶領，帶著
⓬	欠（か）ける	缺損；缺少

主題❹ 老幼與家人

❶	祖父（そふ）	祖父，外祖父
❷	祖母（そぼ）	祖母，外祖母
❸	親（おや）	父母；祖先
❹	夫（おっと）	丈夫
❺	主人（しゅじん）	老公；主人
❻	妻（つま）	妻子，太太
❼	家内（かない）	妻子
❽	子（こ）	孩子
❾	赤（あか）ちゃん	嬰兒
❿	赤（あか）ん坊（ぼう）	嬰兒；不暗世故的人
⓫	育（そだ）てる	撫育；培養
⓬	子育（こそだ）て	養育小孩，育兒
⓭	似（に）る	相像，類似
⓮	僕（ぼく）	我

主題❺ 疾病與治療

❶	熱（ねつ）	高溫；發燒
❷	インフルエンザ	[influenza] 流行性感冒
❸	怪我（けが）	受傷；損失
❹	花粉症（かふんしょう）	花粉症
❺	倒れる（たおれる）	倒下；垮台；死亡
❻	入院（にゅういん）	住院
❼	注射（ちゅうしゃ）	打針
❽	塗る（ぬる）	塗抹，塗上
❾	お見舞い（おみまい）	探望
❿	具合（ぐあい）	狀況；方便
⓫	治る（なおる）	治癒，痊愈
⓬	退院（たいいん）	出院
⓭	ヘルパー	[helper] 幫傭；看護
⓮	お医者さん（おいしゃさん）	醫生
⓯	…てしまう	強調某一狀態或動作；懊悔

主題❻ 體育與競賽

❶	運動（うんどう）	運動；活動
❷	テニス	[tennis] 網球
❸	テニスコート	[tennis court] 網球場
❹	力（ちから）	力氣；能力
❺	柔道（じゅうどう）	柔道
❻	水泳（すいえい）	游泳
❼	駆ける・駈ける（かける）	奔跑，快跑
❽	打つ（うつ）	打擊；標記
❾	滑る（すべる）	滑倒；滑動
❿	投げる（なげる）	丟；摔；放棄
⓫	試合（しあい）	比賽
⓬	競争（きょうそう）	競爭，競賽
⓭	勝つ（かつ）	勝利；克服
⓮	失敗（しっぱい）	失敗
⓯	負ける（まける）	輸；屈服

主題 7 家具、電器與道具

❶ 鏡（かがみ）	鏡子
❷ 棚（たな）	架子，棚架
❸ スーツケース	[suitcase] 手提旅行箱
❹ 冷房（れいぼう）	冷氣
❺ 暖房（だんぼう）	暖氣
❻ 電灯（でんとう）	電燈
❼ ガスコンロ	[gas—] 瓦斯爐，煤氣爐
❽ 乾燥機（かんそうき）	乾燥機，烘乾機
❾ コインランドリー	[coin-operated laundry] 自助洗衣店
❿ ステレオ	[stereo] 音響
⓫ 携帯電話（けいたいでんわ）	手機，行動電話
⓬ ベル	[bell] 鈴聲
⓭ 鳴る（なる）	響，叫
⓮ 道具（どうぐ）	工具；手段
⓯ 機械（きかい）	機械
⓰ タイプ	[type] 款式；類型；打字

主題 8 使用道具

❶ 点ける（つける）	打開（家電類）；點燃
❷ 点く（つく）	點上，（火）點著
❸ 回る（まわる）	轉動；旋轉
❹ 運ぶ（はこぶ）	運送，搬運
❺ 止める（とめる）	關掉；停止；戒掉
❻ 故障（こしょう）	故障
❼ 壊れる（こわれる）	壞掉；故障
❽ 割れる（われる）	破掉；分裂
❾ 無くなる（なくなる）	不見；用光了
❿ 取り替える（とりかえる）	交換；更換
⓫ 直す（なおす）	修理；改正
⓬ 直る（なおる）	修理；回復

主題 9 交通相關

❶	一方通行（いっぽうつうこう）	單行道；單向傳達
❷	内側（うちがわ）	內部，裡面
❸	外側（そとがわ）	外部，外面
❹	近道（ちかみち）	捷徑，近路
❺	横断歩道（おうだんほどう）	斑馬線
❻	席（せき）	座位；職位
❼	運転席（うんてんせき）	駕駛座
❽	指定席（していせき）	劃位座，對號入座
❾	自由席（じゆうせき）	自由座
❿	通行止め（つうこうど）	禁止通行，無路可走
⓫	急ブレーキ（きゅう）	[一brake] 緊急剎車
⓬	終電（しゅうでん）	末班車
⓭	信号無視（しんごうむし）	違反交通號誌
⓮	駐車違反（ちゅうしゃいはん）	違規停車

主題 10 使用交通工具

❶	運転（うんてん）	駕駛；運轉
❷	通る（とお）	經過；通過
❸	乗り換える（の・か）	轉乘，換車
❹	車内アナウンス（しゃない）	[一announce] 車廂內廣播
❺	踏む（ふ）	踩住；踏上
❻	止まる（と）	停止；止住
❼	拾う（ひろ）	撿拾；挑出；叫車
❽	下りる・降りる（お・お）	下來；下車
❾	注意（ちゅうい）	注意，小心
❿	通う（かよ）	來往；通連
⓫	戻る（もど）	回到；折回
⓬	寄る（よ）	順道去…；接近
⓭	揺れる（ゆ）	搖動；動搖

主題⑪ 學校與科目

❶	教育（きょういく）	教育
❷	小学校（しょうがっこう）	小學
❸	中学校（ちゅうがっこう）	中學
❹	高校（こうこう）・高等学校（こうとうがっこう）	高中
❺	学部（がくぶ）	…科系；…院系
❻	専門（せんもん）	攻讀科系
❼	言語学（げんごがく）	語言學
❽	経済学（けいざいがく）	經濟學
❾	医学（いがく）	醫學
❿	研究室（けんきゅうしつ）	研究室
⓫	科学（かがく）	科學
⓬	数学（すうがく）	數學
⓭	歴史（れきし）	歷史
⓮	研究（けんきゅう）	研究

主題⑫ 學生生活

❶	入学（にゅうがく）	入學
❷	予習（よしゅう）	預習
❸	消（け）しゴム	[―gom] 橡皮擦
❹	講義（こうぎ）	講義，上課
❺	辞典（じてん）	字典
❻	昼休（ひるやす）み	午休
❼	試験（しけん）	試驗；考試
❽	レポート	[report] 報告
❾	前期（ぜんき）	前期，上半期
❿	後期（こうき）	後期，下半期
⓫	卒業（そつぎょう）	畢業
⓬	卒業式（そつぎょうしき）	畢業典禮

主題⑬ 職場工作

❶	計画（けいかく）	計劃
❷	予定（よてい）	預定
❸	途中（とちゅう）	中途；半途
❹	片付ける（かたづける）	收拾；解決
❺	訪ねる（たずねる）	拜訪，訪問
❻	用（よう）	事情；用途
❼	用事（ようじ）	事情；工作
❽	両方（りょうほう）	兩方，兩種
❾	都合（つごう）	情況，方便度
❿	手伝う（てつだう）	幫忙
⓫	会議（かいぎ）	會議
⓬	技術（ぎじゅつ）	技術
⓭	売り場（うりば）	賣場；出售好時機

主題⑭ 職場生活

❶	オフ	[off] 關；休假；折扣
❷	遅れる（おくれる）	遲到；緩慢
❸	頑張る（がんばる）	努力，加油
❹	厳しい（きびしい）	嚴格；嚴酷
❺	慣れる（なれる）	習慣；熟悉
❻	出来る（できる）	完成；能夠
❼	叱る（しかる）	責備，責罵
❽	謝る（あやまる）	道歉；認錯
❾	辞める（やめる）	取消；離職
❿	機会（きかい）	機會
⓫	一度（いちど）	一次；一旦
⓬	続く（つづく）	繼續；接連
⓭	続ける（つづける）	持續；接著
⓮	夢（ゆめ）	夢

主題 ⑮ 經濟與交易

❶	経済（けいざい）	經濟
❷	貿易（ぼうえき）	貿易
❸	盛ん（さかん）	繁盛，興盛
❹	輸出（ゆしゅつ）	出口
❺	品物（しなもの）	物品；貨品
❻	特売品（とくばいひん）	特賣品，特價品
❼	バーゲン	[bargain sale 之略] 特賣，出清
❽	値段（ねだん）	價錢
❾	下げる（さげる）	降低；整理
❿	上がる（あがる）	登上；上升
⓫	呉れる（くれる）	給我
⓬	貰う（もらう）	收到，拿到
⓭	遣る（やる）	給予；做
⓮	中止（ちゅうし）	中止

主題 ⑯ 金融

❶	通帳記入（つうちょうきにゅう）	補登錄存摺
❷	暗証番号（あんしょうばんごう）	密碼
❸	キャッシュカード	[cash card] 金融卡， 提款卡
❹	クレジットカード	[credit card] 信用卡
❺	公共料金（こうきょうりょうきん）	公共費用
❻	仕送り（しおくり）	匯寄生活費或學費
❼	請求書（せいきゅうしょ）	帳單，繳費單
❽	億（おく）	億；數量眾多
❾	払う（はらう）	付錢；揮去
❿	お釣り（おつり）	找零
⓫	生産（せいさん）	生產
⓬	産業（さんぎょう）	產業
⓭	割合（わりあい）	比，比例

Index 索引

あ

い

お

か

く

け

こ

さ

し

す

そ

た

ほ

ま

め

も

や

よ

ら

MEMO

人類史上最強自學法

絕對合格 全攻略！

自學合格 07

新制日檢N4必背必出文法（25K）

——線上音檔 QR-Code

發行人　**林德勝**

著者　**吉松由美、西村惠子、大山和佳子、林勝田、山田社日檢題庫小組**

出版發行　**山田社文化事業有限公司**
地址　臺北市大安區安和路一段112巷17號7樓
電話　02-2755-7622　02-2755-7628
傳真　02-2700-1887

郵政劃撥　**19867160號　大原文化事業有限公司**

總經銷　**聯合發行股份有限公司**
地址　新北市新店區寶橋路235巷6弄6號2樓
電話　02-2917-8022
傳真　02-2915-6275

印刷　**上鎰數位科技印刷有限公司**

法律顧問　**林長振法律事務所　林長振律師**

定價　**新台幣 339 元**

初版　**2023年 3 月**

© ISBN : 978-986-246-744-2

STS

山田社

山田社